U0091981

烏龍小龍女

下

風白秋 著

文創風 722

目錄

第三十一章

袁妧心中似油煎一般不安。玳瑁已經去了一刻多鐘了還沒回來，難道是世孫哥哥此次遇到的事情太難？還是玳瑁遇到什麼危險了？

正當她越想越怕的時候，玳瑁突然動了一下爪子。「公主，我回來啦。」

袁妧長舒一口氣，抱起玳瑁跟牠對視。「你怎麼才回來？再不回來我就要喚父王來了。」

玳瑁探出腦袋蹭蹭袁妧的臉。「我就知道公主記掛我，嘿嘿～～世孫的船翻了，在海上漂出一百來里，我把他送回去了，這才耽擱了點兒時間。」

袁妧聞言擔憂起來。「船無緣無故怎麼會翻？世孫哥哥沒受傷吧。」

玳瑁哼哼兩聲。「一點事都沒有，現在怕是已經被人尋到了，我還給他留了好多珠子！若是碰著難事直接捏碎就成了，我這麼厲害，救他還不是小菜一碟。」

袁妧雖然心中著急，但還是被牠逗得笑起來。「行了行了，沒你辦不成的事，世孫哥哥這次是治水，你多安排些蝦兵蟹將的看著點他。」

玳瑁扒拉扒拉爪子。「知道了，這回有隻螃蟹同我說，世孫的船是倭寇用火炮轟的，可把牠嚇壞了，覺得自己差點兒被炸熟了，才一溜煙逃到深海去。」

袁妧眉頭皺了起來。「火炮、倭寇？閩地竟然有倭寇？我聽哥哥說過，火炮是咱們大昭的秘密，整個閩地水師也只幾艘船有，倭寇怎麼會有火炮？」

這些朝廷上的事情玳瑁可絲毫不感興趣，用爪子推著袁妧的臉道：「公主莫要想這麼多了，妳去同老爺說吧！這種事情妳想也沒用啊。」

袁妧點點頭，便帶著玳瑁去了袁正儒的院子，袁正儒一聽這事心裡怦怦亂跳。「妧兒，妳說的可是真的？」

反正爹娘是知道玳瑁有幾分神奇的，袁妧遂都推到玳瑁身上。「是玳瑁說的，牠海中的朋友們親眼看見的。」

袁正儒看玳瑁的眼神都不對了，海中的朋友……難道玳瑁能對海上發生的事情瞭如指掌？

他強忍住想挖掘玳瑁身上還有多少神奇之處的心思，只通過袁妧的翻譯細細的問了玳瑁到底發生了什麼，全問清楚後，沈思許久才對袁妧道：「妳帶著玳瑁先回去吧，爹同妳大堂哥商議一下，送個信回京城。」

說完，看著袁妧欲言又止的小臉安撫道：「放心，爹也是有自己的消息管道，妳大堂哥不會細問的。」

袁妧這才乖巧的去了江氏的屋子，陪著她整理辦婚事的雜務，卻見片刻工夫袁瑾就匆匆趕來，同袁正儒關在書房裡說了不一會兒的話，便神情沈重的出了院子，忙著下去佈置方才同袁正儒商議的事情。

且不說袁國公收到袁正儒的親筆信有多麼震驚，又是怎麼偷偷尋了晟王爺同趙泓。這日同谷郡上上下下張燈結綵，百姓自發在家門口都纏上了紅布，沒錢的也都割上兩尺紅紙剪成喜字貼在門口，冷不丁一看整個同谷紅通通一片，甚是喜慶。

連玳瑁的殼上都在牠自個兒的強烈要求下紮上了一朵大紅花，只是梁嬤嬤和盈月幾個瞧見笑得花枝亂顫的，把愛美的玳瑁氣得夠嗆。

都到了這一日，顧氏再怎麼反對這樁婚事也不成了，她倒是想裝病不起來，給新兒媳一個下馬威，可是看袁瑾這樣子，她若敢躺著，他就敢讓袁正儒和江氏坐在高堂席上！

她只能恨恨地撐起假笑來坐在那兒，誰跟她搭訕也不說話，同谷上下的官夫人們雖說性子大部分都有些爽直，卻也不是傻子，京城來的國公世子夫人明擺著瞧不上她們，她們夫家世代鎮守邊疆，難不成將來還能求到顧氏身上？漸漸的也都冷了臉，不再同她搭話。

江氏忙裡忙外頭暈腦脹的，一進廳裡看著這詭異的氣氛心裡直冒火，在心底狠狠罵了顧氏一頓，卻不得不上前打圓場。

幸好同谷的官夫人們對江氏倒是挺有好感，這袁二夫人自來了同谷之後就笑臉迎人，別人請她赴宴也知禮數懂禮數，從日常交往中也能看出來，她是真心的欽佩她們這些當兵的，言辭之間對她們甚是高看一眼，絲毫沒有那些文人家裡出來的嬌小姐臭架子。

大家看她努力的打著圓場，一時好笑又不忍，便慢慢的說開話來，花廳裡也熱鬧起來。只不過這一回所有人都有意無意的排斥著顧氏，顧氏見下面的人聊得熱火朝天，自己卻被隔離在外，面上的假笑也撐不住了，臉頓時喪了下來，像是人人都欠了她二吊錢。

江氏看著，一股一股的火往上冒，卻也知道今日不能同她計較，若是真的惹惱了她，場面就太難看了，用祈求的眼神看著眾人，眾人也知道她的苦處，嘆了口氣。心道辛大小姐這婆婆找得可真是不省心，幸而成了親後她就回京城了，日後也再難見到。想到這兒眾人也想開了，今日看在袁瑾同辛萍的面上跟顧氏計較什麼呢？索性耐著性子又開始同她說起了話。

江氏鬆了口氣，卻也耽擱不得，見廳中一團和氣的樣子，三言兩語寒暄了幾句，出門抹了把汗，又派人去盯著前頭迎親的隊伍回來沒，好安排鞭炮宴席。

袁瑾騎在高頭大馬上意氣風發，飛揚的眉梢道不盡的歡喜與得意，終於娶到了心心念念已久的人兒回家，踢了轎門，他小心翼翼的扶著辛萍進了正院，手心都冒出汗來。

本來在蓋頭下心中翻滾忐忑的辛萍，感受到袁瑾手心的汗，心底一鬆，面上泛出羞澀的笑，藉著寬大的禮服擋住兩人交握的手，用手指點了點他的手心。

袁瑾差點沒跳起來，用力握緊她調皮的手，心裡卻熱呼呼的，露出了幾分傻樣子。

拜堂十分順利，袁正修有點臊眉耷眼看兒子臉色的意思，等到袁瑾與辛萍入了洞房之後他才鬆了口氣，直起腰板來擺出當家人的架勢同別人應酬。誰料才剛剛有點漸入佳境的意思，袁瑾就大步從後院出來，袁正修脖子一涼，方才的氣勢一下子洩了個乾淨。

辦完了袁瑾的親事，袁家人這一行也算是完成了任務，本該過個十來日就回京，誰知袁正修想多留一陣子尋那孔兒，顧氏想在這兒拿捏兒媳婦，二人難得一拍即合，各懷心思，都道捨不得佳兒佳婦，要在同谷多留幾日。

同谷已經半年沒下過雨了，邊外的大漠更是旱得牧草都打著卷兒枯黃起來，偶還有幾回野火，那漫天的煙霧籠罩著同谷，讓人心情都跟著陰鬱下來。

袁瑾成了親之後沒歇兩日就開始忙了，畢竟要時刻提防著關外的吐谷渾來犯。而辛萍也不是那等後宅女子，穿上戎裝跟在袁瑾身邊，與他同進同出、謀劃策略。

顧氏天天想挑媳婦的刺，可人都見不著怎麼挑？有一日她心頭火起，豁出去熬到亥時想要抓住辛萍，連發作的理由都想好了。她激動了小半天，萬沒想到那一日辛萍竟然同袁瑾宿在營中，等來等去只等回來一個報信的小廝，氣得她摔爛了一個骨瓷花瓶。

袁瑾和辛萍這麼忙，最高興的莫過於袁正修了，他左琢磨右盤算，日日出去在同谷郡瞎晃悠，癡癡盼望著哪次一回頭，就能看見他的孔姑娘站在街角朝他微笑。

二房一家子心裡卻有些著急，自幾個月前把信遞回了京城，袁國公只來過一次信，告訴他們太子與太孫早就想到了，只是沒承想他們竟然敢動用火炮，而昭和帝更是極為重視，已經派了人去閩地協助趙澹，然後就再也沒有南方的消息。

袁妧再著急也只能壓抑住自己，想到玳瑁說給了趙澹許多珠子，心神定下，反而安慰起袁正儒來。「沒有消息就是好消息，祖父既然沒送信來，說明世孫哥哥如今是安全的。」

袁正儒嘆口氣。「世孫的安危倒不必擔憂，皇上也不會允許他出事的，只是這火炮洩漏出去了，不知道要拉下多少人，京中如今怕是一片混亂，也不知妳祖父同妳哥哥會不會捲進去……」

袁妧低下頭。「不然……讓玳瑁去探探消息？」

袁正儒一驚，忙攔住她。「萬萬不可，妳祖父也不會同意的，玳瑁同妳一起長大，在咱們家也十餘年了，不可輕易讓牠置入險境。」

玳瑁沒想到自己也能被如此關懷，在袁妧懷中感動得差點流下淚來，探出頭來叨住袁妧的衣領。「公主，我願意我願意。」

袁妧恍若沒聽見，一把將牠的腦袋按下去塞回殼裡，對著袁正儒點點頭。「妧兒知曉了，爹莫要擔憂，咱們得相信祖父。」

袁正儒想到袁國公向來胸有成竹的樣子，也笑道：「沒錯，妳祖父能到今日這個地位也不是全憑運氣，妧兒也別想這麼多，這幾日多陪陪妳娘。」

說完想到袁瑜，有些咬牙切齒道：「妳二哥日日不著家，那軍糧的事情早就解決了，他還賴在辛家，賴在妳大堂哥身邊，真是野了心了。」

袁妧想到二哥整天偷偷摸摸躲開爹娘溜出去的樣子，強忍住笑。「爹還說二哥，你不是也整日出去？號稱采風，也不知道話本子寫了多少了。」

袁正儒沒想到女兒竟然這麼說他，不可置信的看了袁妧一眼。「爹可不是出去玩的，回頭定拿出這話本子震震妳！」

袁妧擺擺手。「知道啦知道啦，我這就去看娘了，今日早晨看見盆裡的菜終於能吃了，待會兒咱們就吃了它們，也算是對得起它們努力長成的一片心了。」

說起袁妧那種成的一盆青菜，袁正儒也有些吞口水，同谷如今是半點兒綠都看不著，宅子裡的花園都要荒廢了，他們也好幾日沒吃到新鮮的菜蔬了……這下他也沒了心思研究話本子了，把手上的書一合，站起來招呼袁妧。「同去同去，讓妳娘高興高興。」

江氏無精打采的喝著茶，就見女兒抱著玳瑁邁進院子，她臉色不自覺浮現出笑容來，慈愛的看著袁妧。「慢著點，我看玳瑁又胖了些，妳還抱得動牠嗎？」

玳瑁打了個哆嗦，委屈巴巴地看著江氏，江氏竟從牠的小綠豆眼裡看出埋怨來了，連忙從袁妧手中接過牠。「哎喲喲，咱們玳瑁可是不高興了？」

袁妧笑著看自家娘親逗玳瑁。「娘可不能怪牠不高興，辛辛苦苦兩、三個月給娘種了一小盆青菜，高高興興的要送來呢，娘就說牠胖。」

江氏眼前一亮。「那菜長成了？快些讓人端來看看。」

袁妧神秘一笑。「馬上就來了。」

話音剛落，袁正儒就帶著兩個小廝抬著一個大盆進來，湊到江氏面前獻寶。「蕓兒快看，這菜今日就能吃了，我特地讓他們整個端來，咱們親手摘著吃豈不美哉？」

江氏見他的樣子，羞澀一笑，伸手點了點他。「快別來獻寶，這可是妧兒和玳瑁種的，怎麼到收成了是你跑出來了。」

袁正儒絲毫沒有被拆穿的羞惱，拉著江氏的手上前，親手摘下一棵青菜遞到江氏手中。「我特地讓人噴了些水，是不是看著更水靈了？」

袁妧被酸得一哆嗦，和江氏懷中的玳瑁對了個眼，看到玳瑁眼中的求救，輕咳著上前把玳瑁接過來。「爹娘，你們先摘著，我突然想起點事兒來，先回院子了。」

袁正儒給了她一個孺子可教的眼神，點點頭。「如此妧兒就先回去吧，待飯好了再讓人去喚妳。」

袁妧胡亂點點頭，抱著玳瑁，腳底跟抹了油似地走得飛快，一會兒就出了院子。

江氏嗔了袁正儒一眼，卻沈溺在他的笑顏裡，兩個人一起你儂我儂的摘起了菜。

袁妧抱著玳瑁坐在椅子裡，想著爹娘之間的甜蜜忍不住笑了出來。「玳瑁你說，這頓飯咱們什麼時候能吃上？」

玳瑁哼哼兩聲。「許是得一個時辰吧！」

果然不出玳瑁所料，足足一個半時辰之後袁妧才坐在桌前，看著爹娘都面色緋紅，你一筷子我一勺的互相挾菜，袁妧不禁露出謎樣的笑容，直把二人看得面紅耳赤。

正當袁正儒被袁妧曖昧的視線盯得有些發毛，放下筷子要教訓女兒一下的時候，突然外面連滾帶爬的衝進來一個人，驚慌大喊。「二……二老爺！打起來了！打起來了！吐谷渾已經圍住城門了！」

袁正儒被這突如其來的消息驚得筷子掉了下來，但早了這麼久，同谷上下都有心理準備，片刻工夫就回過神來，安撫的拉住身邊妻子的手，鎮定地問來人。「說清楚，到底什麼情況?!」

那人鼻涕眼淚糊了一臉，袁正儒辨認許久才認出是袁正修身邊的一個小廝，皺著眉問道：「你怎麼在這兒，大哥呢？」

問到這個，那小廝再也忍不住，放聲大哭起來。「世子爺……世子爺出了城了！」

袁妧倒吸一口涼氣，若是城門外打起來了，袁正修又出了城，這……

袁正儒這下子面上的鎮定都維持不住，快步上前踢翻那小廝，狠狠道：「快些說！到底怎麼了？從頭到尾說清楚！」

那小廝強壓住心中的惶恐，哆哆嗦嗦回道：「今……不，昨日世子爺拿著孔姑娘的畫像在街上打聽，有個賣水的攤主說前幾日見到過這個姑娘，說是買了甜水要拿出城，給莊頭的孫兒喝。

「今日一大早，世子爺就帶著小的幾個出城去附近的數個莊子尋孔姑娘，沒想到……沒想到突然吐谷渾的兵馬就來了，小的是趕在關城門前被人群擠進來的，世子爺……沒擠進來！」說完再也忍不住心中的害怕與驚恐，大聲痛哭起來。

第三十二章

袁正儒心亂如麻，照這小廝這麼說，袁正修被關在城門外，那真是凶多吉少了。他一腳踢開癱在地上的小廝，大步往外走去，將將快到院子門了才想起來，回頭對著追出來的江氏同袁妧道：「大哥這件事太危急，我要出去尋瑾兒，蕓兒妳一定要穩住家裡。妧兒……若是瑾兒沒有尋到妳大伯，就……」

袁妧心領神會。「爹你放心，我這就抱著玳瑁回院子，好好等你的消息。」

袁正儒心中稍慰，有了玳瑁，尋人應不是什麼大問題，且……萬一不大好了，有玳瑁總是能救回來一口氣。他匆匆安排之後就出了門，江氏也沒心思繼續吃那碟綠色的菜蔬了，親自把袁妧送回院子之後就開始忙碌起來。

同谷早就做好了迎戰的準備，甚至遠遠看到天邊的一片沙霾就早早吹起了防備的號角，士兵們有條不紊的關了城門，對著來不及進城的百姓高聲喊著，指引他們往南城門去。

袁正儒騎著馬在一片混亂之中艱難的找到了神情有些亢奮的袁瑾，袁瑾見到他也吃了一驚。「二叔你怎麼來了？家中出事了？」

袁正儒嘆口氣。「家中一切尚好，只不過……方才有個大哥的小廝回來報信，說大哥被關在城門外了，如今不知他在哪裡！」

袁瑾沒想到自己的親爹竟然被關在城門外，一時眉頭緊皺，咬著牙不知在想什麼，辛萍上前拉住他的手。「我派人悄悄出城去尋爹，定把爹帶回來。」

誰知袁瑾握緊她的手，一字一句道：「軍令已下，任何人不得出城，城門，不能開！」

辛萍瞪大眼睛驚詫的望著袁瑾，袁瑾虎目含淚，閉上眼睛平復心情，許久才睜眼，沙啞的對面前的袁正儒道：「二叔，城門不能開，如今有士兵在城牆上指揮著門外的百姓往南門走，待所有人都到了南門，會有人開一道只容一人通過的小門，驗明正身即可進城，只要爹跟著人群，就無事。」

袁正儒哪裡不知道他這不過是自己安慰自己，且不說北門到南門要走多久，門外的吐谷渾人也不是只圍不打，他們物資稀少，只求速戰速決，若是短時間內攻不破城門，那門外的百姓……就凶多吉少了。

袁正儒長嘆一口氣，拍了拍袁瑾的肩膀。「瑾兒，如今你莫要把心思放在這個上面，你只管對敵，大哥的事，我來想想辦法。」

袁瑾咬緊牙關點點頭，背過身去擦了一把淚，從懷中摸出一塊玉珮回身對袁正儒叮囑道：「二叔，這是能指揮家中府兵的玉珮，你拿著，定要護住家裡人的周全。還有……我爹的事情，莫要告訴我娘。」

袁正儒認真點點頭，拿上玉珮快馬加鞭的趕回去，幸而整個袁府在江氏的安排下還算是井井有條，沒有慌亂起來。

顧氏哪裡見過這等陣仗？城門外吐谷渾人示威的怒吼聲遠遠傳來，嚇得她一陣陣的發抖，也顧不得同二房的齟齬，拉著江氏的手緊緊不放，彷彿這樣才能多幾分底氣。

江氏好不容易安撫好她，就見袁正儒趕了回來，緊繃的心終於鬆了一絲，用眼神詢問他，袁正儒輕輕搖搖頭，上前對顧氏行禮道：「大嫂，我方才去尋了瑾兒，他給了我府兵的調度牌子，待會我會安排府兵守好門，若是方便，您先回院子歇著？」

顧氏見袁正儒回來了也鬆了口氣，聽到他的話更添一層安心，拚命點頭。「二弟得多多佈置些兵保護我。」

袁正儒也不欲同她計較，乾脆的應下，當即點出二十人來護送顧氏回院子，並當著顧氏的面囑咐他們就圍在院子口，莫要回來了。顧氏這才放下心來，趕緊回了院子，還是待在自己熟悉的環境更安全些。

江氏見顧氏到最後也沒問袁正修一句，嘆了口氣，悄聲問袁正儒。「瑾兒如何說的？」

袁正儒拍了拍她的手。「瑾兒說……軍令已下，不可派人出城，如今咱們只能等。」

江氏心裡慌亂，一時咬著唇不知說什麼，袁正儒安慰她。「無事，實在不成，咱們還有玳瑁呢。」

江氏嘆口氣。「咱們能借到玳瑁的福氣都是妧兒，其實我的心中一直十分擔憂，若是對妧兒有什麼不好……」

袁正儒心頭一陣無奈，其實袁國公同他不願意輕易讓玳瑁出手又何嘗不是有這個原因呢？只是人命關天，卻說不出來不用玳瑁的話，只能深深的看了江氏一眼。「莫急，說不定大哥待會兒就回來了，瑾兒也派了人在城牆上引導他們。咱們……且看吧。」

邊塞沒有京城那麼多講究，袁瑾的袁府中，府兵一共有八十人上下，派去二十人守著顧氏，剩下這六十餘人就顯得非常緊張。

府兵教頭同袁正儒商議好如何安排，就趕緊下去派人守著門，只是袁正儒自小也是大家少爺金尊玉貴養大的，哪裡經歷過戰事？強作鎮定忙完了自己能做的，心中到底也有幾分亂，只能在府裡到處走來走去看看有什麼不妥當，來緩解自己的情緒。

袁妧深知袁正修被關在城門外有多危險，抱著玳瑁上了床。「玳瑁，咱們怎麼能尋到大伯呢？」

玳瑁也滿臉愁容。「我只能出現在有水的地方或者水附近，這同谷附近連個水窪都沒有，更別提什麼蝦兵蟹將了……」

袁妧抱著牠沈默許久，咬咬牙問牠。「如果我給同谷降了雨呢？」

玳瑁大驚。「公主不可！若是被發現了，妳可就……那個袁正修，不值得。」

袁妧嘆口氣。「我對袁家而言，袁家對我而言，早就不是一句、兩句能算得清楚的。」

玳瑁想到了袁家人的好也沈默了，對袁妧道：「也不一定要降雨，不過是控制一點水，什麼水壺啊酒的都可以，先別著急，咱們等等消息。」

這也是沒辦法的辦法了，此時整個同谷都陷入了困境中，甚至空氣都焦灼起來。

九月的邊疆，天色漸暗的時候已經有了幾分寒意，辛老將軍親自掛帥上了城牆鼓舞士氣。

幸而袁瑜之前同運糧官扯皮多扯來了三十車糧食，待辛老將軍說完之後，一直擔憂軍糧不夠的眾人也都鬆快下來，對著袁瑜謝道：「多謝袁小公子了，只要能吃飽，咱就幹他直娘賊的！」

袁瑜有些羞澀，卻也有些激動，他振臂一呼。「吐谷渾不過是一群烏合之眾，最多三日咱們就能把他們打退！」

這書生意氣的話逗得那群老兵油子都咧開嘴笑了起來，袁瑾從背後拍了他頭一下。「別來添亂，快回去看看家裡怎麼樣了，如今只有二叔一人在家主持大局。」

袁瑜脖子一梗。「我不回去，我要親眼看著咱們的將士把城門外的賊人們殺得片甲不留！」

方才被他逗笑的士兵們笑得更大聲了，紛紛出言附和。

「沒錯，咱們就讓袁小公子看看！吐谷渾那些行走的牛馬，咱們大昭還沒放在心上。」

「就讓小公子留下吧！」

袁瑾無奈，搖了搖頭，辛老將軍倒是好笑，悄悄對袁瑾道：「你這弟弟倒是個人才，在哪兒都能東拉西扯的聊上一陣。」

袁瑾苦笑道：「我離開家時他不過還是個小兒，也不知道怎麼養成了這性子。」

二人說笑兩句，心裡都鬆快不少，看了一眼坐在將士中間的袁瑜和不時爆發的哄笑聲，辛老將軍嘆口氣。「這次吐谷渾可不是隨隨便便出兵，這不過是前期的先鋒，後面尚有大部隊，這仗，可難打嘍。」

袁瑾彎起嘴角不屑的笑了一下。「再難的咱們又不是沒打過，只求他們快些來，可別磨磨唧唧的讓人殺不痛快！」

辛老將軍看著孫女婿面上嗜血的戰意心中滿意，卻出言提醒他。「你爹……」

提到袁正修，袁瑾的臉一下子沈了下來，片刻才開口道：「我只希望我爹是隨著那群百姓一起，如今他們已經快到南門了。」

辛老將軍拍了拍他的胸甲。「萍兒如今正在後面忙著指揮造飯，這件事情就交給她吧。」

袁瑾知道辛老將軍的意思就是這件事辛家攬過去了，鄭重其事的對他一行禮。「多謝祖父了，只求祖父任我為先鋒，天黑之後下去突他一個來回。」

辛老將軍本也是這意思，隨即應下，又叮囑兩句。「一切小心，萬事不可莽撞。」

袁正儒在袁府正門的門房裡等得心急如焚，怎麼北門沒消息，南門也沒消息，派出去的小廝們在城門口等著，卻沒有任何有用的消息傳回來。

他沈了沈心，覺得不能再等了，正要抬腳去袁妧的院子，卻聽到府兵教頭騎著馬一路疾馳喊著號子回來，他忙讓人打開大門，還沒來得及詢問就聽到教頭對他道：「二老爺，千總做了前鋒，已經帶著人出城殺他們一個措手不及了！」

袁瑾竟然做了前鋒?!袁正儒雖說早有準備，但還是吃了一驚，對教頭道：「快回去，待瑾兒回來之後趕緊來報！」

教頭扯起馬韁扭身奔向北城門，袁正儒再也按捺不住，快步走向袁妧的院子。

玳瑁已經準備好了許多治外傷的靈藥，袁妧在整理的時候聽見袁正儒的聲音，忙讓門外的梁嬤嬤開門，讓他進來。

袁正儒見女兒床上半床的藥，心中極其複雜，又得用到玳瑁……可是也真的等不了了。

他為難的看著袁妧，袁妧了然於心，對他道：「爹先出去吧，把這藥拿出去分分，喝的熬上一大鍋，用的也送到城門去，我這就尋一下大伯。」

袁正儒感覺自己有些羞愧，看了看外面無人，小聲對袁妧道：「妧兒，妳同爹說實話，玳瑁這些神奇之處……會不會損了妳的福氣？」

袁妧沒想到袁正儒竟然能想到這點，一下子笑了起來，笑過之後卻是感動，她拉著袁正儒的袖子撒嬌道：「爹想多啦，若是真對我有什麼影響，我也不會主動一次次讓玳瑁出頭呀。」

袁正儒放下一半的心，卻又撈起桌上的玳瑁，認真的同牠的綠豆眼對視。「玳瑁，你說，你對妧兒有無影響？」

見玳瑁乖巧的搖了搖頭，袁正儒才鬆了口氣，鄭重向袁妧表示。「但凡有一點影響，爹……還是希望妳多照顧自己。」

袁妧笑著點點頭，忍下眼中的淚，就要趕袁正儒出去，這時盈月從外面衝進來，看到袁正儒在這兒，一愣，行了個禮道：「老爺、小姐，世子爺回來了！」

袁正儒可以說是狂喜也不為過，第一反應是回頭看著女兒。「妧兒，這下可不用了！」說完，笑得像個孩子一般往門外跑去。

袁妧阻攔不及，看著已經消失的袁正儒，笑著搖搖頭，抄起玳瑁一起追了出去。

袁正修已經坐在正廳，不過半日的工夫整個人都狼狽蒼老了許多，身上的錦衣華服早就被一起逃難的小廝勸著換了下來，如今身著青灰色小廝服，臉上抹著兩坨灰，顯得衰敗又頹廢。

顧氏露了一面就回了自己的院子，如今她的院子可以說是整個袁府最安全的地方了，若不是不出來著實不好，她是死也不願意踏出一步。

這一走就只留下江氏，她可萬沒想到顧氏能早走，這下她提前走也不合適，不走更不合適，心裡頭把顧氏罵了個狗血淋頭。

見袁正修沒有大礙，叫痛聲也中氣十足，袁正儒的心放了下來，拉著他的手坐在他身邊動容道：「大哥，你受苦了。」

袁正修這半日可是吃夠了三、四十年沒吃過的苦頭，哪怕當年在村裡種地，也是有娘護著的人，哪裡曾被那些如餓狼一般的流民盯上？明明同是逃難的人，一群刁民把他圍在中間，這個拔個戒指，那個拽個玉珮，若不是城牆上的兵士們眼尖射箭威懾，他怕是都不能活著回來了！

袁正儒聽著袁正修絮絮叨叨的念叨著自己的苦處，沒有要完的跡象，忍不住打斷他。「大哥是隨著那群流……刁民一起進城的？城外可安全？聽說瑾兒做了前鋒，不知現在戰況如何！」

袁正修一愣，他可沒想到自己的兒子竟然做了前鋒，雖說最近父子感情有些疏遠，但好歹也是疼了二十多年的兒子。他突然想到什麼一般，緊緊拉住袁正儒的手。「快，世孫在外面，是世孫救我回來的！」

袁正儒大驚。「世孫？哪個世孫？」

袁正修忍著不耐煩嘟囔道：「還有哪個世孫？晟王府世孫！」

門外的袁妧看著自己的大伯，無語的對身邊的趙澹道：「世孫哥哥，大伯今日是受了苦了，還請你莫要見怪。」

趙澹聽出她語氣中的小心翼翼，抿抿嘴忍住到嘴角的笑，繃著臉回道：「無妨。」

袁妧看著他面無表情的臉，心裡直嘆氣，任誰救了人回來還被撂在院子裡也不高興，只能纏著趙澹說話。「世孫哥哥，你怎麼突然過來了？」

趙澹挑挑眉，終於浮出一絲笑。「我讓玳瑁給妳帶的話，妳還記得嗎？」

帶的話？哪一句？袁妧面露困惑，玳瑁著急的提醒她。「就是，青菜，菜蔬！」

袁妧恍然大悟，驚訝的看著趙澹。「難不成世孫哥哥真的帶著菜蔬過來了？」

趙澹點點頭，示意身後的凌一出去把那幾車菜蔬推過來，凌一心道世孫真是傻了，誰家把菜蔬推進後院裡的？卻也只敢心裡嘀咕，恭敬地應下出了院子。

袁妧心中歡喜又感動，沒想到他為了實現那麼一句戲言般的話，竟從閩南跑到同谷來，這一南一北快馬加鞭也要將近兩個月的路程，怕是壓根兒就沒休息過。

袁妧看見趙澹眼底的血絲，勸他道：「世孫哥哥且先去休息會兒吧？如今在打仗，你們進了城估計就出不去了，明日開始怕是有得忙了。」

袁正修在花廳裡，聽到袁妧的話大急，甩開袁正儒的手一瘸一拐的出來，對著趙澹行了個滑稽的禮，抬頭滿懷期待的懇求他。「世孫且慢！求世孫救一救瑾兒！」

第三十三章

趙澹愣住了，這同谷上下精兵良將，還有辛老將軍親自鎮守，哪裡用得著他？何況他此次前來也不是做這個的，怎麼能越俎代庖？

他瞥了袁正修一眼，看到身後的袁正儒臉脹得通紅，身邊的袁妧也咬住了下唇，挑挑眉輕嘆一聲。「我這就派人去城門探察，世子放心。」

袁正修得了他一句準話，放下心來，頓覺身體又疼痛難忍，順勢倒在袁正儒身上指著院子。「唉！二弟，快送為兄回去，為兄疼啊……」

袁正儒只能對著趙澹一拱手。「世孫，大哥今日身子著實不好，我先送他回去。」又轉頭囑咐一直跟在一邊的江氏。「夫人先安置好世孫。」

江氏鬆口氣，袁正修可算走了，點點頭應下。

凌一這時候笑呵呵的跑過來，指著院門外的幾輛車對江氏道：「二夫人，世孫聽聞您在同谷食不下嚥，特地帶了幾車菜蔬過來。」

江氏笑著瞥了凌一一眼，對趙澹道謝。「多謝世孫惦記，世孫先隨我去客院休息吧，已經都收拾好了。」

趙澹遲疑了一下，看向低著頭的袁妧，想了想自己好像也沒什麼能留在這兒的藉口，只能點點頭，老老實實的跟著江氏出了院子。

都是在閩地共生死的人，主僕幾人的情分非往日可比，袁家的下人一退出去，屋裡只剩下自己人。凌一八卦的湊到趙澮面前看著他，趙澮理也不理他，低頭捧著茶杯喝茶。

凌一還等著趙澮主動發問呢，左等右等等不來，只能鼓起勇氣的咳了咳，輕輕問趙澮「世孫，這菜蔬……是給袁二小姐的？」

誰料趙澮放下茶杯瞪了他一眼。「什麼婉兒小姐，女子閨名也是你能叫的?!」

凌一一愣，冤枉死了。「世孫，是袁，二小姐啊！」

趙澮這才知道自己聽錯了，心道自己今天到底怎麼了，怎麼哪兒都不對勁。

凌一見他沒說話，乾脆挑明了。「世孫，您是不是……看上袁二小姐了？」

趙澮的心突然狂跳起來，臉上不自覺的泛上緋紅，凌一目瞪口呆的看著自家世孫的臉以肉眼可見的速度紅了起來，不敢置信的回頭看了三個兄弟一眼。

凌二、三、四的震驚絲毫不比凌一少，三人也湊上來，目光炯炯的看著趙澮，趙澮的臉更紅了，卻還維持著面無表情，那畫面，看得四個人憋笑憋得腸子都打結了。

許久，趙澮臉上的緋色才褪了下來，看著東歪西倒的四個人，輕哼一聲。「都出去練三個時辰功去！看來是我對你們太和善了！」

凌二帶頭哀嚎一聲，卻也不敢反駁，四個人灰溜溜的出去，一出門就互相瞪眼，最後二、三、四一齊對著凌一翻白眼。

過了方才那陣子突如其來的羞澀，趙澹飛快的冷靜下來，坐在椅子上反問自己，方才到底怎麼了。

天色漸黑，袁家下人已經送來晚膳，凌一、二、三、四依然在院子練功，聞著飯香味肚子咕咕叫，他們可是有段日子沒正經吃過一頓飯了，可如今卻沒人敢去敲趙澹的門。

梁嬤嬤在門口輕聲喚道：「世孫，晚膳到了。」

門「吱呀」一聲從裡打開，趙澹唇角含笑走了出來，梁嬤嬤感覺趙澹哪裡有些說不清道不明的不同，疑惑的看了他兩眼，詢問道：「世孫，晚膳是擺在屋裡還是擺在飯廳？」

趙澹看著院子裡依然在練功的四個人，意味不明的一笑。「就擺在院子的石桌上吧。」

梁嬤嬤指揮著幾個下人一一把菜擺在石桌上，因著趙澹送了幾車新鮮的菜蔬，今晚的晚飯綠色著實不少。

去骨的肥兔做的鮮鍋兔，嫩麻鮮辣。醃製了十二個時辰，香酥到骨子裡的蒜香烤排骨。裹著濃郁飽滿汁水的土豆燒牛肉，再配上一盤清炒的菜蔬，一碗上湯菜心，最後掀開一盅燉了一下午的板栗母雞湯。

趙澹淡定的坐在石桌前，一筷子一筷子的吃著面前的晚膳，凌一、二、三、四肚子叫得更響了，四人此起彼伏的聲音如同打雷一般，惹得伺候趙澹用膳的袁家下人們側目。

凌一、二、三、四的臉比方才趙澹還紅，拚命的想讓自己肚子不叫，可是這哪是忍得住的？特別是趙澹還特地尋了個上風口的石桌，那小風一吹，香味纏繞著四人，讓他們避無可避。

趙澹細嚼慢嚥的吃完晚膳，用帕子一根一根的擦乾淨修長的手指，看了一眼四人可憐巴巴的眼神，哼了一聲，一言未發，進了屋子。

四人如同晴天霹靂，紛紛懊惱自己真的是大意了，自己跟世孫出去一趟就忘了世孫原來的性子。

天色全黑下來之後，四人才練滿了三個時辰，袁家算著時辰又送了一回飯。四人狼吞虎嚥吃了整整一桶飯才飽足起來，嚼著烤羊腿幸福得拍拍肚子，他們下定決心以後再也不跟世孫說那些了！

趙澹已經換好了夜行衣，袁正儒方才已經派人送來了袁府的防禦佈置圖，委婉的提醒他的人莫要與袁府府兵起衝突，誰知這可便宜了趙澹，他趁著凌一、二、三、四吃飯的時候跳上屋頂，四處觀望一番，認準一個方向三兩下就不見了身影。

玳瑁今日可開心得很，總算是好好吃了一頓青菜了，要不是袁妧強行把牠抱回來，牠簡直都想住在裝青菜的車上了。

趴在磨著袁妧專門給牠調來的水中，玳瑁長長的出了一口氣，在同谷半年多了，這還是頭一回這麼舒服，牠伸了伸四隻爪子，把腦袋扎進水裡，快活的游了兩圈。

突然窗外傳來「嘎嗟」一聲，玳瑁立時機敏的伸著頭，正要爬出來，只聽見一聲低沈的聲音。「玳瑁，是我。」

玳瑁一愣，外面的人已經翻窗進來了，看見露著頭的玳瑁，伸手把牠從水裡撈出來，拿起旁邊的帕子給牠擦乾淨水，邊擦邊自言自語。「怎麼窗戶還沒關？」

玳瑁翻了個看不出來的白眼，用爪子戳戳他的手。「世孫看看這窗上，有鎖不？」

趙澹遲疑一下，回頭看了一眼，果然竟沒有鎖，眉頭皺了起來。「窗戶沒鎖，那豈不是很不安全？」

玳瑁嘆口氣。「這可是全同谷除了將軍府最安全的地方了，同谷冬日風太大，一般的鎖鎖不住窗戶，都是用粗木槓直接別住，夏日一別就悶死人了，我家小姐最怕熱，才不耐煩別。」說完瞅了趙澹一眼。「再說也沒別人會隨便往小姐閨房闖啊，若不是咱倆算熟人，今日你的臉就被我撓花了！」

趙澹自覺理虧，摸摸鼻梁，輕咳一聲。「那個，我有話同妧兒說。」

玳瑁腦袋往外屋一伸。「出去等著！」

趙澹只能灰溜溜的放下玳瑁，退到外屋，一牆之隔的小屋裡，上夜的梁嬤嬤正巧翻了個身，趙澹面無表情，心裡卻不知為何有些心虛。

袁妧被玳瑁叫醒，還是有幾分起床氣，又怕趙澹是真的有事尋她，用力拍了兩下枕頭發洩一下才爬起來，換好衣服氣鼓鼓的來了外屋。

趙澹看到頭髮有些微亂的袁妧，眼底浮出一絲笑意。「怎麼，怪我吵醒了妳？」

袁妧嘆口氣。「我哪兒敢，世孫哥哥半夜前來『又』有何事啊？」

趙澮被她敢怒不敢言的小模樣逗笑了，索性直奔主題。「妧兒，妳也將將十三了，有考慮過終身大事嗎？」

「咳咳咳咳……」

玳瑁被他驚得震天咳起來，袁妧下意識的捂住玳瑁的嘴，才反應過來只有她和趙澮能聽到玳瑁說話，訕訕的放開，腦海中卻一直迴盪著趙澮方才那句有考慮過終身大事嗎？

趙澮被玳瑁咳得滿臉通紅，看見袁妧低著頭沒說話，又問了一句。「妳……考慮過終身大事嗎？」

袁妧心裡卻十分的冷靜，早在秦清澤打算提親的時候，江氏就同她談過這回事，她也有心理準備自己十五歲之前怎麼也是要訂親的，聽到趙澮又問了一句，點點頭。「考慮過。」

趙澮沒想到袁妧竟然這麼的乾脆，反而支吾起來，沈默片刻才問了一句。「妳想尋個什麼樣的夫君？」

袁妧抬頭看了趙澮一眼，見他耳朵紅得要滴出血了，眉頭輕輕皺起。「其實我也不知道，左右不過公婆親和夫君體貼罷了，只是……總是覺得缺點什麼……」

雖然袁妧吞下了到嘴邊的稱呼，但趙澮敏銳的聯想到了秦清澤，公婆親和、夫君體貼……

趙澮的臉沈了下來，若說夫君體貼，他自信自己做得到，公婆……他嘆了口氣。「妧兒的未言之意是什麼？」

袁妧被他一問才緩過神來，愣愣的看著他反問。「世孫哥哥問這個做什麼？」

趙澹抿抿唇，心跳得如擂鼓，閉上眼睛給自己打了下氣，睜開眼睛炯炯的看著迷惑的袁妧。「我……妧兒，我想娶妳為妻。」

玳瑁差點撲上去給趙澹來一口，咬掉他一塊肉才好。這是什麼人？夜半來訪竟然說這個，果然是個登徒子！

袁妧這下子真的呆住了，如白麵包子一般的臉飛快的脹紅，趙澹見她臉紅了，不知為何剛壓下去的緋色也慢慢爬上臉頰。兩個人如同大門外掛著的一對紅燈籠，一左一右兩個大紅臉，都能照亮這只點了一支蠟燭的昏暗小屋。

玳瑁看了氣得要死，誰家男兒這麼提親的？把公主當成什麼人了！

跳出袁妧的懷抱摔到地上，三兩下爬到趙澹腳邊，亮出鋒利的爪子劃破他的襯褲，一口叼住他的腿，狠狠的擰了一圈。

趙澹疼得「嘶」了一聲，咬著牙蹲下拍拍玳瑁的殼。「玳瑁，鬆開。」

玳瑁不只沒鬆開，反而更用了幾分力氣，頗有點當初咬顧氏的感覺，趙澹的腿漸漸逸出血珠，玳瑁嚐到了血腥味才「呸」的一口吐出來，狠狠盯著趙澹。

趙澹一膝跪地著同玳瑁對視。「消氣了嗎？若是不消氣，再來咬一口。」

這話氣得玳瑁馬上就探出爪子想要扒住他，卻被袁妧從身後抱了起來，袁妧面上的羞澀已經退了個七、八分，抱著玳瑁對還蹲著的趙澹道：「世孫哥哥，此事你不該問我，你該同我爹娘說，今日天色已晚，你還是先回去吧。」

趙澹一聽就知道自己搞砸了，怕是袁妧心中對他也有了什麼想法，若是今晚自己一走了之，日後再見都難，強壓住懊惱的心情，抬頭對著袁妧搖搖頭。「我知道妳覺得我莽撞。」又垂下眼眸。「可我也不知道該如何做才好。那年妳把我救回來，妳應該就知道了我家裡有些……自小沒人教過我，我只能憑本心跟妳說了我想說的話，若是妳覺得我做得不對，那就儘管罵，只求妳之後莫要不理我……」

袁妧隨著他一番話，想到他自幼受的苦，神色也慢慢緩了下來。「沒事的，我只是一時驚到了，世孫哥哥還是先回去吧。」

玳瑁也糾結自己方才是不是下嘴太狠了，畢竟這孩子是自己救回來的……

趙澹察覺到對面一人一龜態度上的軟化，心下鬆了一口氣，卻沒有動，依然低著頭不說話。

袁妧看著他頭頂的束髮，有些心軟，伸出一隻手推了推他。「世孫哥哥快起來吧。」

趙澹這才做出回過神來的樣子站起來，看著剛到他胸口高的袁妧，忍住想揉揉她腦袋的衝動，深深的看了她一眼。「妳……莫要生氣了，好嗎？」

袁妧被他低沈的聲音麻得一哆嗦，胡亂點點頭也不看他。「不氣不氣，你快回去吧，待會梁嬤嬤就要起來給我蓋被子了。」

趙澮彎起嘴角笑了笑。「那我便回去了，明日我怕是就要去城門了，咱們見面的機會不多，別擔心，回京後我會讓祖父母光明正大的上門提親。」

袁妧的臉又紅了，這話說得好像他們倆已經私相授受了一般，忍不住抬頭嗔了他一眼。

趙澮被這軟綿綿水汪汪的眼神瞪得心都化了，伸出手拍拍她的頭頂。「我走了，妳快些回去睡吧。」

也不待袁妧回答，自己先轉身進了裡屋，袁妧愣了一下才反應過來，忙跟著他進去，見他已經站在床邊，還是沒忍住，叮囑了一句。「世孫哥哥多加小心。」

趙澮知道她是提醒他上戰場小心，笑著點頭，縱身跳出窗戶，如同一個夢一般消失在袁妧眼前。

袁妧微微有些發愣，甚至開始懷疑自己是不是作夢。

玳瑁見趙澮已經不見蹤影了，袁妧還直愣愣的看著窗外，心裡不由擔憂。「公主，妳是不是特別生氣，要不然我去教訓他？」

袁妧被打斷了思緒，低頭看了看懷中的玳瑁，輕輕拍了拍牠。「沒事，只是被世孫哥哥嚇一跳，咱們快些睡覺吧，明日還得尋大堂嫂一起做軍糧呢。」

玳瑁只能嚥下到嘴邊的疑問，一迭聲的催促她睡覺。

第二日一大早趙澮就帶人去了城門，袁妧果然沒見到他，心裡稍微鬆快一些，江氏卻抽空尋上了她。「妧兒，妳十歲上下娘就同妳商議妳的婚事了，如今妳已經快成人了，娘就更不能瞞妳了。」

江氏其實自己也有些糾結，喝了口茶對女兒道：「我看世孫……對妳有些不一般，妳怎麼想？」

這是短短幾個時辰裡第二次驚嚇了，玳瑁差點沒把剛喝的水噴出來，袁妧微微驚恐的瞪大眼睛。「娘，妳……說什麼？」

江氏見自己的傻女兒像是什麼都不懂，拉過她的手。「娘是不怎麼希望妳嫁過去的，晟王府一家子人真真不是省油的燈，老王爺同王妃是明眼人有什麼用呢?世孫的爹娘名聲怕是已經傳遍全京城了。」

袁妧想到昨晚趙澹的話，又聽了今日江氏的話，那叫一個心煩意亂，打斷江氏。「娘不要說了，如今大敵當前，咱們別浪費時辰了……」

江氏一想女兒說的也有道理，嚥下到心頭的擔憂，心想這種事的確得回京城再說，遂起身準備同女兒一起再去做軍糧，卻聽聞凌二在院外求見。「袁夫人，吐谷渾攻城了！」

吐谷渾竟然攻城了?!昨晚袁瑾才剛帶人衝進敵營殺了個來回，讓他們騷亂了一晚上，所有人都以為今日必定雙方高掛免戰牌，誰知吐谷渾竟然不按常理出牌。

第三十四章

江氏也顧不得什麼世孫啊軍糧的，忙拉著袁妧就去尋袁正儒，袁正儒也接到了消息，鎮定的安排好府裡的守備，就見妻女匆匆趕來。

他迎上去拉住江氏的手。「別怕，如今不過剛剛開始喊攻城號子，瑾兒已經派人回來通知我了，府裡內外都佈置好了，妳們安心在這兒等著就成。」

江氏的心這才稍稍放下來，拉緊袁妧的手對袁正儒道：「既然如此，咱們就在這兒等著吧，若是有什麼消息也能第一時間知道。」

袁正儒點點頭。「世孫派了凌二和凌四回來，讓他們守在這兒，這二人自幼習武，也算是一等一的高手了。」

這話本是想說來讓妻女安心的，誰知江氏還沒說話，門外傳來一聲尖叫。「二弟！有這等高手，竟然不派去保護我與你大哥！」

一家人抬頭望去，卻見顧氏同一瘸一拐的袁正修站在門口，滿臉的氣憤，而袁正修也一臉的不贊同。

袁正儒愣住了，凌二卻不管這是什麼人，挑眉看著門口的幾個人，冷嘲熱諷的開了口。「不知道這位是？昨日世孫『救』了貴府世子爺回來，這位夫人可沒露過臉。」

凌二特地加重了「救」字，顧氏一下子臉脹得通紅，她自詡讀書人家達禮的女兒，自然知道這事兒做得有些沒禮，如今還是被一個下人點破，更是難堪。

整個院子一下子安靜下來，袁正修給袁正儒使著眼色讓他打圓場，袁正儒卻裝沒看見，只低頭摸著女兒的腦袋。

袁正修無奈之下只能親自開口。「昨日事情又多又急……」卻又覺得自己對著一個下人解釋失了身分，訥訥的閉了嘴，說不下去了。

整個院子又陷入了方才那種讓人窒息的安靜，凌二嘲諷的笑容一閃而逝，也懂得見好就收，對袁正儒拱手道：「袁二老爺，我們兄弟二人是世孫特地派來保護您一家子的，世孫臨行前答應過琤少爺，定護你們一家周全。」

卻也沒說清楚到底是護著袁家一家還是二房一家，袁家如今尚未分家呢，如此模稜兩可的話讓袁正修更是羞憤，恨不能喝斥這目無尊卑的奴才！可是……如今正用得著他們呢……只能忽略過凌二，調轉話頭。「二弟，吐谷渾攻城了，咱們一家子更是不能給瑾兒扯後腿了，如今就把所有的府兵都調到正院來，咱們都守在這兒等瑾兒得勝歸來！」

袁妧真是膩味這個大伯滿嘴的大空話，幹的卻都是不講道理的事，明明是自己怕死，非要說得這麼冠冕堂皇。

她偷偷瞥了江氏一眼，江氏可是對這個女兒的心思瞭如指掌，一看她這樣子就知道她想作弄人了，不贊同的瞪了她一眼，如今可不是計較這些的時候。

袁妧看到自家娘親的眼神，也只能忍下來，心裡哼了一聲，暗想什麼時候讓他們夫妻倆免費洗個涼水澡，卻聽見「啊」的一聲尖叫，顧氏邁過門檻不知怎麼腳底打滑，慌亂之中拽住身邊的袁正修，二人一前一後紮紮實實的摔在地上。

這同谷的地可不是京城，京城那是鋪著柔軟的羊毛織毯，講究的就是個腳踩雲端的感覺。同谷不過是用城外尋的石頭磨成平的鋪上，硬得走路都硌腳，這麼一摔顧氏直接磕到了臉。

而袁正修被她一拽失去平衡，眼看就要臉貼石板了，他在半空中努力扭轉個身子，一下子壓在顧氏身上，他倒是有個墊背的，顧氏卻又被狠狠壓了一下，只聽見「嚓」一聲，顧氏的慘叫聲響起。

這一切都發生在電光石火之間，所有人都沒反應過來，凌二、凌四倒是能攔住，卻沒有出手，就這麼眼睜睜看著二人摔成一團。

袁正儒回過神來，忙招呼下人們把二人扶起來，袁正修倒是沒什麼事，只是受了點兒驚嚇，還有最後一用力腰有些扭傷。

顧氏的鼻子眼淚混合著嘴裡的血流了一地，臉上紅腫了半邊，牙齒都鬆動了，模模糊糊的喊痛，聽著都漏風。

最重要的是她的腿……右小腿被袁正修一壓，直接斷成兩截，腳踝上面兩寸處呈詭異的角度彎了下來，把所有人都嚇了一跳。江氏一手捂著怦怦跳得飛快的胸口，一手不忘擋住袁妧的眼睛，生怕她看到這嚇人的一幕。

顧氏淒慘的呻吟哀嚎聲一下子傳遍了半個袁府，所有聽到的人都忍不住打了個冷顫。

凌二看著下人們要去扶顧氏起來，伸手制止。「別動！這腿還想要現在就不能動！」

顧氏卻什麼都不知道了，只覺得疼疼疼，疼到心底最深處了。她活了這麼多年，從未如此疼過，身邊的一切都模糊起來，嘈雜的聲音都似不存在一般，她覺得自己馬上就要死了！

這種傷勢，在場的人之中凌二自然是最明白的一個，他指揮著下人們拆了一個椅子，用木板固定住顧氏的腿，這才小心的把她放到後宅用的小轎上，直接抬回了院子。

江氏也帶著袁妧一同跟了過去，幫著照顧料理。

袁正儒走不開，每隔半個時辰都會有人來傳消息，他只能在這兒等著。而袁正修坐在椅子上讓一個小廝揉著腰，「嘶嘶」的吸著氣，卻全然不管顧氏。

袁正儒深深的看了他一眼，見他忙做出疼痛難忍的表情，嘆了口氣。「大哥若是真的疼，就先回去歇著吧。」

袁正修哪裡敢回去？方才顧氏怎麼會傷得這麼嚴重，大家可都是心知肚明，如今回去豈不是……想到這兒他的呻吟聲又大了幾分。「二弟，我這腰疼得厲害，怕是不能走動，先在這兒等著府醫過來看看再說。」

袁正儒也沒法強求他做什麼，只能吞下到嘴邊的話，靜靜等著府醫的到來。

國公府跟來的府醫對骨折、骨裂可沒什麼細細的研究，只能依靠原本袁瑾這兒的府醫。可是這些人本就是給糙漢子們治病的，下手重得很，哪怕已經覺得輕了又輕，顧氏還是疼得昏過去一回又疼醒一回。

待她又昏過去了之後，滿頭大汗的府醫擦了擦額頭的汗，叮囑江氏。「世子夫人這腿可萬萬不能再動了，且看它長得怎麼樣吧！若是後面長歪了，說不定還得敲斷了再接。」

剛醒過來的顧氏正巧聽到了什麼敲斷了再接，聲都沒出，白眼一翻又昏了過去。

袁妧也覺得她有些可憐，戳著異常安靜的玳瑁責問牠。「是不是你使的壞？」

玳瑁可不敢說話，哼哼兩聲把腦袋縮進去，袁妧不依不饒的戳牠。「快說，這次你可太過了！非得好好教訓你才成！」

玳瑁有些委屈的探出頭來。「我只是扔了一塊昨日吃剩的菜根在地上，摔一下也沒什麼大礙，誰知道那袁正修心這麼狠，拚著扭了腰也把她的腿壓斷了，我還嚇了一跳呢。」

袁妧氣得笑了起來。「這麼說你還委屈上了？」

玳瑁見袁妧真的生氣了也害怕起來，哭巴巴的直求饒。「公主，是我錯了，我保證把她治好，保證她不會瘸，保證她好了以後比以前跑得還快，妳就原諒我吧！」

說完抱住袁妧的胳膊，挪動著重重的龜殼扭來扭去的撒嬌，袁妧不吃這一套，單手拎起牠。「今日非得給你點教訓才成，看你以後下手是不是還沒輕沒重的。」讓人跟江氏打了聲招呼，拎著玳瑁就去了正院。

袁正儒和袁正修兩個人面對面坐著卻沒有說話，見到袁妧來了忙迎出去。「妳大伯母如何了？」

袁妧瞥了眼正豎起耳朵偷聽的袁正修，心裡哼哼兩聲，對袁正儒道：「府醫給大伯母上藥固定的時候，大伯母暈過去了兩、三回，起碼三個月之內是不能挪動的，而且府醫還說，若是長歪了，還得打斷了重新接，再受一回罪。」

袁正修被嚇得打了個哆嗦，低下頭去裝什麼都沒聽見，袁妧對袁正儒使了個眼色，父女二人到了院子裡無人之處，袁妧把玳瑁遞給袁正儒。「是玳瑁扔了個剩菜根，大伯母才摔倒的，牠最近可皮得很，我想把牠送到城門上去。」

竟然是因為牠……袁正儒一愣，看著閃躲他眼神的玳瑁，卻又想到玳瑁出手之前袁正修和顧氏說的話、做的事，嘆了口氣。「玳瑁送去城門自然是對咱們守城有好處的，起碼傷兵救治也能及時些，可是瑾兒並不知道玳瑁的……這麼送去……」

關於這個袁妧倒是早就想好了。「世孫哥哥知道玳瑁的事情，就把玳瑁讓他帶著吧！」

玳瑁想反駁也沒辦法，知道自己做錯了事，只能垂著頭聽任袁妧的安排。

袁正儒看了一眼垂頭喪氣的玳瑁，點點頭。「如此也好，玳瑁去了也能替咱們大昭的士兵增添一分助力。」

而後，玳瑁經歷了漫長龜生中最難熬的一天，震耳欲聾的攻城呼喊慘叫聲一直在牠的耳邊縈繞，漫天的血霧，從城樓澆下去的火油燙熟了吐谷渾攻城士兵的刺鼻氣味讓牠無處可躲。

牠兩眼通紅，小小的綠豆眼迷茫又激動的看著眼前的一切，玳瑁骨子裡嗜血的一面完全被激發了出來。牠想到了年幼時同兄弟姐妹們一起掙脫出蛋殼用力往海裡爬，然而卻被海鳥群襲擊，千死一生，牠幸運的活了下來，可是兄弟姐妹漫天的血卻一直印在牠心底的最深處。

牠用力推開趙澹的手，想要衝到城牆上惡狠狠的咬掉吐谷渾人的腦袋，趙澹用力按住牠。「想想你如今的樣子！你不是那個能傾吞大海的玳瑁！」

玳瑁一個激靈清醒過來，抬頭看了趙澹一眼，雙眼漸漸清澈起來，大聲道：「世孫說得對，城門上傷員太多，抱我去個無人之處，我多拿些藥來。」

趙澹點點頭，他如今能站在城樓上，也是辛老將軍派了十幾個人把他團團圍住才放心讓他上來的，自然也不會自討沒趣指手畫腳，抱著玳瑁下了城樓，尋了一處無人之地把玳瑁放下。

城牆之上，袁瑾帶著手下的將士們抵住了一波又一波的進攻，可吐谷渾人像不要命了一樣如潮水一般湧上來，滾水、火油、大石塊都抵不住他們對進攻的渴望，雖說偶有一、兩個爬上城牆的馬上就被斬殺，可是同谷將士也都累得筋疲力竭，完全是靠意志撐著。

袁瑾反手砍殺了一個爬上城牆的吐谷渾人，看著底下像螞蟻一般密密麻麻的敵人，心頭殺氣更甚，揮刀大喊。「兄弟們！殺光底下的吐谷渾韃子！保護咱們身後的百姓！」

這時辛萍也帶著人送了新燒開的一批滾油和熱水上來，守城將士精神一振，又投入了新一番的惡戰。

不知過了多久，吐谷渾人見久攻不下才鳴金收兵，城牆上已經屍橫遍地，一些年老體弱方才沒上戰場的兵士們一邊抹著眼淚一邊給同伴們收屍。

袁瑾滿身赤紅的血跡，喘著粗氣癱靠在城牆上，話都說不出來，辛萍小心的餵他喝了幾口水，緊緊握著他的手沒有說話。

趙澹提著玳瑁上了城牆，身後的侍衛們一人抱了一大捧藥。他先尋到袁瑾，見他滿身鮮血皺了皺眉，低聲詢問。「可是受傷了？」

袁瑾搖搖頭，卻也沒力氣回答，辛萍起身問道：「世孫過來可是有何事？」說完眼睛往他身後瞥了一眼。

趙澹側身讓出身後的侍衛們。「這是我從京中帶來的上好傷藥，不知能否用得上？」

袁瑾看了趙澹幾眼，拿起身邊的水壺又喝了兩口水，才沙啞的開了口。「自然是能用上，多謝世孫了。」

趙澹也不磨嘰，示意手下的人去幫忙包紮傷兵，然後對袁瑾道：「這傷藥我帶了幾車，明日我都整理好了送過來。」

袁瑾掙扎的扶著辛萍站起來，對他一拱手。「世孫大恩，袁瑾記在心中。」

趙澹揮揮手。「不過都是為了大昭，談何謝字？我觀吐谷渾不肯善罷甘休，今晚怕是要有惡戰，你……多小心。」

袁瑾心神一凜，沒想到趙澹也不是那等混吃等死的宗室子弟，面上也多了幾分笑意。「世孫放心，若是他們敢來，定讓他們有來無回！」

趙澹也笑了笑。「如此我就不耽擱你了。」一拱手就反身下了城牆，留下袁瑾夫婦愣了一下。

袁瑾拉著辛萍的手笑道：「這世孫同小時候完全不同，幸好沒沾染了那些宗室的壞習性。」

辛萍翻了個白眼輕輕拍了他一下。「別想那麼多了，早些歇歇吧！連世孫都看出來晚上有場惡戰，趕緊養精蓄銳。」

袁瑾從懷中摸出一瓶藥丸來示給辛萍看。「這是琤哥兒託世孫給我帶來的，是當年我吃的那個藥丸。」

辛萍擔憂的看著他。「這藥丸雖說能快速恢復精力，可是事後總要歇幾日才能緩過來，不到萬不得已別吃。」

袁瑾摸了摸她的手。「無妨，按說吐谷渾這等騎兵多的小國不該下令攻城，除非他們國中發生什麼事情了，要不惜代價的攻下同谷……咱們且看吧，只要防得住，不幾日他們就要撤兵了。」

到了晚上果然不出大家所料，吐谷渾人埋鍋造飯吃飽了之後，馬上吹起號角，召集攻城。

天色漆黑，雙方摸著黑廝殺起來，趙澮的藥極其好用，下晌受了輕傷的將士們都像沒事人一般，而吐谷渾那邊本就死傷慘重，如今久攻不下，心裡更是著急。

吐谷渾左大王見將士們情緒不對，一咬牙下令。「撤退，火箭燒城！」

正殺在興頭上的同谷將士們見吐谷渾人飛快的退了下去，都有些摸不著頭腦，面面相覷不知怎麼回事，卻突然見遠遠射來幾枝火箭。

袁瑾頓覺不好，忙朝後面呼喊。「快些取水！」

城牆上一陣騷亂，那火箭遠遠過來，被人一刀斬斷，箭頭掉到牆頭「呼」的一聲火勢就燃了起來，城牆上的將士這才發現，方才攻城的吐谷渾人不知何時竟然打碎了隨身攜帶的油罐，讓油蔓延在城牆上！

幾桶水澆下去，火絲毫沒有熄滅的跡象，如今天乾物燥，火勢燒得極快，三、五息的工夫就燒上了城牆上的旗子。

袁瑾忙下令。「離木頭製的東西都遠些，所有人下去取水！」

第三十五章

吐谷渾左大王看到同谷城牆上一片混亂，猙獰的笑了一下，一揮手。「繼續，再來一波火箭，然後全軍休息，待明日一大早同谷城門燒成灰燼，咱們直接進城！」

吐谷渾部眾爆發出興奮的歡呼聲，「嗖嗖」又射出一波箭，吐谷渾士兵頗有些揚眉吐氣的架勢，看著同谷城牆上的人影火光哈哈大笑。

一人喃喃自語。「早有這法子，何必白日讓咱們兄弟們送命？」

他身邊的百長怒斥。「呸！你懂個屁，咱們要的是同谷郡、同谷關！你願意要一個沒有城門的城？能防得住誰？若不是實在等不及了，今晚也不會下令用火攻！」

眾人這才恍然大悟，紛紛點頭，看著同谷郡方向的沖天火光狠狠笑道：「這城咱們不要了，明早進去以後搶銀子、搶糧食、搶女人！早早回家去！」

一桶接一桶的水潑在城牆上，袁瑾今日才深深明白了什麼叫做杯水車薪，看著驟然變成水霧的水，他眼珠通紅，咬牙切齒的對身後喊道：「去裝土！用土埋！」

副將上氣不接下氣的跑來。「將軍！土只能埋牆頭上的火，然而城牆和城門，只能用水啊……」

袁瑾握緊拳，卻也沒有別的辦法，全城的百姓已經走出家門，一桶一桶的接力往城門遞水，他揪著頭髮坐在城牆上，看著滿眼的火焰恨不能以身填火，壓滅一寸是一寸。

玳瑁眼淚都快出來了，對趙澹吼道：「送我回去！快！世孫送我回去！我要尋公主！」

趙澹不知道牠說的公主是誰，但是送牠回去還是聽得懂，召凌一過來。「你把玳瑁送給妧兒。」

凌一再不情願離開他也沒法子，瞪了玳瑁一眼，嘆了口氣轉身離去。

城門的火剛起來的時候袁家人就發現了，顧氏的腿不能動，在床上驚恐的哭喊著要回京，袁正儒無法，只能派人把她抬到正廳來，所有人都聚在正廳，焦急的等著消息，家中的府兵、小廝們也早就挑水去了城牆，壓抑的廳中只能聽到顧氏一陣陣的抽泣聲。

凌一的到來打破了眾人的沈默，袁正儒眼睛一亮上前拉住他詢問。「城牆如何了？」

凌一為難的搖搖頭。「水不夠，如今的火勢再燒一、兩個時辰，怕是城門都要燒沒了，吐谷渾大軍人數是咱們的五倍，到那時咱們就如同待宰的羔羊……」

話還沒說完顧氏又尖叫了起來，凌一不耐煩，抽出腰間的佩刀，正要威脅她幾句，卻見顧氏一看見刀，像被掐了脖子的雞一般叫聲戛然而止，倒把剛要開口的凌一憋得喘不上來氣。

袁妧上前接過凌一手中的玳瑁，對著袁正儒一行禮。「爹，我先帶玳瑁去收拾一下。」

袁正儒知道女兒同玳瑁定是有話要說，點點頭。「別跑太遠了，就去後面妳大堂哥堂嫂的正房吧。」

袁妧應下後，抱著玳瑁隨便進了一間無人的房間，看著呆愣愣的玳瑁焦急的問牠。「怎麼了，到底如何了？是不是……城門要守不住了？」

玳瑁淚如雨下，顛三倒四的不知是對袁妧說還是對自己說。「袁瑾他，世孫他，好多人……好多人都在城牆上，火燒得人好疼，他們在慘叫、在求救，我什麼都做不了……我從沒見過，沒有！公主，咱們走吧，咱們回龍宮吧，人間太可怕了……」

袁妧瞧牠受驚的模樣，眼眶一瞬間溢滿了淚，抱緊玳瑁發不出聲來，玳瑁在袁妧懷中找到了依靠，放聲大哭。

袁妧把牠舉起來，看著牠的眼睛下定決心。「玳瑁，你去尋父王來，我……要給同谷降雨！」

玳瑁大驚，呆呆的看著袁妧，下意識阻攔。「公主！不行！萬一被……」

袁妧打斷牠。「我知道，萬一被天帝發現了……所以我讓你去尋父王，有父王幫我瞞天過海，定不會有事的！」

玳瑁糾結猶豫片刻就抬起頭。「我去。公主等我回來，我馬上就去。」

話音剛落玳瑁的頭就一偏，歪倒在袁妧懷中，袁妧小心翼翼的把牠放在椅子上，陷入沈思中。

不過片刻工夫白帝龍王就匆匆趕來，現身在袁妧面前。「元兒！玳瑁說妳要降雨？」

已經思考得很清楚的袁妧抬起頭來，眼睛清澈，看著許久未見的白帝龍王輕輕道：「父王，我想守護這一城百姓。」

白帝龍王大急。「萬萬不可，妳若是降雨必定要驚動這一方地仙，到那時萬一傳了出去，父王都保不住妳。咱們走吧！咱們回龍宮，不要這什麼破歷練了，妳就一輩子在父王身邊，父王定能護妳周全！」

袁妧笑著搖搖頭。「父王，我曾同玳瑁說過，這袁家已經是我割捨不掉的一段緣，如何能在這個時候一走了之？我的爹娘、我的兄長都被困在這同谷，若是此時我與你一同回去了，那我下凡這段究竟是為什麼？又應該做什麼？」

說完抬頭看了看白帝龍王的臉，撲到他懷裡。「父王，你就讓元兒任性這一次吧……」

玳瑁忍不住又抽泣起來，白帝龍王眼角含淚，輕輕撫摸著她的頭髮。「父王不可能看著妳如此任性，聽父王一句勸，妳不想妳娘與兄姊了嗎？他們日日念叨妳、想著妳、盼著妳。」

袁妧想到白帝龍母與幾個哥哥姐姐，終於忍不住落下淚來。「父王，我想，我怎麼能不想？可若是今日袁家一家人在這同谷死去，我回了龍宮也只會越來越埋怨自己，越來越恨自己。

「父王，我不想變成那樣，我有幾千幾萬年的壽命、我長生不老，這漫漫日子，難道我要一直活在悔恨中嗎？每日夢中驚醒，想起袁家爹娘對我的疼寵，想起兄長們對我的愛護，然而……我卻眼睜睜看著他們死在敵人的刀下……」

白帝龍王聽著女兒的話，心都要碎了，輕輕地一下一下拍著她的後背。袁妧也沒有說話，靜靜地趴在他懷中，只是淚水浸入白帝龍王的衣裳中，潤濕了他的鱗片。

過了許久，他長嘆一口氣。「妳想做，父王就陪著妳。妳去吧！父王這就召來附近的地仙，盼著……能瞞過去。」

袁妧鬆了口氣，在白帝龍王懷中搖搖頭。「父王，我不求能瞞過去，只求能瞞過兩、三月，待我脫了這肉身回去，任由天帝如何懲罰。」

白帝龍王心中大慟，用力一拍她。「妳這孩子說的什麼話？難不成父王還能看著妳去受罰?!莫要說了，妳若真要降雨就快些，城牆上的火已經燒到城磚都脫落了！」

袁妧被白帝龍王的龍爪一拍差點受傷，苦笑著摸了摸被拍的肩頭，對白帝龍王道：「父王如今可真是脾氣大，咱們分頭行動吧，父王，我先去了。」

白帝龍王看著女兒揉著肩頭也有些心疼，又想起她這麼不聽話，咂了下嘴。「快些快些。」一閃身不見了蹤影。

袁妧斂了斂心神，抱起玳瑁。「玳瑁，我如果想出府，只能把事情推在你身上，若是給你帶來什麼危險……」

玳瑁打斷她。「公主莫要再說了，我都曉得，咱們快些去吧！」

袁妧咬咬唇，跑到正廳中，不顧依然沈悶的氣氛，對袁正儒道：「爹，我有話同你說。」

袁正儒一愣，看著女兒著急的神色，匆匆出來，袁妧把他拉到角落，看著他的眼睛對他道：「玳瑁……可以尋到夥伴下雨，爹速速帶我們去城牆。」

袁正儒一時沒反應過來。夥伴？下雨？夥伴下雨?!他驚出一身冷汗。「妳是說……玳瑁的夥伴能降雨?!」

袁妧咬著下唇點點頭。「只求爹這件事誰也不要說，連……娘都不要說。」

袁正儒深知此事事關重大，若不是女兒出不去府定不會與他說，他閉上眼睛深吸一口氣。「咱們走！」

袁正儒回到正廳，與袁正修道：「大哥，妧兒有些東西忘在自己的院子，我陪她回去拿一趟。」

袁正修有些不耐煩。「女兒家就是事多，這個時候還惦記著一些細枝末節的事情！」

袁正儒忍下這口氣。「大哥放心，我只帶凌一過去，府中的護衛我是不會動的，凌二和凌四也留在這兒。」

袁正修這才輕哼一聲。「要去趕緊去，早去早回。」

袁正儒帶著凌一出了門，見到院中等待的袁妧，凌一愣了一下，袁正儒對他道：「快走，咱們去城門。」

凌一巴不得早些回到世孫身邊，聽袁正儒這麼說也不拒絕，三人出了袁府，便騎著馬在混亂的街道中往城門一路狂奔。越到城門口越亂，所有同谷的兵將，除了守衛其他三個城門的，幾乎已經都在北門了，大家蓋土倒水，想熄滅這熊熊大火。

袁妧對身前的袁正儒道：「爹，這裡就可以了。不用往前去了。」

袁正儒鬆口氣，左右看看，看到一間人已經跑光了的酒樓，勒停馬對凌一道：「凌一，你先去尋世孫吧，我同妧兒在那酒樓等你們。」

凌一看了下，覺得附近最安全的的確是那間酒樓，遂點點頭，護送他們上了二樓一個包間，然後就直接從二樓一躍而下，上馬繼續去尋趙澹。

袁妧抱著玳瑁對袁正儒道：「爹，你去門外等玳瑁，除非我讓你進來，否則萬萬不能開門。」

袁正儒其實也是病急亂投醫，摸了摸玳瑁的頭。「玳瑁，若是真的降下雨來，我……讓本地百姓給你塑金身。」

一隻烏龜的金身嗎？玳瑁有些無語，還是點點頭，袁正儒見牠竟真的能聽懂，心裡也期待起來，扭頭出了門，站在門口默默守著。

袁妧插上門，把玳瑁放在一邊。「我要準備降雨了，玳瑁守好我。」

玳瑁左看看右看看，這包間著實太小了些，裝不下牠的原身，只能嘆口氣。「公主放心，我定不會讓任何人打擾妳。」

袁妧徹底放下心來，盤腿席地而坐，心中默念口訣，一條龍影在她身後若隱若現，纏繞著她轉了幾圈，突然一飛沖天，衝破了酒樓的磚瓦，下一瞬間天上突然集結起厚厚的雲層，一時間狂風大作，吹起的沙土迷了眾人的眼睛，城牆上的火在風中獵獵作響，更旺了幾分。

所有人都呆住了，趙澹率先回過神來，大喊一聲。「要下雨了！」

一語驚醒眾人，將士中爆發出雷鳴般的歡呼聲，百姓們淚水漣漣，已經跪在地上感恩老天爺。

厚厚的雲層越滾越黑，風也越來越大，趙澹臉色有些蒼白，這一幕讓他想起了小時候那次暴雨，他閉上眼睛不去看天空，只是感受著耳邊嘈雜的聲音，隱隱聽到雲層中的雷鳴，他捏緊手心撐著自己不暈過去，卻仍覺得渾身疼痛，宛如回到那段惡夢般的時光。

凌一一眼看到的就是人群中的趙澹，心裡大急，他自然知道趙澹往事帶給他的後遺症，幾步上前一把按住趙澹的肩膀。「世孫，我回來了！」

趙澹被人打斷，睜開眼睛，看著凌一，眼神變得凌厲起來。「誰讓你回來的？玳瑁呢？」

凌一愣了一下，還是解釋道：「袁二老爺帶著袁小姐和玳瑁一同來了城門，在城門邊的那間二層酒樓中，如今也是安全的。所以我……」

趙澹一聽，向來面無表情的臉也變了神色，狠狠瞪了他一眼。「你竟然把妧兒帶來城門?!」

凌一百口莫辯，卻見趙澹上了他的馬，駕著馬直奔那酒樓。他愣了一下，只能奪了身邊一匹「無主」的馬，飛快的跟了過去。

趙澹不過半刻鐘就到了酒樓，三兩步竄上來，看著門口的袁正儒，心裡才鬆了口氣，卻還是焦急的問道：「妧兒呢？」

袁正儒沒想到他突然過來，下意識的回了一句。「在屋裡呢。」

趙澹強忍下想推開門的衝動，對袁正儒一行禮。「袁二老爺，能讓我進去看看妧兒嗎？」

袁正儒覺得哪裡怪怪的，憑藉他多年寫話本子的經驗，一下子從趙澹臉上看出了一絲迫切與愛戀。他的臉色一下子僵住了，難不成……

趙澹見他不說話，耐著性子又問了一遍。「袁二老爺，能否開門讓妧兒出來？」

袁正儒瞇起眼睛。「任何人都不能進去，再說你一個外男，為何要見我家女兒？你在門口陪陪我就成了。」

趙澹被堵得啞口無言，可是不親眼看到袁妧他絲毫不能放心，正絞盡腦汁想怎麼回答袁正儒，卻聽到屋內傳來玳瑁的聲音，直達他的腦中。「世孫，我家小姐如今安全著呢，只是男女有別，老爺還在呢，顧及著些吧。」

這下輪到趙澹愣住了，他心頭一鬆，接著深吸一口氣穩住心神，對袁正儒又行一禮。「是我莽撞了，袁二老爺莫要見怪。」

話音剛落，就聽天空中一聲巨響，滾滾雷聲連綿不絕，傾盆大雨瞬間砸下來，街上的百姓歡呼聲一聲接著一聲，趙澹的臉色卻越來越白，趕來的凌一連忙衝上來扶住他坐在地上，默默的給他擦汗。

趙澹閉上眼睛渾身無力，咬緊牙關忍住渾身蝕骨的疼痛，心中卻還惦念著一牆之隔的袁妧。

暴雨來得又急又快，吐谷渾人彷彿還沒反應過來，就見城牆上的火開始漸漸的小了下來。

左大王臉色難看，盯著眼前的雨，恨恨踢了身邊捶腿的奴才一腳，陰惻惻地轉眼看著旁邊的長髮男人。「巫師不是說了不會下雨，這又是什麼?!」

那男人也面露驚恐，搖著手中的銅鈴算來算去。「不可能，不可能!這十來日都不會有雨，不可能!」

左大王冷哼一聲。「來人，拖下去砍了!」

那巫師話都來不及說就被捂住嘴，片刻工夫腦袋就被提了進來展示給左大王，左大王看也不看，只焦急的在原地打轉，這雨勢越來越大，城牆上的火卻越來越小，他已經耽擱不起了!

只聽門外斥候又來報。「大王，同谷城牆的火……已經快滅了!」

左大王氣得抽出刀來砍了一個奴才，被噴了一臉滾燙的血才停下手來，舔了舔唇邊的鮮血，下令。「撤兵……回都城！」

袁瑾激動的抬頭望天，淚水混合著雨水流下來，男兒有淚不輕彈，他已經記不清自己多長時間沒有痛痛快快哭一場了，身邊的將士們都同他一樣，仰面接著豆大的雨滴嚎啕大哭。

第三十六章

此情此景讓人動容，城下的兵士和百姓們放下手中的水桶木盆，也跟著抹起眼淚來，一時間整個同谷哭聲一片，令袁妧心頭一動，回過神來，筋疲力盡的問玳瑁。「外面如何了？為何聽到哭聲？難道晚了？」

玳瑁激動的哽咽道：「火就要滅光了，公主快些停了雨吧，妳快支撐不住了！」

袁妧虛弱的點點頭，心中默念口訣收了雨，這暴雨來得快去得也快，一共下了不到半個時辰，卻解了同谷的燃眉之急。跪在地上的百姓越發覺得這是老天爺在幫他們，跪在地上不停的磕頭。

袁妧已經連抬手的力氣都沒有了，癱在地上起不來，玳瑁急得餵了好多藥丸給她。

白帝龍王突然現身急切道：「元兒，父王都安排好了，這些地仙也受夠了乾旱的苦頭，各個感恩戴德的，待回去我讓妳大哥盯著些，定沒什麼問題！」

袁妧努力彎起嘴角對他笑笑，白帝龍王嘆口氣，看見地上一堆的藥丸，知道玳瑁已經餵過她了，便把袁妧抱起來放到椅子上。「這回妳可是精力耗盡，得好好歇上一陣子才成。」

他還想多與女兒敘敘，卻聽到門外袁正儒小心翼翼的敲門。「妧兒，玳瑁，雨……停了？」

袁妧推了推白帝龍王。「父王快些回去吧，這次多虧了父王幫我，不然我怕是此時已經被拉上天庭了。」

白帝龍王也深知自己今日停留的時辰太長了，只能摸摸她的髮。「傻孩子，說這些做什麼？有事讓玳瑁尋父王。」

袁妧蹭了蹭他的掌心，依依不捨低下頭。「父王……快些回去吧……」

白帝龍王忍下心中不捨，嘆了口氣，也不忍心再拖著勞累的女兒說話，應了一聲一閃身消失在半空中。

袁妧吃了玳瑁的藥也多了幾分力氣，搖搖晃晃的站起來打開門。

袁正儒焦急的臉出現在門外，看著女兒臉色格外蒼白，心裡一咯噔，忙上前扶住她。「怎麼了?!」

袁妧搖搖頭，抱著玳瑁小聲對袁正儒道：「爹，咱們回去再說。」

袁正儒忙把她打橫抱起，十二、三歲的女孩子柔若無骨，閉著眼睛窩在袁正儒懷裡，顯得越發的楚楚可憐。

趙澹跟在後面正看到這一幕，心猛地揪了一下，顧不得袁正儒在旁邊，上前一手覆在袁妧額頭，感覺到她沒有發熱或者發冷才放下心來。

袁正儒瞪了他一眼，抱著袁妧躲開他的手，扭頭匆匆出了酒樓，小心翼翼的扶著袁妧上了馬，自己環著她騎在身後，帶著女兒直奔袁府。

趙澹愣了一下便被甩在身後，看了看自己尚留在半空中的手，手上彷彿還殘留著袁妧額頭的餘溫。他壓下心中的擔憂，握緊拳，一揮手出門上了馬，追著袁正儒一起去了袁府。

袁正儒越靠近袁府心裡越是惶恐，原來那雨竟然真的只下在北門一里地見方的一塊地，跑出了那塊地方土地依然乾裂，這一切都是因為玳瑁，可是自己的女兒……又怎麼會這麼虛弱？

他跳下馬抱起女兒直接去了她的院子，路上梁嬤嬤迎過來，看到袁妧的樣子大吃一驚，袁正儒瞪了她一眼。「去悄悄喚個府醫過來，別告訴任何人。」

袁妧聞言撐起眼皮拉著袁正儒的衣襟道：「爹，莫要喚府醫，我只是有些困頓，玳瑁陪著我就好。」

袁正儒嚥了嚥口水，同玳瑁對視了一眼，閉上眼睛下定決心點點頭，看著依然捂著嘴發抖的梁嬤嬤，臉色嚴厲。「去給小姐倒些熱水來！」

梁嬤嬤也不知道袁妧出了什麼事，只能壓下心中擔憂急忙去倒水。袁正儒踢開房門把袁妧小心翼翼的放到床上，坐在床邊看著她，想問什麼卻不敢問。

袁妧強打起精神對袁正儒笑笑。「爹，無事的，不過玳瑁的朋友都是……有些神通的，我一介凡人，受不住他們身上的氣場，要全神貫注的聽他們說話，有些累罷了。」

袁正儒看著女兒神色不像作假，這才鬆了口氣，拍了拍她的頭。「如此就好，只是不讓府醫過來，爹心中不放心……」

袁妧伸手拍了拍玳瑁。「爹還信不過玳瑁嗎？我現在好累，爹讓我好好睡一覺吧。」

袁正儒像做錯了事的孩子一樣猛地站起來，手足無措的看著袁妧，結結巴巴道：「是爹錯了，爹一時情急，妳快些睡吧！爹晚些……不，明日一早再來看妳。」

說完小心翼翼的接過梁嬤嬤放在桌上的熱水，餵著袁妧喝了大半杯，看她已經要昏睡過去了，給她蓋好被子，自己出了她的院子。

趙澹已經在正廳等著了，整個廳裡沒人敢說話，袁正修是客套了兩句，見趙澹不冷不熱的有點生氣，可又想到是人家把他救回來的，也不好直白的教訓他，只得憋紅了臉索性一言不發。

袁正儒一進門，趙澹就站了起來，目光炯炯的看著他，袁正儒給他使了個眼色，對袁正修道：「大哥，城門的火已經滅了，如今同谷已經暫時安全了，你看……」

所有人都眼前一亮，袁正修捋了捋下巴上的鬍子點點頭。「瑾兒這次做得還不錯。」

凌一不屑的彎了彎嘴角，袁正修見自己說完竟然沒人捧場，更是尷尬，強撐著對袁正儒點點頭。「既然家中無須我坐鎮，那我就先去歇著了，這腰越發的疼痛難忍。」

袁正儒巴不得他趕緊回院子去，喚了二十個府兵跟著他們夫妻，見他們出了院子，才抹了抹額頭的汗，回頭對趙澹道：「世孫這幾日也勞累了，快些回院子歇息吧，等瑾兒回來了，我派人通知世孫。」

趙澹眉頭一擰，張口問道：「不知妧兒……」

袁正儒冷哼一聲打斷他。「我家女兒可不是世孫日日能掛在口上的，如今在同谷尚無大事，回到京城後煩請世孫莫要再提起。」

趙澹被袁正儒一席話說得一愣，凌一、二、三、四的臉色瞬間黑了下來，狠狠盯著袁正儒，殺氣瀰漫在小小的廳中。

袁正儒絲毫沒有退縮，身子站得筆直，江氏見狀擔憂的走到他身邊，伸手拉住他的袖子，袁正儒輕輕掙開，反握住江氏的手，眼睛卻沒有離開趙澹。「請世孫為了我袁家上下一門名聲著想！」

這話說得可太重了，但趙澹卻絲毫沒往心裡去的樣子，眼睛只是盯著袁正儒同江氏緊緊交握的手，許久才抬起頭來，眉目清冷，眼神卻堅毅，對著二人拱手行了個大禮。「只求袁二老爺同夫人給我一個機會。」

這個機會是什麼大家心知肚明，江氏沒想到趙澹這麼就挑明了，手心霎時間出了一層汗。袁正儒也驚訝於趙澹這麼直白，感受到妻子的驚慌，上前半步一手扶起趙澹。「世孫且不必多說，如今你年紀尚小，還是回京之後想清楚吧。」

趙澹看著二人，知道此時多說無益，對二人道：「這次來同谷，琤哥叮囑我要保護你們，我已同袁國公商議過了，到時咱們一同回京，一路上也算是有個照應。」

袁正儒瞪大眼睛，現在的小子臉皮……都這麼厚嗎？

趙澹說完這句話，也不等袁正儒做什麼反應，一拱手出了正廳，而凌一、二、三、四跟在他身後還是氣鼓鼓的。他們世孫可是龍子鳳孫，如今卻在這裡低聲下氣的，還得不著好臉色，真是越想越生氣！

趙澹回了自己的客院，看著身後四個侍衛陰沈沈的不說話，反而掛起一抹笑。「怎麼，打抱不平？」

四人互相看了一眼，凌一小聲道：「世孫想娶什麼樣的女子娶不到，何必……這麼的……」

趙澹不知想到什麼，沒有說話，唇角的笑意卻越發深邃。

凌一幾個無奈，看著趙澹一時半會兒怕是想不起他們來，只能悄悄退下。

袁妧睡得昏天暗地的，中間江氏來看了她兩次，摸了摸她的頭、臉，見沒有發熱的跡象才放下心來，只當她這幾日太累了。

清晨第一縷陽光照到她的臉上，袁妧就被不停爬動的玳瑁給吵醒了，她氣得揪起玳瑁的爪子教訓牠。「你不知道我多累嗎?!」

玳瑁有些心虛氣短，小聲辯解。「是、是袁瑾回來了，我想知道現在戰況如何了。」

袁妧一聽也沒了睡意，慌忙爬起來，盈月聽到聲音推開門，看到袁妧在找衣裳鬆了口氣，上前幫她取了一件新衣裳，溫柔的伺候她穿了起來。「小姐可算醒了，您睡了將近十個時辰了，老爺夫人可都急壞了。」

袁妧也沒想到自己睡了這麼久，試了試自己的胳膊腿，絲毫沒有痠痛的感覺，精神也清明不少，看來已經恢復了。

袁瑜這幾日跟在袁瑾身後做小尾巴，昨日也是拚命的滅火，又跟著善後，今日才兩眼發昏的跟著袁瑾回了家，一進家門就栽倒在地，嚇得江氏眼淚都出來了。

袁妧急忙跑到正廳，看到臉上烏漆抹黑的袁瑾和辛萍正在大口大口的吃粥，才鬆了口氣。

辛萍看到她過來，放下碗對她招招手。「妧兒可別被妳大堂哥嚇到，他沒受傷。」

袁妧上前握住辛萍的手。「大堂嫂，你們還要去前面嗎？」

辛萍搖搖頭。「這兩日不去了，吐谷渾退兵了，祖父已經派了另外的人去打掃戰場，我同妳堂哥在家好好歇歇幾日。」

袁妧笑了起來。「那就好、那就好，我這就去給你們做些好吃的去！好好補補！」

說完起身就跑，辛萍阻攔不及，「哎哎」兩聲卻只能看見袁妧的身影消失在門口。袁瑾剛吞完了一大碗粥就看見小堂妹已經跑沒了，目瞪口呆的看著辛萍。「這……妧兒跑得真快……」

辛萍被他的傻樣子逗得笑了出來，接著拍拍他的肩。「快去把自己洗乾淨。」

待袁瑾和辛萍都清洗乾淨了，袁正儒帶著袁妧就過來了，身後的下人們端著幾樣小菜，袁瑾剛剛喝完一大碗粥，看見那翠綠的青菜，肚子又咕咕叫起來，同父女二人也沒客套幾句，眼神就瞄向了一道道擺在桌子上的菜。

白潤潤的濃郁湯汁裡舒展著肥厚的嫩白菜葉，湯底煨著上等火腿，上面撒上鹹鴨蛋黃磨成的碎屑，點綴著幾朵青綠的蔥花，袁瑾心下感嘆，這簡直像一幅畫。

包好後扔在冰窖裡被人遺忘的餃子也派上了用場，煎成脆脆的底，半途倒入瑩黃的蛋液，待蛋液稍稍凝固就整盤倒出，白餃子皮下透出粉色的肉餡兒，黃的蛋底撒著黑色的芝麻，陣陣熱氣混雜著焦香的氣息拚命勾引著袁瑾，讓他忍不住吞了吞口水。

還有那一品骨、那雜蔬素炒、那蒜蓉蒸絲瓜，他覺得自己已經很久很久沒吃到這麼多菜蔬了。

辛萍看到袁瑾眼中的渴望，噗哧一聲笑出來，把一盤撒了糖的西域番茄推到他眼前。「先嚐嚐這個，酸甜開胃。」

袁瑾下意識的挾了一塊放進嘴裡，酸酸甜甜的滋味，讓他幸福得瞇起了眼睛。

袁正儒憐愛的看著袁瑾，像是在看那個五、六歲纏著他叫二叔的孩子，眼中忍不住泛起了淚，忙低頭推了推菜掩飾。「瑾兒快些吃，你與萍兒這麼多天都沒正兒八經的吃過什麼飯。」

袁瑾咧開嘴衝著他一笑。「哎，我這就吃。」說完也不客氣，除了給辛萍偶爾挾挾菜之外，簡直可以用氣吞山河來形容他的吃相。

袁正儒是越看越心酸，袁妧也不知為何，心中也酸酸澀澀，眼眶微紅。

袁瑾和辛萍吃得飛快，不多時就放下筷子長舒一口氣，看著滿桌一片狼藉也有些臉紅。

辛萍抬頭看見袁妧差點哭了，嘆了口氣，起身坐在她身邊。「咱們妧兒如此嬌弱，看妳大堂哥吃飯都能嚇哭了。」

這話令袁妧哭笑不得，眼角的淚也收了回去，嗔道：「堂嫂又說笑話逗我，哪裡是被嚇的！」

袁瑾見袁妧收了淚也放下心來，轉頭對袁正儒說起了正事。「咱們的探子已經飛鴿傳書回來，說吐谷渾國王已經被殺，新任國王卻秘而不宣，暗中調兵遣將，登位第二日就下令他舅舅左大王帶兵出征，想殺咱們一個措手不及，誰知新王的兄弟叔伯竟只是表面臣服，見大軍開拔多日，就紛紛起兵了。」

袁正儒眉頭緊皺。「起兵了這左大王還能在這兒耽擱三日……這是沒把他這個外甥放在心上吧。」

袁瑾眨眨眼，看了一眼袁妧沒有說原因，只是點點頭。「反正短時間之內他們是不會回來了，二叔不若趁這時間帶著家裡人都回京。」

袁正儒思索片刻點頭應下。「我們在這兒也幫不上忙，先回去也免了你的後顧之憂。」

說完想到了什麼一樣看了一眼辛萍，辛萍心領神會，起身拉著袁妧道：「陪嫂子一同去找幾件衣裳送給百姓們，靠城門的幾家都燒得乾乾淨淨的了。」

袁妧正要應下，袁瑾卻出聲阻攔。「二叔，萍兒嫁給我就是咱們家人了，有什麼話不必瞞她。」

袁正儒搖搖頭，嘆口氣對辛萍道：「萍兒，我不是想瞞著妳，只是有些難以啟齒……」吞吞吐吐的把袁正修壓斷了顧氏的腿一事從頭到尾說了一遍，看著滿臉脹得通紅的袁瑾和驚呆了的辛萍，低下了頭。「所以……你爹娘，怕是走不了。」

袁瑾用力一拍桌子，碗筷碟子哐噹作響，辛萍上前拉住他，心中飛快的下定決心。「二叔，不能因著爹娘就拖著所有人都留在這兒，你們先走，爹娘留下來由我們照顧，吐谷渾經此一役短時間內不會來犯，待娘的腿好些我們再送他們回去。」

這也是沒有辦法的辦法了，難不成真的拖著二房一大家子在同谷過年不成？那可就是大不孝了。

二人都是堅決果斷的人，定下回京當即就開始準備行李，被袁正儒趕著去休息的袁瑾和辛萍一覺睡到天色漆黑，二人同時睜開眼睛，看到綴著紅寶的床幔恍如隔世，對視一笑，辛萍輕聲問他。「好些了嗎？」

袁瑾笑著把她摟在懷裡。「妳呢？」

辛萍聽著袁瑾的心跳聲，滿足的閉上眼睛，也不答話，二人這麼靜靜地依偎著，誰也不願意打破這一刻的甜蜜。

第三十七章

許久，突然聽到外面一聲接著一聲的吵鬧，袁瑾皺起眉來，低頭看了看懷中又睡過去的妻子，輕輕推開她起身，抽了一件衣裳披在身上，打開門。

袁瑾尚未反應過來，就見一個人影衝過來，他一驚，下意識的拿住來人，一翻身把對方壓在地上，只聽見一迭聲的叫嚷，袁瑾越聽越耳熟，起身把來人扶起來。「爹?!」

袁正修的臉在地上擦出一道道血絲，瞪著袁瑾正要發怒，卻突然想起了什麼，轉怒為笑。「瑾兒，你可算平安歸來了。」

袁瑾看著袁正修的樣子就知道肯定又有么蛾子，無奈的點點頭。「爹想同我說什麼？」

袁正修緊緊攥住袁瑾的手。「你二叔說要回京！」

袁瑾嘆口氣。「是，北地的雪來得快，若是再不回去，怕是要被隔在這兒過年了，祖父母怎麼辦？」

袁正修聞言喜笑顏開。「爹也是這麼想的，如此我便回去收拾東西，早早回京。」

袁瑾攔住將將要轉身的他。「爹，娘的腿如今動不了，何況聽說爹的腰也傷了，您二位就留在這兒陪兒子吧，回頭春暖花開了，兒子再派人送你們回京如何？」

袁正修聽了這話，急得不知如何是好。「這不成、這不成，這同谷如此危險，留在這兒若是再有什麼，可怎麼辦？」

袁瑾面上失望神色遮掩不住。「爹，你是不相信我能護您周全？更何況娘的腿萬萬不能移動，怎麼能回京？」

袁正修見兒子臉色不好，心一橫說出了心底的話。「你娘不能動就讓她在這裡養著，我同你二叔他們一起回京！」

一時間院中所有人都愣住了，聽到消息匆匆趕來的二房一家也聽了個正著，面面相覷，屋裡被吵醒要出來的辛萍也止住腳步，不可思議的看著袁正修的背影。

被周圍的視線刺得耳根發熱，袁正修吭哧吭哧解釋道：「……如此你娘也能好好休養。」

袁瑾臉色沈得能滴出水來，甩開他的手，大步邁向院外的袁正儒，對他一拱手。「不知二叔可否帶我爹回京？我會多派些人手看住他，定不給二叔添麻煩。」

袁正儒看著低著頭的袁正修，嘆口氣。「自然是可以的，只是大嫂那兒……」

袁瑾嘲諷的一笑。「若是我爹還留在這兒，我怕我娘到時候傷得更重，還不若就此分開行動。」

袁正修才不管袁瑾說了什麼，聽到他一句準話笑了起來。「好好好，我兒體諒為父，我這就回去收東西。」話音未落就匆匆離去，同二房眾人連聲招呼都不打，分明記恨上方才他們沒答應帶他走。

袁妧心中難免悲涼，這個世道就是如此，女人嫁人如同投胎般決定命運，要是嫁給一個袁正修這樣的男人真是傷身又傷心。

江氏握住她的手小聲安慰她。「妧兒別怕，妳大伯他……這一路上希望能順順利利的吧。」

袁妧心中的想法無法同江氏說，只能胡亂點點頭。江氏見女兒情緒不好，以為她擔憂路上袁正修再鬧什麼么蛾子，嘆了口氣，拉著她去收拾東西。

一家人急著回京，不過第三日天矇矇亮就已經準備上路，趙澹不出意外的騎在馬上等在門口要同他們一起回去，袁正儒憋著一股氣也沒法對他發，江氏深深的看了他幾眼，見他依然面無表情，只得嘆了口氣，帶著袁妧上了馬車。

馬車簾子落下，趙澹的眼神才柔了幾分，盯著馬車看了幾息才策馬上前，隔著簾子對馬車內的人道：「袁夫人，妧兒，咱們要出發了。」

江氏挑挑眉，下意識的看了看女兒，袁妧臉上看不出有什麼神色，抱著玳瑁低著頭，連頭都沒抬。

江氏掀開簾子探出半張臉對趙澹笑道：「多謝世孫了，這一路還要煩勞世孫照看。」

趙澹瞥了兩眼只能看到半個模模糊糊的身影，心裡嘆了口氣，點頭應下。「這是我應當做的。」然後就騎著馬離開了馬車。

江氏回頭看著女兒還保持著那個姿勢沒動，也不知道心裡怎麼想的，琢磨著待路上尋個人少的地方悄悄問問女兒。

大概是回程路上因著有趙澹在，袁正修果然老實多了，也沒了來時的講究，露宿野外也能接受了，每頓飯也不要求必須三盤五碗的。袁正儒心裡著實鬆了口氣，既然袁正修老實了，那麼就抓緊時間趕路，盡量早日回京。

再次路過膚施縣，袁正儒生怕袁正修再出什麼么蛾子，要繞過縣城投宿到小鎮上，結果袁正修卻罕見的強硬了一次，一定要宿在縣城。眾人無法，只能隨了他，但是袁正儒悄悄叮囑了侍衛們，一定要把投宿的小院圍得水洩不通，一個外人都不能放進來。

袁正修果然還是要住在那個小客棧、那個小院子。出乎所有人意料的是，袁正修自進了院子之後就沒出過門，只坐在書房裡長吁短嘆，沈思了半宿，天色矇矇亮之後終於起身推開了門，上了馬車呼呼大睡，也不管外頭春夏與秋冬。

提心吊膽的眾人這才放下心來，沒鬧事就好，快馬加鞭的往京城趕去。

趙澹心裡矛盾得很，一方面他想早些回到京城，他離京太久了，許多事情已經在他掌控之外，一方面這種日日能看到袁妧的日子他又捨不得，巴不得慢些、再慢些。

江氏試探性的問了袁妧幾次，袁妧都很無奈的迴避了，這讓江氏心裡更加提心吊膽的，難不成女兒對趙澹動了心思？

江氏也不敢逼迫袁妧說什麼，生怕適得其反，每天用擔憂的眼神看著袁妧。

袁妧無奈極了，索性挑一天晚上主動尋上江氏。「娘是不是有話對我說？」

江氏看著女兒，生怕女兒是過來跟她攤牌說要嫁給趙澹，小心翼翼問道：「妧兒是有話想同娘說？」

袁妧無奈的看了江氏一眼。「若是娘沒話同我說，那我便去睡了。」

江氏急忙攔住要轉身的她，嘴裡嗔道：「妳這孩子脾氣真不小，娘不過問一句妳就要走，行了行了，妳過來，娘細細的問問。」

袁妧攬住江氏撒嬌。「娘慣著我呢我才敢發脾氣，娘只管問，我保證知無不言言無不盡。」

江氏拉著袁妧去了袁正儒的書房，把一臉懵的袁正儒趕了出來，關上門小聲問她。「妳可知……那日世孫同我們說了什麼？」

袁妧聞言眉頭皺起，搖搖頭。「不知道，他能說什麼？」

江氏見女兒的臉色不像是對趙澹鍾情的樣子，鬆了口氣。「世孫同妳爹求娶妳，但是我與妳爹心底都是不願的。妳呢，怎麼想？」

袁妧一驚，趙澹竟然同爹娘求娶她？

她眉頭皺得更緊了。「娘問我如何想，我也不清楚，只是我對世孫哥哥沒有男女之情，其實我們倆連接觸都很少，也不知他為何起了這等心思，怕是一時興起，回京之後面也見不到了，就這麼過去吧。」

江氏長舒一口氣，臉上浮現出笑容。「如此便好，剩下的路程不足一半了，妳就避著他一些，省得他再有什麼誤會。」

袁妧點點頭，看著笑咪咪的江氏突然想捉弄她一下，故作沈思的摸了摸下巴。「其實我本不知道這事，娘這麼一說，我一琢磨，世孫哥哥也挺好的嘛，好歹有勇氣直接對你們求親，而不是偷偷摸摸的落了下乘。」

江氏臉上的笑容僵住，緊緊拉住袁妧，恨不能敲醒女兒。「他家裡頭可都不是省油的燈，晟王世子寵愛小妾十幾年都已經出了名了，府中後院複雜得很，妳可別糊塗！」

袁妧笑得不行，扶著腰根本停不下來，江氏見狀知道自己又被女兒捉弄了，恨恨點了點她的頭。「妳就嚇唬娘吧！快些回去睡覺，明日還要趕路呢。」

袁妧皺皺鼻子，哼哼兩聲撒了個嬌，這才轉身回了院子。

這日日坐在馬車上顛得袁妧腰都要斷了，好不容易舒展開來，她讓下人們也去休息，把玳瑁安置好，幸福地伸了個懶腰，喜孜孜的掀開床幃一腳邁上床榻，卻見一個熟悉的身影盤腿坐在她的床上！

她雙目圓瞪，嚇得驚呼一聲，邁在前面的腿下意識的往後一退，整個人失去平衡眼看就要栽倒在地上。

趙澹欺身上前，飛快的接住她，玳瑁豎著腦袋瞪起小綠豆眼，看著眼前趙澹把自家公主摟進懷裡，猛然間竟然沒反應過來。

趙澹扶穩袁妧之後就馬上鬆開了手，看著驚魂未定的袁妧，低低笑了起來。「我就那麼可怕？」

袁妧被他的無恥震住了，呆呆的看著他上揚的唇角，一時說不出話來。

趙澹越看她傻愣愣的樣子越覺得可愛，心裡癢癢的，忍不住伸手捏了捏她的臉。「回神了。」

袁妧一個冷顫回過神來，拍開他的手，捂著方才被他捏過的地方瞪著他。「你怎麼來了！」

趙澹一愣，這還是第一次袁妧沒有喚他世孫哥哥，看來這次他是真的把這小姑娘惹惱了。他垂下眼眸，聲音略有些無辜。「這幾日趕路著實太累了，聽說玳瑁這裡有些補身的藥丸，所以我才……」

話沒說完抬起頭來有些委屈的看著她。「玳瑁的事情也不能同別人說，我只好夜裡偷偷來尋妳。」

袁妧櫻唇微張，從未見過趙澹這樣的一面，玳瑁也如同見了鬼一般，一人一龜死死的盯著趙澹。

趙澹面上不動聲色，心裡卻開始嘀咕。難不成新學的這招不管用？不是說女兒家最吃這一套嗎？若是不管用，回頭就讓凌一日日去前頭開路去！

凌一蹲在樹梢打了個噴嚏，揉了揉鼻子，世孫都進去小半個時辰了，怎麼還沒出來……如今這夜可真是有點涼了，他還要等多久啊。

屋裡沈默了許久，趙澹是咬著牙做出一臉的無辜委屈，心裡把凌一罵了個狗血淋頭。

袁妧抽抽嘴角，回身抱起玳瑁遞過去。「那，玳瑁在這兒，世孫哥哥自己同牠說吧。」

看到趙澹的眼神隨著袁妧的話轉到自己身上，玳瑁一個哆嗦，「咕嚕咕嚕」吐出一堆藥來，用看傻子的眼神看著趙澹。「都在這兒呢，世孫快些收了吧。」

趙澹竟然從一隻烏龜的眼神裡看出了隱隱的鄙視，暗地裡咬咬牙，低著頭慢慢的挑揀起藥丸來，袁妧不知道應該說什麼，明知道這個時候應該上前幫著他分類，但是想到上次他對自己說的話，就停下了上前的腳步，只站在原地靜靜的看著他。

趙澹揀了一會兒發現袁妧竟然沒反應，大手一揮把所有藥丸裝起來，猛地抬起頭盯著袁妧。

袁妧被他灼灼的眼神燙了一下，眼神慌亂的閃避開，趙澹直起身來走到袁妧面前，俯下頭注視著她，距離近到袁妧彷彿能感受到他鼻尖的熱氣呼到她的臉上。

袁妧的臉一下子脹得通紅，把玳瑁舉起來擋在二人中間，趙澹冷不丁同玳瑁對了個正著，看著玳瑁傻愣愣的樣子笑了一下，伸手從袁妧手中接過玳瑁禁錮在懷中，看著眼睛不知道擺在哪裡好的小姑娘，低聲詢問她。「妳還沒回答我，我就那麼可怕？」

現在袁妧哪裡還有心思琢磨他可不可怕，拚命搖頭，想要離他遠些，可是身後就是圓桌，已經退無可退。

袁妧的腰向後彎得快要折斷了，趙澹一手攬住她的腰用力拉回來。「看來在妧兒心中，我的確是可怕。」

袁妧一個猝不及防差點兒趴在他懷裡，幸好玳瑁已經被趙澹抱走了，她兩手用力撐在趙澹胸口努力把自己同他隔開，有些羞惱的開口。「你放開我！」

趙澹眼睛微微瞇起，低下頭靠近她的臉抿唇輕笑。「為什麼怕我？」

袁妧慌亂得不知道怎麼才能躲開他，雙手只能死死抵住他的胸口，腰間他的掌溫灼人，像是能透過衣裳燙到她的肌膚。

她的臉憋得通紅，好半天才頂著趙澹炙熱的眼神回了一句。「我沒怕你，鬆開我……」

趙澹看著她臉紅得像是能滴血，輕笑一聲鬆開她，退後兩步，袁妧長長的舒了一口氣，一雙大眼睛帶著劫後餘生的喜悅，把趙澹逗得又笑了起來。

袁妧戒備的從趙澹懷中搶過玳瑁，把牠抱在懷裡，三兩步竄到圓桌後面同趙澹對視。

「你你你……你快出去！」

趙澹看她色厲內荏的樣子，心裡笑得開了花，小小的姑娘真是怎麼看怎麼有趣，他見好就收，摸出幾個藥丸伸到她面前。

「妧兒還沒告訴我，這些藥丸哪個是補身的？」

玳瑁聞言氣得眼都紅了，掙扎著想上去咬他，被袁妧按住，看了看他骨節分明的手掌中盛著的幾粒藥丸，胡亂點了兩下。「這個，這個，還有這個，都是補身的，你快些走吧。」

趙澹挑挑眉，看袁蚖臉色依然通紅，嘆了口氣。「蚖兒無須怕我，我對妳絕無傷害之意，只是妳日日躲著我……」

道歉的話還含在口中，卻聽見袁蚖急切的打斷他。「我保證日後不躲著你了！求你了，快些回去吧世孫哥哥。」

趙澹愣了一下，沒想到她慌忙之下說出這話來，忍不住抿起唇，壓下到唇角的笑意，裝作被她說服的樣子點點頭。

「如此便好，那我就先回去了，今日多謝蚖兒和玳瑁了。」

袁蚖一聽他要回去了，頭點得都快斷了，趙澹心裡又笑了一回，才跳出窗外，三兩下不見了身影。

袁蚖見他走了才徹徹底底鬆了口氣，趕緊插上門窗的鎖，生怕他又返回來。

抱起玳瑁縮在床上，一時想到他強硬的樣子氣得直磨牙，一時想到他滾燙的手和身上青草的氣息又羞得滿臉通紅，捏著玳瑁的爪子揉來揉去，把玳瑁揉得直翻白眼。「公主，是世孫惹了妳，妳磋磨我幹麼？」

袁蚖回過神來，訕訕的放開玳瑁的爪子。「我這不是被氣狠了……」

玳瑁倒是贊同她這句話。

「雖說知道世孫為人清冷，但是這也太不通人情世故了，還不如我！日後咱們可萬萬不能搭理他了。」

袁妧輕哼一聲。「這哪裡只是不通人情世故?真真要被他氣死，明日開始你看著些，若是他再進屋你就咬住了，看他還敢不敢了。」

主寵兩個都被趙澹氣得不輕，互相吐槽了半日才擁著漸漸睡過去。

第三十八章

第二日要出發的時候，袁妧扯著盈月擋住自己，揣著玳瑁一個箭步衝上馬車，把江氏嚇了一大跳。

「妳這孩子又鬧什麼呢？」

袁妧胡亂搖搖頭，縮在靠窗戶的位置，悄悄掀起一個小角往外一瞥，正巧同馬上的趙澹對視。她慌得飛快放下簾子，捂住怦怦跳的心臟，往後一仰倒在柔軟的靠背中，深深的陷在裡面，江氏拉都拉不動。

江氏好奇的掀開簾子，想看看女兒是看到了什麼，結果窗外所有人都一派正常，袁正儒見她露出了臉，策馬上前笑道：「蕓兒，再走七、八日就要到京城了。」

江氏聞言也十分開心，終於要回家了，接著她偷偷瞄了一眼背對他們和凌三說話的趙澹，給袁正儒使了個眼色。

袁正儒心領神會。終於要擺脫趙澹了，這些日子為了防著趙澹和女兒有什麼接觸，他們夫妻可是費盡了心機，但上下馬車投宿吃飯總是會打個照面，雖說二人沒說什麼話，卻總覺得有些怪，待回了京城兩個孩子可算是徹底隔開了。

這一路袁妧拚了小命似的躲著趙澹，甚至連飯都不下馬車吃了，袁正儒和江氏兩口子也嚴防死守。

趙澹無奈極了。這個小騙子，嘴上說什麼不會再躲著他，如今連個人影都看不見，也難為她耐得住，不吵著要透氣。心裡卻暗下決心，回京之後處理完一些事情，就讓祖父母上門提親。

剩下的時間順風順水，除了趙澹時不時用意味深長的眼神盯著她之外，袁妧的小日子過得還不錯。

不整天惦記著騎馬看風景，就窩在馬車裡，甚至連控水術都熟練了許多，竟然已經能控制水流避開她不想淋濕的地方，讓她心中甚是歡喜。

眼看明日就要到京城了，所有人都心急如焚，可實在趕不上關城門之前趕到城門口，只能在城郊的袁國公府小莊子裡住下，等著明日一早進城。

袁妧帶著即將回家的歡喜才剛剛坐下，就聽見外面盈月通報。「小姐，表少爺來了。」

袁妧一愣，表少爺？是大表哥秦潤澤來了嗎？她正要收拾一下自己出去見客，卻聽到盈月咬著下唇添了一句。「小姐，是……清少爺。」

秦清澤？這個名字已經許久沒聽到了，自從兩、三年前那回他去了軍營，雖說兩家走動依然頻繁，但姑姑在她面前卻絕口不提秦清澤，他……怎麼來了？

袁妧的動作慢了下來，若真是秦清澤的話，她是見還是不見呢？玳瑁豎著小眼看著她，見她猶豫了，索性攛掇她。「早幾年都說清楚了，乾脆就別見了。」

這倒是合了袁妧心意，她猶猶豫豫的坐了下來，正要讓盈月回頭去回江氏自己太累，卻見雲趣從前面匆匆跑來。「小姐，老爺和夫人說您與表少爺許久未見，讓您出去打個招呼。」

袁妧沒想到爹娘竟然這麼直接的讓她出去，卻也不好反駁，只能讓丫鬟們伺候著收拾好了，起身往袁正儒夫婦住的院子走去。

幾年未見，秦清澤已經長成了大人模樣，絲毫看不出來才是個十六、七歲的孩子，軍營裡不愧是磨練人的地方，秦清澤褪去了孩提時候的模樣，臉上顯得越發的沈穩。

袁正儒同江氏自小就喜歡他，江氏拉著他不鬆手，喋喋不休的問他這幾年累不累苦不苦，袁正儒在一旁笑容滿面的看著。

袁妧一踏進廳房就看到這一幕，秦清澤看到她眼前一亮，瞬間回到了小時候的樣子，揚著笑臉喚了一聲。「表妹！」

這一聲喚得袁妧心裡也酸酸的，到底是自幼一起玩到大的人，就這麼突然的斷了聯繫，她其實也十分不適應，但她卻不能表現得太親熱，只能對著秦清澤行了個禮，低聲喊了一聲。「表哥。」

這一聲有禮卻不親熱的「表哥」，把秦清澤喊得一下子清醒過來，臉上的天真也慢慢收斂起來，站起來對著袁妧回了個禮。

「外祖父、外祖母擔憂你們被擋在城門口，特地派我來迎你們，誰知到了門口，才聽到消息你們已經來了莊子，這就先來同舅舅、舅母打了招呼。」

江氏見兩個孩子之間氣氛尷尬，拉著秦清澤的手欣慰道：「舅母知道你是好孩子，你大舅母沒跟著回來，方才你大舅舅同你說了沒？」

秦清澤只能把視線從袁妧身上移開，認真回答江氏。「外祖父派我來之前已經同我說過了，大舅舅卻隻字未提，我也沒問。」

江氏一下子僵住了，她是真心沒想到袁正修能隻字不提顧氏，畢竟秦清澤是代表袁國公同許老夫人來的……

秦清澤說完也覺得自己的話有些不對，假裝無意的瞥了一眼坐在椅子上的袁妧，又道：「外祖母十分惦念舅舅、舅母同……表妹。」

誰知正巧被剛到門口的袁瑜聽到，袁瑜不高興的哼哼兩聲。「難不成祖母沒惦記我？」

秦清澤大窘，許老夫人自然是惦記袁瑜的，但是他滿眼滿腦子都是袁妧，哪裡想得起來不在場的袁瑜。

跟在袁瑜身邊的趙澹看著秦清澤的樣子，心裡冷笑一下，沒想到幾年不見他依然如此莽撞，且……依然對肉團子心懷不軌。想到這兒，他的眼神陡然變得凌厲起來，上下打量著秦清澤。

秦清澤也看到了袁瑜身邊的趙澹，他可是真的不知道趙澹竟然也在，袁國公同他講的時候他的神魂早就飛到袁妧身邊了，壓根兒沒聽清。

秦清澤看著趙澹凌厲的眼神，不自覺的直起身子回望過去。趙澹看到他眼中明顯的疑惑同敵意，彎起嘴角。「自上次去義德侯府探病一別，如今已是多年未見，不知秦少爺身子可大好了？」

秦清澤聽到他又提起幾年前那樁被他揍了一頓的事情，面上氣得泛起緋色，冷哼一聲。「世孫說話依然是這麼的討人嫌，不知我不在京中這幾年世孫可過得還好？沒被別人揍過？」

袁瑜見兩個人同烏眼雞一般一見面就鬥起來，有些頭大，這兩個人從四、五歲頭一回見面就不對盤，兩人分明沒啥交集，竟然還能不對盤十來年。

他剛要張口打圓場，卻聽到趙澹清冷的聲音在耳邊響起。

「秦少爺多慮了，何人能打得過我？畢竟當年秦少爺可是……」說完又打量了秦清澤一番，然後把剩下的話吞下去搖搖頭。

秦清澤如今雖說沈穩多了，卻也架不住面前的人可是「世仇」。他雙目一瞪，看著趙澹似笑非笑的樣子，心裡那股火怎麼也壓不住，冷笑一聲。「不知世孫這些年可有長進，咱們出去再比劃比劃如何？」

這可正合了趙澹的心意，方才他進來的時候，看著秦清澤盯著袁妧的眼神，就想再狠狠的揍他一頓了，如今他可不是幾年前的他，他已經明白了自己的心意，誰若是覬覦袁妧，那就……

想到這兒他習慣性的瞇起眼睛。「如果秦少爺定要如此的話，那我自當奉陪到底。院外就是袁國公的演武場，咱們去練練如何？」

接著對著袁正儒同江氏一拱手，不著痕跡的看了袁妧一眼，連門都沒進就扭頭去了院子。

秦清澤這小暴脾氣這幾年可忍了太久了，方才趙澹看袁妧那一眼別人也許沒看見，他可是看得清清楚楚，他也不是幾年前那個什麼都不懂的小子了，一眼看穿了趙澹的心思，更是咬牙切齒的非要讓趙澹好看不可。

沈著臉對袁正儒和江氏道：「二舅舅、二舅母，人家既然找上門了，我自然不能退縮，你們先在這兒稍等片刻，待我解決了他再來同你們說話。」

說完，不顧江氏的阻攔也跟著出了門，袁正儒同江氏對視一眼，看了看呆在原地的一雙兒女，嘆了口氣。

「咱們也去看看吧，兩個孩子都年輕氣盛，可別鬧出個好歹來。」

一邊嘆氣邊起身先出了廳門，江氏拉著女兒的手憂心忡忡的跟在略顯興奮的袁瑜身後。一家四口一出院子就看到門外演武場上二人已經面對面束身而立，秦清澤帶來的人同凌一、二、三、四也隔著演武場互相怒目而視，氣氛一觸即發，感覺場上的兩人開始動手，場下的這群人也要打起來了。

袁正儒真真是頭疼，就差一天就解脫了，今天還非得給他找事，索性派人去把護送的府兵全叫來，喝令他們。「把這演武場全都圍起來，除了世孫和秦少爺，其他人有人動手了馬上拿下！」

場上的趙澹和秦清澤聞言愣了一下，默契的轉身去看了一眼身後的人，兩批人馬都接收到了自家少爺的指示，心不甘情不願的嚥下這口氣退到場邊，不甘示弱用眼神打起架來。

趙澹回過頭，看到秦清澤還在對自家下人們使眼色，笑了一聲。「不知秦少爺何時才能處理完這些瑣事。」

秦清澤氣得頭髮都要站起來了，揮拳向著趙澹就衝了過去，袁瑜見這拳恍若帶著拳風，忍不住小聲叫了一聲。「好！」

卻見趙澹不慌不忙，側頭躲開他的拳，一手捉住他的拳頭，也不廢話，用力一擰，「咯」一聲脆響，可把場邊的人嚇出一身冷汗。

秦清澤腦門上的汗「噌」的一下冒了出來，咬著牙掙開趙澹的手，退了幾步站在原地看著趙澹，右手微微發抖，他唇角泛起一抹嗜血的笑容。「世孫可得站好了。」

趙澹見他臉上的神色也認了真，褪去方才戲謔的表情，盯著面前的秦清澤。

此時所有人都屏住了呼吸，只有陣陣夜風纏繞在兩個人之間，吹起他們的衣角與髮梢。

突然間，像是約好一般，兩個人一同發動，眨眼就交上了手，招式施展得飛快，袁瑜的眼睛彷彿已經不夠用了，袁正儒和江氏緊緊交握著手，生怕出什麼意外。

場上的二人已經打得難解難分，袁婉抱著玳瑁看著兩道快如閃電的殘影你來我往，嘆了口氣。「男人真無聊。」

玳瑁瞪著小綠豆眼正看得歡喜呢，猛然間聽到自家公主這句話，抬頭看看她。「公主覺得無聊嗎？這可比東大街上雜耍好看多了！」

袁婉無語。「這耍得再好看有什麼用？逞凶鬥狠，真是無趣。要不我潑他們一臉水讓他們倆清醒清醒？」

玳瑁被自家公主這麼一說，再看場上纏鬥在一起的二人，還真是覺得有些無聊呢。

袁婉嘆了口氣，對袁正儒和江氏道：「爹娘，如今天色漸黑，這幾日趕路著實辛苦，有些累了，我想先回去休息了。」

袁正儒和江氏早就不贊同孩子們再看了，點點頭對袁瑜道：「你妹妹累了，快些送你妹妹回院子。」

袁瑜雖說有些捨不得眼前打鬥的情景，卻還是乖乖的點點頭。「妹妹，二哥送妳回去，咱們走吧。」

袁婉絲毫不帶留戀的扭頭就走，場上的趙澮正分心看著她呢，見她竟然轉身，心裡一急，也顧不得什麼好不好看了，一發力把秦清澤緊握住他胳膊的手震開，三兩下把他踢翻在地，縱身躍起，幾步追上了袁婉。「婉兒，妳要回去了？」

秦清澤尚未反應過來，身前的人已經不見了蹤影，他捂著胸口艱難的坐起來，正巧看到趙澹攔在袁妧面前，頓時火冒三丈，身上的疼痛也感覺不出來，站起來對著趙澹大喝一聲。「別想跑！」

趙澹理也不理他，低頭看著眼前袁妧嘬起嘴巴的小臉，越看越像在閩地見到的，剛從樹上摘下、剝了殼之後水靈靈的荔枝。他努力掐住自己想要撫上袁妧臉蛋的手，氣息微喘，低聲問袁妧。「要我送妳回去嗎？」

袁瑜眼睛一瞪，正要開口，秦清澤卻已經追了上來，一把箍住他的肩膀。「你跑到這兒做什麼！咱們還沒決一勝負！」

趙澹一抖肩甩開他的手，輕描淡寫道：「天色已晚，妧兒要休息了。到此為止，我沒空陪你瞎鬧。」

秦清澤受到了極大的羞辱，臉脹得通紅，正要同趙澹好好理論理論，卻突然看到袁妧黑白分明的大眼睛看著他們兩個人。

他一個激靈冷靜下來，瞇起眼睛看著眼前見他冷靜下來，眼睛裡彷彿帶著幾分失望的趙澹，呵呵一笑。「世孫倒是想得周全，如此我身為表哥更應該送妧兒回去了，世孫這個『外男』就算了吧。」

接著對著袁瑜點點頭。「咱們一道走吧？」

袁瑜瞠目結舌的看著他們兩人的嘴上官司，聽到秦清澤的話，猶豫的回頭看了看爹娘。

江氏看到這麼兩個愣頭青，脾氣也上來了。「你們誰也不用送！今晚妧兒要同我睡，再鬧你們都別住在莊子裡了！」

江氏氣沖沖的拉著袁妧就往正院走去，袁正儒慢慢踱過來，看著幾個被甩在原地的男孩兒嘆氣搖頭。「你們啊……明日進了京可別給我鬧這一齣。誰若是壞了妧兒名聲，我定不輕饒了他！」

遲鈍的袁瑜聽到袁正儒的話才反應過來，伸手指著面前的兩個人。「你……你們……」好半晌才反應過來，聯想到方才那場酣暢淋漓的纏鬥，心中早沒了欣賞，只剩下氣憤。「你們！呵呵，咱們回京再算帳！」伸手點了點兩個人，也顧不上什麼了，懊惱的跟著袁正儒一起去了正院，妹妹怕是受到驚嚇了，得好好安慰安慰她才成。

袁家府兵見自家主人都走了，雖然沒聽清方才發生了什麼，但是也極有眼力的悄悄退了下去。不多時，場邊就只剩下趙澹和秦清澤的侍衛們。

秦清澤見二人身邊沒人，低聲冷笑。「我原沒看出來，世孫竟然存了那等心思。」

趙澹卻一臉坦然。「這是我同妧兒的事，和秦少爺毫無關係。」也不再看他，心下琢磨如今去尋袁妧怕是也看不見她，索性直接回了院子，凌一、二、三、四見世孫朝暫住的小院走去，一個個急忙跟上，片刻工夫這演武場就只剩下了秦清澤和幾個侍衛，顯得分外清冷。

秦清澤皺起眉看著趙澹遠去的背影，心裡已經開始評估自己同趙澹競爭的話，成功的機率有多大。見他神情變幻不定的站在原地看了半晌，他的侍衛才敢過來，小心翼翼的問他。

「二少爺，咱們是不是該……回去了。」

秦清澤回過神來，點點頭，一句話未說也回了自己的院子。

第三十九章

轉過天一大早，袁妧沈著臉上了馬車，趙澹卻是一派淡然，像是什麼都沒發生過，除了他以外所有人臉色都有些奇怪。

此外只剩袁正修笑咪咪的，終於要回京了，他又是那個被人追捧的袁國公世子了！同谷發生的一切事情彷彿都被他拋在了腦後，什麼孔姑娘，什麼吐谷渾，什麼斷腿的顧氏，什麼征戰的袁瑾，都不及眼前的京城對他的誘惑大。

袁正修的背都直了不少，對著秦清澤擺出長輩姿態。「清澤啊，舅舅出門在外這麼久，不知家中一切可好？我甚是懷念父親與母親。」

這些話昨天晚上不都說過一回了，怎麼還問？秦清澤丈二金剛摸不著頭腦，他有些訝異的挑起眉，卻還是回答了袁正修。「大舅舅，外祖父同外祖母一切都好，也十分掛念您。」

袁正修面露欣慰與期待的點點頭，對著袁正儒道：「如此，咱們就快些進城吧！」

袁正儒有些無奈，這一回同谷之行，他算是徹底了解這個平日不苟言笑的大哥了，只能順著他的話應下，對著身後的隊伍一揮手。「進城！」

袁國公和許老夫人早就等得心焦了，袁琤本想請一日假，然而趙泓聽聞趙澹也是今日回來，特地送了消息給他說今日有要事相商，只能大清早就去了衙門，等著趙泓的傳喚。

趙澹進了城門就同袁家分開，徑自去了趙泓的別院，秦清澤倒是把一家人送到門口，因著昨夜他不在崗位，也堆積了許多事情，最後深深的看了看袁妧的馬車，也只能拱手告辭。

進了府之後，袁妧看到許老夫人慈祥的笑臉就忍不住了，雙目含淚撲進她懷裡。「祖母，我可想您了～～」

許老夫人被嬌嬌軟軟的孫女一抱，整個心都軟塌塌的，緊緊摟住她。「小沒良心的，想祖母也不知道早些回來，祖母睜眼盼著妳閉眼想著妳，這大半年可沒過過一天的安生日子。」

一番話說得眾人心中酸楚，袁國公暗嘆自己真是年紀越大心越軟，憋住眼淚對兩個兒子道：「都隨我去書房，給我細細講講從出門到現在的事情。」

袁正修心中有些惶惶卻無法拒絕，只能給袁正儒使眼色，袁正儒幾不可見的點點頭，心裡嘆口氣，兄弟倆跟著袁國公一前一後出了門。

眾人敘了一回舊，歡喜的哭了一場，許老夫人忙催促江氏。「妳爹同他們倆不知道要說到何時呢，妳們娘倆快些去歇歇，待晚上了咱們再一同用膳。」

江氏坐了這麼久的馬車也著實乏了，笑著點頭應和下來，帶著袁妧去了韶華院。

待袁琤回來的時候更是熱鬧一番，袁瑜自小跟大哥親密無間，遠遠看到袁琤進來，沒忍住一個激動跑上去用力抱住他。

袁琤嘴上嗔道：「這麼許久不見，怎麼還是這麼個急性子。」心裡卻也是十分感動，回抱著長高了的弟弟。

江氏含淚看著院中的兩個兒子，伸手招呼袁琤過來。「琤兒，快讓娘好好看看。」兄弟倆如同小時候一般拉著手一起走到江氏面前，江氏摸了摸袁琤的臉。「真的長大了，冷不丁一看像個頂天立地的男子漢了。」

袁琤有些無語。「娘，我都二十了，難不成還不是個男子漢了？」

江氏被他逗得笑了出來。「成了成了，是娘說錯話了，你妹妹正在後面歇著呢，這一路上可把她累壞了。」

袁琤露出心疼的神色，江氏知道他是見了趙泓和趙澹才回來的，看了他一眼小聲詢問。「你見到世孫了？」

袁琤愣了一下，不知道江氏為什麼會這麼問，還是點點頭。「見到了，方才才散，他回晟王府去了。」說完疑惑地看著江氏。

江氏輕輕嘆口氣。「世孫想求娶妧兒……同你爹和我當面說過了。」

袁琤目瞪口呆，他可從未想過趙澹和自家妹妹會有什麼關係！他看著江氏，張張嘴說不出話來。袁瑜雖說昨夜看出了幾分頭緒，可萬沒想到趙澹竟然已經和爹娘說過了，也愣在當場。

好半晌袁琤才找回自己的聲音。「爹和娘怎麼看這件事？」

江氏愁眉苦臉，揪著手頭的帕子。「我自然是不願的，世孫小時候受過多少罪，難不成我要把咱們捧在手心裡的妧兒，送去晟王府那吃人的後宅?!」

袁琤皺著眉點點頭。「沒錯，就衝這個咱們也不能答應。」

江氏見兒子也贊同她，鬆了口氣。「不想答應是不想答應，可是我見世孫這個人心性堅定，決定了就不會輕易放棄，他既然起了這個心思……唉！」

袁琤也知道趙澹的為人，被江氏點透之後，回想起方才趙澹對他一些微妙的變化，當時好友許久未見他只顧著欣喜並未察覺，此時想來卻也透出了蛛絲馬跡，他哼了一聲。「起了心思怎麼了?他還能強取豪奪不成?!若是他真的敢，我倒是想先會會他。」

江氏本來也是擔憂長子會因為和趙澹不一般的關係而想促成這樁姻緣，聽袁琤如此說她就徹底放下心，戳了下袁琤的額頭。「年紀越大，倒是越發的暴脾氣，你想怎麼會會世孫?」

袁琤摸了摸腦袋正要說話，卻聽江氏接著道：「別說你妹妹了，你呢?你也知道自己二十了，雖說如今盛行晚婚，可是你這也太晚了，爹娘如今回來首要任務就是先看著你。」

本以為袁琤又要腳底抹油溜了，卻沒想到袁琤卻神色自若的開口。「本想過幾日再同娘說的，但既然娘說起了……那正巧，我想求娶一位姑娘，回頭娘去訪聽一下，若是合適咱們就上門提親。」

江氏和袁瑜像見了鬼一般的看他，袁琤看到兩個人的表情沒忍住笑了一下。「怎麼了，被這個好消息驚到了？」

袁瑜僵著臉試探的問了一句。「大哥的意思是，我們不在的這段時間，你給自己找了個媳婦？給我找了個大嫂？」

袁琤斜了他一眼。「我年紀也不小了，這件事情很奇怪？」

袁瑜被他的眼神嚇得一個激靈猛搖頭。「不奇怪，不奇怪！」

江氏被袁瑜這一插話也緩過勁兒來，急切的拉著袁琤追問。「是誰家女兒？你們怎麼認識的？認識多久了？是兩情相悅還是你單相思？」

袁琤聽到這一連串的問句哭笑不得。「娘莫急，我細細給妳說。」

袁瑜狗腿的倒了杯熱茶端給他，坐在旁邊的椅子上擺出一副聽故事的樣子，恨得袁琤牙根癢癢，踢了他一腳才扭頭對江氏道：「那姑娘正是大理寺卿的小女兒，今年十七，我們……沒見過面，只是我聽聞她為人端莊賢淑，對她心生好感，所以才要麻煩娘去訪聽訪聽。」

江氏看著兒子臉上的神色，果然不是那等非這女孩子不可的樣子，忍不住問了一句。「琤兒，你不想尋個兩情相悅的嗎？」

袁琤笑容未變，對江氏點點頭。「娘說的這是哪裡話？我自然是想的，可是這世間哪裡有那麼多兩情相悅之人？再說……娘之前催我的時候不是總說感情是可以培養的嗎？如今我對她有些許好感，日後相處起來自是如魚得水，誰又能說我們不會兩情相悅呢？」

江氏倒是被說得一愣一愣的，看著長子一直未變的笑容，眼神卻頗為堅定，心裡嘆了口氣，果然是一起長大的孩子，方才的袁琤恍惚間讓她想起向袁正儒和她直接求娶袁玧的趙澹。

她也下定了決心。「你既然已經決定了，那娘自然是聽你的，你回去等著消息吧，娘保證給你訪聽得清清楚楚的，也好讓你做出最正確的決斷，日後莫要後悔。」

袁琤感激的點點頭。「那就先謝過娘了。」

母子二人三言兩語就決定了這件大事，讓袁瑜在旁邊嘆為觀止，齜牙咧嘴道：「還能這樣啊！娘乾脆隨便替我找個好姑娘得了，我可真不耐煩一點點去了解這個那個的。」

江氏狠狠地翻了個白眼。「行啊，若是給你尋個無鹽女，你可別挑剔。」

袁瑜哀嚎起來，袁正儒從門外笑著走進來。「誰惹咱們瑜兒了？這叫的，門外三丈遠都能聽見。」

江氏用力拍了一下袁瑜的頭，才轉頭對袁正儒笑著問道：「同爹說完正事了？」

袁正儒臉色有點古怪，嘆口氣。「說完了，這都說了三個時辰了，反正……該說的不該說的爹都知道了，瞞也瞞不住。」

江氏心領神會，卻沒有說話，袁正儒看了妻兒一眼。「明日開始大哥就告病假了，爹說什麼時候回過神來，什麼時候再去上衙。」

果然晚上的晚宴袁正修就沒出席，許老夫人彷彿什麼都不知道，壓根兒沒提起袁正修來，左手拉著袁妧，右手拉著袁瑜，笑呵呵的聽著他們描述袁瑾、辛萍二人在同谷如何守城的日子。

聽到吐谷渾人放火攻城，許老夫人揪緊了胸口的衣裳，又聽到突然天降大雨才長舒一口氣。「阿彌陀佛，真是菩薩保佑。」

這麼聽著袁瑾和辛萍真真是不容易，也不知何時才能回京，這孫媳婦娶進門了，連面都沒見著。想到這兒，又琢磨起來何時才能抱上曾孫，眼神不自覺的瞥向了袁琤。

袁琤敏銳的察覺到了許老夫人的眼神，對著一起望過來的江氏點點頭，江氏抿嘴笑著上前。「娘，我看琤兒也到了娶媳婦的年紀了，正巧有個姑娘我覺得年歲家境都相當，咱們一同參詳參詳？」

這真是打瞌睡遇到枕頭，許老夫人興致一下子上來了，鬆開孫兒、孫女的手攥住江氏。「是哪家姑娘？」

江氏安撫的拍著許老夫人的手。「是大理寺卿的小女兒，年方十七。」

袁國公本來笑咪咪的聽著，一聽到是大理寺卿的女兒，眼睛瞇了起來，看著面容淡定的袁琤，就像是許老夫人和江氏討論的根本不是他的親事。

許老夫人第一時間倒是沒想那麼多，好容易孫兒有了個相中的對象，歡喜的拉著江氏詢問這姑娘哪裡好。江氏自己還一頭霧水呢，只能順著許老夫人的話說，具體情況卻是什麼也說不清。

有了目標之後全家人都激動起來，所有人都沈浸在幸福的喜悅中。

散了晚宴，袁國公單獨留下袁琤，看著面色沈穩的孫兒嘆口氣。「你想清楚了？」

袁琤笑了笑。「祖父問的是什麼，孫兒不懂。」

袁國公虎目一瞪。「怎麼，跟祖父也玩起這一套？」

袁琤咧開嘴，露出小時候闖禍之後裝傻的樣子。「不敢欺瞞祖父，雖說……是太孫說起的姑娘，但我暗中其實也調查過，這姑娘的性子著實不錯，做二房的長媳是綽綽有餘，我若能娶到她也算是三生有幸了。」

袁國公深深的看著他，喃喃自語。「不知當年決定把你送到太孫身邊是對是錯……」

袁琤笑得更妖孽了，對著袁國公一行禮。「多謝祖父當年送我去太孫身邊，讓我結識了這輩子最親密的三個摯友。其實……我亦不知當年祖父送我過去是對是錯，然而，哪怕是錯了，我也會讓它變成對的！」

袁國公看著面前的孫子感嘆道：「我果然是老了，開始畏首畏尾了，幸而瑾兒同你都是能撐起來的，日後兩房交給你們兩個人我也放心了。」

袁琤被他一句話說得心酸，看著袁國公花白的頭髮，上前握住他的胳膊。「祖父老當益壯，哪裡談得上什麼畏首畏尾？」

袁國公慈愛的看著他。「行了行了，祖父自己多大年歲自己知道，我在朝上再撐幾年，你大伯是萬萬靠不住了，等瑾兒回來，就直接把爵位傳給他吧！」

袁琤大驚。「祖父！越過大伯父傳爵這事做出來，怕是咱們家就要成京中的笑話了！」

袁國公苦笑。「我又何嘗不知道呢？可是寧可被人笑話，也勝過敗了這幾十年攢下的基業。你大伯抱病這件事你知道了吧？」

袁琤點點頭。「爹說大伯病好之後再去上朝……」

袁國公意味深長的看了他一眼。「病好之後？你可知你大伯去同谷鬧的這些事若是被人揭出來，咱們家定要遭受一輪血雨腥風。幸而……幸而瑾兒媳婦是個精明的，把那個女子握在手裡……」

嘆了口氣拍了拍袁琤的肩膀。「瑾兒還是有些莽撞，辛萍那丫頭你爹是誇了又誇，雕琢一陣子也能擔起國公府的擔子，至於你大伯就這麼『病』下去吧，所幸他以前也不怎麼愛出門，回頭給他多尋些古籍，讓他在院子裡休養著，回頭我派人快馬加鞭送封信給瑾兒，先問問他的意見。」

袁琤看著袁國公說話間難掩痛苦的眼神，低下頭。若不是為了大局，為了整個家族，哪對做父母的願意這麼軟禁自己的親生兒子呢？

祖孫倆交了一回心，雙方都有了底，袁國公對袁琤道：「若是那個姑娘真的合適，那就早早定下來，這件事怕是已經拖了一陣了吧？陳惟訂親的左督御史長孫女也是太孫挑的吧。」

袁琤點頭應下。「他是真的還挺喜歡那姑娘的，兩個人也見了一面，早早定下也好，太孫並未催我們，只是早晚都要定，何必再拖呢？」

袁國公拍了拍他的肩膀。「你自己想好就好了。快些回去休息吧，你爹娘怕是擔心壞了。」

袁琤自是應下，做好準備回韶華院接受袁正儒和江氏一輪又一輪的盤問。

袁家人不愧是武將出身，行動雷厲風行，第二日江氏就藉著訪友的名頭尋上了張氏，陳家畢竟文人出身，對大理寺卿了解可比袁家多多了。

張氏聽說她看上了大理寺卿的女兒，面上浮出笑來。「妳這眼光可真是好，這姑娘雖說外面沒什麼太響的名聲，可是為人沈穩，做事也極其穩妥。自十一、二起，他們家的宴席就都是她來安排，這麼多年從未出過丁點兒的錯，且黃寺卿的夫人也是汝南崔家的旁支外孫女，自小多少也受了些崔家的教導，她教養的女兒，總是讓人十分放心的。」

這可是意外之喜了，江氏喜孜孜的道了謝，又拜託了張氏。「若是說訪聽，還是姐姐方便些，這姑娘聽妳一說真真是個好的，只是不知家裡人如何？還有就是……都十七歲了，姑娘為何還未訂親？」

張氏心領神會，拍拍她的手。「妳放心，我這幾日多走幾趟替妳問問。」

第四十章

不過三、五日工夫，張氏就上門來，扯著江氏悄悄道：「那姑娘到了十七還沒訂親，原是因著大理寺卿家規極嚴，她上頭有個堂姐因犯了些咱們看來無足輕重的小錯被送去家廟一年，下頭這些可不都耽擱了。」

江氏眉頭緊皺。「這……這等人家還守著前朝的規矩，能看得上咱們這些泥腿子出身的功勛人家？」

張氏「噗哧」一聲笑出來。

「可別說，妙就妙在這兒，黃夫人雖說是崔家外孫女兒，按理說她應該比黃大人家裡更嚴苛才對，可私下裡卻教導著女兒外方內圓，這姑娘教養得對外一派端莊，私下卻不缺女兒家的嬌俏。」說完她咂咂嘴。「也怪我家大兒子早早訂了親，妳說，我怎麼沒早發現這麼有趣的姑娘呢？」

江氏笑著打了她一下。「別鬧了，回頭我把這話告訴給妳兒媳，看妳這婆婆還怎麼做人。既然妳說得這麼好，那一事不煩二主，張姐姐這份媒人禮啊，就在眼前等著妳呢。」

張氏故作生氣。「好啊，原來在這兒等著我呢，三言兩語就定下我做媒人了，我就得鞍前馬後的給妳娶媳婦兒去，真真是想得美！」

二人說鬧一番，張氏又隨著江氏見了許老夫人。許老夫人自然有她自己的訪聽管道，三人湊在一起把自己的消息一對，越發覺得這黃姑娘是個好的。索性直接託了張氏上門探探口風，張氏笑咪咪的出了袁府，轉過天就登了大理寺卿家的門。

黃夫人看著喝著茶、表情分外親切的張氏，有些摸不著頭腦，輕咳一聲問道：「陳夫人覺得這茶可好？」

張氏點點頭。「黃夫人待客的茶真真是極好，不知這茶……黃小姐可喜歡？」

黃夫人心裡一驚，看著張氏的眼神變得綿長。突然提起了女兒……可是陳家兩個孩子都訂了親，還能為了誰呢。

心思轉換之間，黃夫人靈光一閃，陳惟同袁琤關係好，京城上下無人不知，張氏同江氏相處得如手帕交一般也是大家都知道的，那麼……她這回來怕是為了袁家的孩子。

張氏就喜歡和聰明人說話，一句話大家就心領神會，看到黃夫人了然的眼神，她示意左右的侍女退下，黃夫人見狀也揮退了下人們。

張氏坐到黃夫人身邊。「不瞞夫人，我這次來的確是受人之託。」

黃夫人絲毫沒有意外，只是好奇張氏說的會是袁國公二房的哪個少爺。

張氏又笑了笑。「我說的這個孩子絕對是個好孩子，貴府小姐是人人稱讚，而袁國公府的二少爺，袁家二房長子袁琤，在京中也算是小有名氣。黃夫人可聽過他？」

袁琤之名黃夫人自然聽過，太孫自幼長大的朋友，若是將來……那是前程不可限量。

她點點頭沒說話，張氏見她沒有抗拒的意思心底也鬆了口氣。「袁琤今年正巧二十整，之前因著學業，後來又是剛剛派了官，他爹娘就去了同谷，這才一直耽擱下來。如今回來了沒多久，就上門尋我來您家探口風。黃小姐可是袁家上下眼巴巴等著求娶回家的好女兒呢！」

這意思黃夫人聽懂了，自家女兒是袁國公和袁國公夫人看上的，就等著二房夫妻回來才上門以顯示袁家的重視。

這麼一說她心裡也舒服許多，對袁家的印象也好了幾分，原來京中眾人心目中的泥腿子竟然也是知禮的，她臉上多了幾分笑意。「陳夫人這麼說我們蘊兒可不敢當，這等兒女大事我還得同老爺商議一下，過幾日給您答覆可好？」

這上門探口風哪有一次就成的，沒有當場拒絕就說明女方家是有意思的，張氏自然點頭應是，出了黃府的門就悄悄派人遞了信給江氏，讓她稍安勿躁。

這頭許老夫人和江氏自然也都明白黃家的意思，叮囑袁琤。「這幾日你可老實些，約莫黃家是會訪聽你，可別做出丟人的事來。」

袁琤無奈。「我又不是瑜兒，何時做出過丟人的事？」

這話把袁瑜氣得直瞪眼，兩個哥哥一番交鋒，令袁妧撲倒在江氏懷裡止不住笑。

不知道黃家是如何考量的，不幾日就送了消息給張氏，表明自己同意這門親事。

張氏急忙去袁家告訴許老夫人，袁家三書六禮都備好許多年了，江氏挑挑揀揀抬著十抬小聘去了黃家見了黃蘊如一面，見她面容姣好、身姿挺拔，一雙眼睛滿是笑意，若隱若現顯出幾分俏皮，恨不能當場就把這媳婦兒娶回家去。

袁琤也算是京中小有名氣的青年才俊了，黃蘊如躲在屏風後面偷偷看了他一眼，心底的八分滿意變成了十分，兩家一拍即合，這親就這麼定下了。

趙澹聽到袁琤訂親的消息，差點沒把手中的茶杯摔了，雖說知道袁琤同大理寺卿的女兒在議親，可是這也太快了，從他回京到現在也才不到一個月？他瞇起眼睛看著眼前神色淡淡的袁琤，心裡越發的不是滋味，若是他和妧兒也能……

袁琤挑了挑眉，冷笑一聲。「世孫是對我的婚事有什麼不滿意？」

趙澹愣了一下，袁琤這話問得還頗有幾分強硬，自己也沒惹他，略帶些疑惑道：「我能有什麼不滿意的？」

袁琤面無表情，看著眼前的趙澹，二人大眼瞪小眼，引得旁邊的陳惟看熱鬧看得托起了腮。

袁琤同趙澹對視一陣，索性直接開了口。「你想娶我妹妹？」

「噗……」

正在喝水的陳惟噴了趙澹一臉，趙澹眉頭一皺，扯過瞠目結舌的陳惟，用他的袖子仔仔細細擦乾淨臉，甩開他點點頭。「沒錯，我是想娶妧兒。」

陳惟顫顫巍巍的指著趙澹。「你這個禽獸，婉兒還是個小姑娘啊！」

趙澹看著他的袖子嫌棄的避了避。「十三歲也差不多到了議親的時候了，我同她年貌相當，這樁親事有何不可？」

袁琤不怒反笑。「成啊，我同意了。只有一個條件，你們晟王府，全府上上下下、老老小小全都得心甘情願的來求娶我妹妹，我定在旁邊助你一臂之力，但凡有一個人不願意，背後出什麼么蛾子，那就別怪我不顧這麼多年兄弟情誼了。」

陳惟訝異的看著袁琤，晟王府的事誰人不知？這怕是比殺了趙澹還難。

趙澹定定的看著袁琤，許久才垂下眼眸。「我答應你。」

袁琤終是變了神色，微微挑眉。「你答應我？好，那我就等著你們晟王府上門了。」說完了今日想說的正事，袁琤站了起來。「既如此那我就先回去了，如今家中事忙，也不好耽擱多久。」

陳惟齜牙咧嘴。「怎麼怎麼，飯都不用了？」

袁琤狀似無意的瞥了一眼趙澹。「我想說的話都說清楚了，總得空下些時辰讓他好好想想，我先走了。」

趙澹沒有阻攔，也沒有抬頭，依然垂著眼眸玩著眼前的茶杯，思緒不知道翻滾到哪裡去了，陳惟喚了他幾聲都沒有回應，只能悻悻的自己坐下，味同嚼蠟的挾著那些已經有些涼了的菜。

袁妧此時比趙澹好不到哪裡去，毫無形象的趴在桌子上，盯著眼前的拉術哇爾，瑩潤的深藍寶石擺在眼前，引得玳瑁都懷念起深海來。

一人一龜盯著拉術哇爾許久，袁妧長長的嘆了口氣，戳著玳瑁。「這塊寶石，還給世孫嗎？」

玳瑁歪著頭看她。「公主，妳不是都躲他這麼久了，又送塊石頭算什麼事啊。」

袁妧又何嘗不知道，只是……這塊石頭真的是第一眼看到就讓她想起趙澹，它就像趙澹一般，哪怕只是靜靜的擺在那兒就能奪走所有人的注意力，進出的丫鬟們都會忍不住偷偷看這寶石兩眼。

她如今看著它就想到趙澹，心裡亂糟糟的，扔又捨不得扔，送又送不出去，糾結半天一拍桌子站起來，幾下把那寶石套進布袋裡直接扔到百寶箱最底下，索性來個眼不見心不厭。

玳瑁嚇了一跳，看著袁妧一連串動作嘖嘖嘴。「公主，妳心亂了嗎？」

袁妧心跳漏了一拍，回頭瞪了牠一眼。「瞎說什麼呢！」

嚇得玳瑁急忙把頭縮回去，窩在龜殼裡暗自慶幸，幸而附身的這小烏龜不是海龜，牠還是玳瑁的時候，可從來不能把頭縮進殼裡。

袁妧看著玳瑁哭笑不得，一把撈起牠，把煩心事扔在身後，去尋江氏一起討論起袁琤的親事怎麼操辦。

趙澹沈著臉回到晟王府，下人們看到他都遠遠的避開，這些年世孫已經打殺了好幾個想攀高枝的丫鬟，她們可都學得乖乖的。

容智看到趙澹笑了起來，上前行禮。「世孫。」

趙澹臉色緩了緩，扶起他來。「容叔不必多禮，我有事尋祖父母。」

容智有些驚訝，近年來已經很少見趙澹主動尋晟王爺同傅王妃說什麼正事了，這可真是罕見。忙稟告他。「王爺如今正巧在王妃屋裡說話，奴才是剛剛稟完了事情出來的。」

趙澹點點頭，抬腳去尋老倆口，屋裡晟王爺正同傅王妃喝著茶說起袁琤的婚事。「……眼看澹兒的幾個好友都已經訂了親，他今年也十七了，不知何時才能想成親。」

趙澹一腳邁進來就聽到這句話，唇角抽了抽，恭敬的對著晟王爺和傅王妃行了禮之後坐在一旁。

晟王爺絲毫沒有背後議論孫子被抓到的羞赧，見趙澹都聽見了，乾脆直接開口問他。「方才我同你祖母說的話你都聽到了吧？你也該想想自己的終身大事了。」

趙澹微微吸了一口氣，站起來對著晟王爺行了個大禮，直起腰來看著有些受到驚嚇的老倆口，啟唇笑了笑。「不瞞祖父母，今日我來正是想同你們商議這件事，我已經有心儀之人。」

傅王妃驚喜的拉過趙澹，讓季嬤嬤揮退了下人，悄聲問他。「你說你有心儀的姑娘了，是誰家姑娘？」

趙澹的笑容變得柔和起來，輕聲回答傅王妃。「孫兒心儀的姑娘，是吏部左侍郎袁大人的女兒，琤哥的妹妹，袁國公府二房姑娘，袁妧。」

傅王妃驚呼一聲。「袁妧?!」

隨即同晟王爺對視一眼，晟王爺眉頭緊皺。「澹兒，你是為了報恩？」

趙澹無語極了，祖父怎麼想得出來是為了報恩？他面不改色的搖搖頭。「自然不是，孫兒分得清什麼是感激，什麼是心儀。」

晟王爺心中飛快的盤算起袁家上下來，袁妧是袁國公的心頭肉，且自小就有個「小福星」的名聲，雖說隨著慢慢長大無人提起，但是剛出生那兩年在京中也是小有名氣，只是……

他皺起眉來。「只是這袁家日後必定是大房的，分家之後袁大人就只是一個三品官。」

傅王妃在心底也琢磨了一回。「那丫頭自小招人疼，我看是不錯的。」

晟王爺看著傅王妃沒說話，傅王妃拉著趙澹。「如何，你同袁家人一起從北邊回來的，是已經求得袁大人和袁夫人同意了嗎？咱們何時上門提親？」

趙澹臉上的笑淡了下來，看著傅王妃道：「袁家自是講規矩的人家，我並未同袁大人和袁夫人說過，也未同袁妧說過，只告訴了琤哥。然而……」

他頓了一下才繼續說：「琤哥只道咱們家後院有些……不省心，他不願意讓妧兒嫁過來，他的心思我明白，袁家並不想讓妧兒嫁到什麼高門大戶，只想讓她一生平安喜樂。若是我想娶她，咱們家……」

「平安喜樂。」傅王妃喃喃的唸著這四個字。「是啊，平安喜樂，真正疼女兒的人家，誰又願意讓女兒進了咱們這妻不妻、妾不妾、父不父、母不母的地兒來呢？袁琤那小子同你說了什麼？」

趙澹抿抿嘴。「琤哥說，他心中是願意的，只是擔憂妧兒，他唯有一個要求，就是……讓晟王府的後院，消停一些。」

晟王爺瞪起眼睛。「這小子如此張狂，竟然管到了別人家的後院來！這等人家能教養出什麼好女兒？」

傅王妃攔住他，溫柔的對趙澹道：「你這些日子一直也沒好好歇息，祖母同你祖父商議一下，明日給你答覆。」

趙澹心知他在這兒只是耽誤二人商討正事，遂點點頭，出了府直接派人通過暗路給趙泓遞了信，只說有要事相商。

這頭晟王爺見他出去，癱軟了身子靠在椅背上。「妧兒那孩子是個好的，只是看袁琤的態度，咱家求娶她怕是不易。」

傅王妃失笑。「王爺對這些後宅之事真是不清楚，這哪裡只是袁琤一個男子能想得到的？必定是袁家上下的想法，只是妧兒這孩子，自小我看著就是聰明伶俐的，且娶媳看娘，袁二夫人雖說年輕時候跳脫些，這些年看著真是能拿得出手的，起碼比……」

說到這兒吞下到嘴中的話，繼續道：「袁國公夫人自幼調教那孩子，教養嬤嬤都是宮中尋的，這孩子我勢必要給澹兒娶回家。別的不說，您只想想玳瑁……」

晟王爺眯起眼睛，神情同趙澹頗有幾分神似，聲音清冷。「是了，玳瑁，我一直懷疑同谷那場大雨是如何來的，後來招來了凌一，雖說他也含含糊糊的，但提到了一點，當時城門降雨之時……玳瑁正在城門附近。」

傅王妃心中狂跳。「王爺的意思是……玳瑁能降雨?!」

晟王爺瞪了她一眼，她才反應過來般捂住嘴，只用眼睛盯著他。

晟王爺點點頭。「我是如此猜測的，此事怕是澹兒都不清楚，否則他也不會讓凌一無意間說出來。」

晟王爺說完又笑了笑。「妧兒這身分其實也好，不高不低，咱們家面上算是低娶了，不顯山不露水的，但她卻有個年紀輕輕就三品官的爹、太孫心腹的哥哥……」

傅王妃撫了撫胸口才安穩下怦怦跳的心。「若真是如此，那妧兒咱們家就娶定了！」

二人陷入了沈默之中，片刻傅王妃又笑了起來。「王爺可注意到方才澹兒怎麼稱呼妧兒的，除了一開始說了她的名字，後面都喚上『妧兒』了，他們二人之間怕是比他說的親密多了。」

晟王爺一愣，笑著搖搖頭。「到底是個毛頭小子，哪裡想得如此周全？」

第四十一章

老倆口既然定下了袁妧這個孫媳婦，那自然就要開始商議怎麼娶回家來。

「這些年來我留著那鳶兒，只是為了拴住老大，涵兒早些年出嫁的時候他看著還像有當爹的樣，這些年是越發的糊塗了。」傅王妃嘆了口氣，有些犯愁。「別說人家袁家不樂意，老大媳婦這些年也是陰森得可怖，有時候看著她我冷汗都能出一身，還有老二一家子全是不省心的，面上是老實了，背地裡不知道在謀劃什麼呢。」

晟王爺想到二房一家子，冷哼一聲。「他們不老實，不老實就滾出晟王府！」

傅王妃使勁拍了他一下。「什麼滾出不滾出的？咱們這等人家是這麼好分家的？再說了，剛分了家就求娶袁家姑娘，明眼瞎眼的都能看出來是為什麼，人家袁家願意背負這麼個名聲？」

晟王爺也只是嘴上說兩句，哼哼的癱在椅子上沒動，傅王妃看了他一眼。「你怎麼年紀越大說話越隨興了。」

晟王爺愣了一下，恍然笑了笑。「不然呢，我這個年紀還不應該莽撞起來嗎？」

傅王妃有幾分心疼，有幾分無奈，有幾分好笑。「在外面莽撞莽撞就算了，在我面前還莽撞個什麼勁兒。」

晟王爺嘿嘿笑了起來。「這不是一時沒收住，咱們快些討論正事吧。」

傅王妃沈吟片刻。「既然是後宅之事，那就歸我了，前面老大、老二就歸你了，咱倆就合夥把這孫媳婦娶進門來。」

不提老倆口是怎麼商議的，另一頭趙泓接到趙澹的消息有些發愣，前兩日剛剛同趙澹見過面，有什麼大事值得他特地遞消息進宮？他忙派心腹出了宮尋到趙澹。

趙澹把一封親筆信交給了小太監。「這信務必親自交到殿下手上。」

小太監了然的點點頭，把信塞到懷裡匆匆回了宮。

趙泓皺緊眉頭看完趙澹的信，心思重重的坐在椅子上思考。

太子見狀隔空虛點他幾下。「爹從小教育你泰山崩於前而色不變，如今澹兒一封信你就如此了？」

趙泓嘆口氣，無奈的把信遞給太子。「爹，澹兒想要求娶袁琤的妹妹，那咱們這計劃……」

太子面不改色，拿過信來從頭到尾看完。寥寥幾筆正是趙澹的風格，前面簡單的說了一下他對袁妧情有獨鍾想要求娶，只最後加了一句「琤哥已經答應，只要弟安穩住後院諸人就能求娶妧兒，弟此生，非她不娶。」

「年輕。」太子輕笑一下，把信放到桌上認真的看著趙泓。「你是怎麼想的？」

趙泓有幾分無奈。「本想讓澹兒娶了……罷了，現在不說也罷。萬沒想到他竟然有如此強硬的時候，自小起他就如同小大人一般，對什麼都漠不關心無所謂，倒是頭一回看到他這麼執著。」

太子看了他一眼。「澹兒也算是在我眼前長大的，他這孩子心性堅定，既然定了這袁家小姐，你若是再給他塞個別人怕是要離了心，雖說如今袁家的態度還模糊，但你們一起長大的四人，都是爹當年替你精挑細選出來的幫手，如果為了這點小事一下子斷了兩個臂膀，那可是得不償失。」

趙泓目光一凜，臉色也變了。「爹是說，袁家也想答應這門親事？」

太子笑了笑。「如果你對一個女子心底一分願意也沒有，會去挑剔她樣貌家世嗎？」

趙泓恍然大悟，再拿起太子面前的那封信從頭到尾又看了一遍，倒是看出了幾分趙澹的忐忑，忍不住笑了起來。「澹兒竟沒有看出袁家的意思，這個模樣倒真像是個十七、八的少年人樣子，看著好笑。」

太子哈哈大笑。「行了，早些給他送封信安安他的心，咱們也助這小子一臂之力。」

趙泓失笑，看著有些八卦的太子點點頭。「知道了爹，兒子這就寫信給他。」

得到太孫的回信之後，通知了該通知的人，沒了所有的後顧之憂，趙澹心下已經安穩了幾分，此刻他迫切的想見袁妧，想告訴她等他，等他解決完一切之後就去娶她。

他細細的看著這些年來查到的家裡所有人做的一切，瞇起眼睛，暗自琢磨著要先對誰下手，宮中卻傳來一個晴天霹靂——昭和帝，鬧么蛾子了！

昭和帝這陣子心情頗好，閩地水患解決了，北邊兒吐谷渾人也被殺回去了，全國各地歌舞昇平、風調雨順，他越發覺得這都是他這幾年修行替全天下祈福的結果。

看到李必安又煉了一爐仙丹，琢磨了半日終於下定了決心，招來李必安道：「李天師，朕覺得這修煉已經到了瓶頸，怎麼也突破不了，你看……朕要如何做呢？」

李必安神色淡然，真真如同那些方外的仙人一般，掐著手指唸著口訣，突然大驚。「陛下大喜！」

昭和帝被他嚇了一跳，愣愣問道：「朕喜從何來？」

李必安甩開拂塵直接跪下。「陛下，您已經修到了人間極致，只需七七四十九日即可得道升仙了。」

昭和帝被這突如其來的驚喜衝昏了頭，緊緊掐住李必安的胳膊。「李天師，快說，快說朕要如何才能成仙！才能長生不老！」

李必安看著自己被掐出血的胳膊，眉頭幾不可見的皺了一下，反手扶住昭和帝。「陛下，成仙最後一步一向最是艱難，那蛟若是想成龍，回回渡劫都要遭受九九八十一道天雷，百萬之中才能成龍一條。

「然，陛下乃真龍之子，本就比那些凡物凝聚仙氣，只需閉關四十九日，且要八十一名十歲以下的童子替陛下守關，且這四十九日，陛下要萬事不問只管修煉，還要辟穀，遠離凡間這些污濁之物。」說完扶著昭和帝坐下。「陛下放心，貧道自然是日夜守在門口同陛下一同修煉，替陛下保駕！」

昭和帝的心亂跳不止，不知是因為即將到來的成仙還是為這渡劫擔憂。他澀澀的開口。「八十一童子？那朕……豈不是要在民間徵調童子了？」

李必安嘆口氣。「陛下，這等大事豈能讓那些凡夫俗子幫您保駕？必定是要宗室或者官紳人家的童子才可。」

昭和帝轉念一想，覺得他說的也有道理，他要升仙的關鍵時刻，怎能讓那些貧民沾染？他皺著眉思索半晌。「可若是調動那些官員子弟，又是一番扯嘴皮，朕最不耐煩同他們說話，一群俗物！」

李必安露出高深莫測的表情。「陛下何必自己親自下令，太子年紀已長，是該替陛下分憂解難了。」

昭和帝眉眼舒展開。「妙，妙啊！李天師不愧是最替朕著想的人！」

李必安笑著搖搖頭。「貧道也是有私心的，這天底下除了陛下，怕是只有貧道最希望陛下成為上仙，若是日後陛下能對貧道指點幾分，就是貧道三生之幸了。」

昭和帝心道果然這天下沒有平白替你出力的人，原來這李天師在這裡等著他呢，罷了罷了！看在他也算是真心實意對自己，待成仙之後就隨手拉他一把又何妨？

想到這兒，他露出矜持的笑來。「李天師何必如此，終有一日朕登了仙界見了天帝，定然替你說幾句話。」

李必安感動的又跪下行了個大禮。「如此，貧道定然不負陛下所望！」

昭和帝滿意的點點頭，對著門外喚了一聲。「順安。」

順安推開門進來看到李必安跪在地上，心裡一咯噔，低著頭不去看他，碎步走近昭和帝。

昭和帝想到要同太子說話，心裡一陣陣控制不住的厭煩，不知為何這幾個月他的脾氣是越來越大了，除了李必安之外，他不耐煩見所有人，連順安都只能在門外候著。

看著順安湊近的臉，他下意識的撇過頭，順安心裡一頓，稍稍退後一些，昭和帝用眼尾瞥著他道：「去喚太子過來……不，你先出去，朕寫張聖旨，待會兒去東宮宣旨。」

順安低頭應下，又看了一眼早已經起身站在一旁、恢復飄飄欲仙氣質的李必安，才退了出去。

昭和帝長呼一口氣。「也不知為何，這些人靠近朕，朕就覺得喘不上氣來，非得讓他們離得遠遠的才好。」

李必安笑道：「這才對呢，陛下您可是要成仙了……」

昭和帝被李必安這一口一個「成仙」說得眉開眼笑，隨手扯出一張聖旨，唰唰幾筆寫完，叫了剛出門的順安進來，扔給他讓他去頒旨。

恭恭敬敬接過聖旨的太子施施然回到房裡，待門一關上，常年溫文儒雅的臉也扭曲起來，他用力把聖旨拍在書案上，令趙泓擔憂得上前喚了他一聲。「爹！」

太子猙獰一笑。「父皇這是要我的命！」

趙泓心驚肉跳，下意識的回頭看看房門。

太子見狀輕哼一聲。「這麼多年，若是我連東宮的位置也守不住，那我這太子做得還有什麼意思。如今你皇祖父要我去幫他尋八十一個官家男童，誰家兒子不是捧在手心裡的？讓我出了這個頭……呵呵，在百官中的名聲怕是也沒了。」

趙泓眉頭緊皺。「爹已經接下了聖旨，若是不出這個頭……那豈不是抗旨了？」

太子突然回身目光炯炯的看著趙泓。「不！咱們不只要出這個頭，還要把這件事鬧得更大！」他當即散髮解衣，只著一件裡衣。

趙澹眉頭一直沒鬆開，思索著太子打算做什麼，突然挑眉笑了起來。「爹，我同你一起去。」

太子見兒子明白了，也笑了起來。「你在你皇祖父心中可比爹金貴多了，我自己去就可，何必再拖累了你。」

趙泓無奈，雙目含淚。「孩兒看著爹要受此大苦……心中……」

太子如同小時候一般撫了撫他的髮。「爹已經年近四十了，只有你一個獨子，日後這天下……都是你的，這二十多年我從滿懷治國熱血的太子一日日蹉跎到今日，只求能安穩從你皇祖父手中接過皇位，再安穩的傳給你。此事我做得，你做不得。去吧！回自己房裡去，我會對外說禁足了你。」

說完，太子甩開趙泓拉住他的手，一扭身出了門。「來人，太孫違逆於孤，今日起禁足一月不可外出！」

太子散髮跪在西暖閣門外的事情，不過半個時辰就傳遍了宮中上下，太后同皇后慌忙著人擺駕，匆匆趕過來。皇后看到兒子在烈日下狼狽的樣子心裡揪得生疼，眼淚含在眼裡強忍著不落下來。

太后臉色鐵青，衝著門外候著的張州發火。「怎麼回事？陛下呢！」

張州再天不怕地不怕也怕皇帝的生母，腿一軟跪下。「啟、啟稟太后，陛下……陛下在裡面……」

太后臉色越發難看。「太子犯了什麼錯跪在門口？陛下竟然還不出面……讓開，哀家要進去！」

張州瑟瑟發抖，卻咬緊牙關跪在門前攔住她。「太后娘娘，陛下下令，任何人都不能進啊……求太后饒了奴才吧，饒了奴才吧！」邊說邊用力磕起頭來，不一會兒工夫青石板上就見了血。

太后見狀瞇起眼睛，一個奴才竟然也敢威脅她，恨得招呼左右太監，但到底顧及昭和帝的顏面沒打殺了他。「把他給哀家拉下去！」

張州鼻涕眼淚流了一臉，一邊拚命掙扎一邊衝著太后喊。「太后，求您饒了奴才吧！這是陛下的旨意啊太后！」

太后重重的哼了一聲，對身邊的女官道：「開門！哀家倒要看看陛下是不是被這些奴才給蒙蔽了！」

話音剛落，門就從裡面打開，李必安一張仙風道骨的臉出現在門裡，對著她行了個道禮。「無量天尊，太后娘娘，陛下請您進去。」

這個妖道！太后惡狠狠的瞪了他一眼，還是邁開腳進了西暖閣。

西暖閣裡同外面完全是兩個世界，燃著上等的龍涎香，更顯得靜謐，昭和帝面色平靜舒緩盤腿而坐，恍若坐在世外桃源。

太后的臉色也不自覺的緩和了幾分，清了清嗓子開口問道：「皇兒，你可知太子跪在外面？」

昭和帝慢慢睜開眼睛。「母后，朕自然知道，他是來忤逆朕的，跪在外面又如何？」

太后大驚。「忤逆！何事能用得上這個詞？你可想過一個儲君被冠上忤逆的名聲，日後又如何在朝臣面前自處！」

昭和帝輕笑一下。「朕尚且身強體健，母后就已經惦記起儲君來了……」

太后臉色突變，吞了吞口水解釋道：「皇兒，太子向來對你敬愛有加，又如何能忤逆？」

昭和帝「蹭」的一下站起來。「敬愛有加?!朕的好太子，竟然連一點小事都辦不到，還跪在門前學那些迂腐之人死諫，朕恨不能摘了他的腦袋！」

昭和帝的聲音大到傳到外面，皇后一聽腳底一個踉蹌，哭著跪下抱住太子。「兒啊！你到底如何惹了你父皇啊，你說啊！」

但太子跪得筆直，一言不發，聽到昭和帝的話，任由皇后搖晃著他的身子，臉色卻絲毫不變。皇后只能緊緊抱住太子，彷彿這樣就能保護好自己的兒子。

屋裡的太后汗都出來了，忍不住提高聲音。「皇兒噤聲！」

昭和帝看著頭髮已經白如銀絲的太后，到底閉了嘴，閉上眼睛吩咐。「李天師，你說。」

李必安聞言上前對著太后行了禮。「太后娘娘，陛下如今已到了最關鍵的時刻，只需九九八十一童子守衛七七四十九日即可得道成仙，太子殿下似是十分不願……」語畢嘆了口氣搖搖頭，彷彿對太子為何不同意萬分的不解。

太后目眥盡裂，盯著李必安露出吃人的眼神，從牙縫裡擠出兩個字。「妖、道！」

第四十二章

昭和帝皺起眉。「太后若是過來訓斥朕同李天師就不必說了，這麼多年朕終於等到這一日，卻沒想到被自己的皇兒使了個絆子……如今太后也想阻攔朕？」

太后聽他冷漠的語氣，眼淚終於忍不住流下。「皇上，此事萬萬不可啊……」

昭和帝變了臉色，陰晴不定的看著太后流淚，哼了一聲。「若是太后也不願，就回去好好歇著吧。朕的事情自然能自己作主！」對著門外跪在地上哭泣的張州喝道：「張州！送太后回宮！」

張州愣了一下，止住了哭聲，飛快的爬起來，扯著袖子抹了一把臉，臉上堆起笑來，尖銳的嗓音響起。「奴才恭送太后娘娘回宮！」

太后臉變得煞白，看著眼前的兒子像是不認識一般，澀澀開口。「皇兒你……」

昭和帝看也不看她，又喚了一聲。「張州！」

張州打了個冷顫，越發恭敬。「太后娘娘，您請……」

太后失望的看了昭和帝一眼，知道自己留下也無用，只能長嘆一口氣。「母后這就回去，只是皇兒，聽母后一句勸，太子乃是國之儲君，若是跪在外面出了什麼好歹……」

昭和帝不耐煩的擺擺手，太后只能吞下後面的話，只哀哀的看著他。

昭和帝許久才回道：「母后放心，只要他答應了，朕就當今日之事沒發生過。」

門外的皇后只聽見這句，頓時大喜，搖晃著太子。「皇兒，母后求你，你就答應了你父皇吧！」

太子一言不發，額頭的汗一滴滴滑落，卻只是咬緊了唇。

昭和帝見外頭的影子，冷笑。「母后可看到了，這麼一個逆子，朕又如何能饒了他？」

皇后差點昏過去，死死拽住太子的衣襟。「皇兒，你就應了你父皇吧，若是今日你不應下，我就撞死在你面前！」

太子終於動容，伸手扶住皇后，看著她悲傷欲絕的臉，閉上眼睛沈思許久，對著門內的昭和帝深深磕了個頭，沙啞道：「兒臣……遵旨！」

昭和帝「哼」了一聲。「早知如此何必鬧一場，所有人都回去，莫要擾了朕的清修。」

皇后鬆了一口氣，下一刻卻突然癱軟昏倒在太子懷中，太子大驚，哪裡還顧得上自己的身體，親自抱著皇后回了宮，揮退眾人獨自守在她床邊。

察覺到屋內的安靜，皇后緩緩睜開了雙眼，她早沒有了西暖閣前的崩潰癲狂，眼神如水一般平靜。「你是怎麼想的？」

太子艱難的起身跪在床邊。「母后，父皇他命兒臣尋八十一個官家子弟……」

「官家子弟?!」皇后大驚，隨即沈默下來，看著眼前低著頭的兒子，伸手拍了拍他的肩。「如今……你也是被為娘以命相逼才去做的。」

太子的淚如斷了線的珠子落了下來。「娘……」

皇后閉上眼睛。「罷了，你在這兒多守一陣子吧，我已經派了心腹出去散布消息，怕是不出兩個時辰京城上下都該知道了。」

太子心中的感動無以言表，明明他沒有想牽扯上皇后，皇后卻義無反顧的站出來，哪怕本不知他的計劃，卻也能瞬間明白他的意思配合他。

太子如同孩童一般哭倒在皇后床前，引得皇后也眼淚漣漣。

果然如同皇后所說，一個來時辰之後，京中上下皆聽到風聲，一時間所有人都懷疑自己的耳朵，這些年雖說皇上有些不堪，可是萬萬沒有做出如此糊塗事的道理！

一些敏銳的人家知道此事怕是避不可避，顧不得什麼了，飛快的給家中適齡的孩童打包行李，要送回家鄉。

誰知才跑出去幾個，張州就帶來了聖旨，城門一下子安排了御林軍親自鎮守，別說是孩子了，連隻蒼蠅都飛不出去，擠在門口的眾人心中惶惶，只能回家等著太子出宮之後再打探消息。

晟王府內更是混亂，太子還沒出宮，實際什麼情況沒人清楚。然而二房一大家子都坐不住了，趙淳的獨生嫡子正巧五歲，趙瀾的獨生嫡子三歲，這兩個孩子正在這適齡的童子範圍之內！

趙淳急得如同熱鍋上的螞蟻，在地上團團轉，他的妻子宋氏緊緊的抱著懷中的兒子，目光愣愣的看著地上。

趙瀾深一腳淺一腳的從門外跑進來，看到趙淳像是找到了主心骨，撲到他身上緊緊握住他的胳膊。「大哥！咱們現在可怎麼辦？栩兒和橦兒都那麼小，他們不能進宮啊！」

趙淳皺緊眉頭扶起他。「慌什麼？如今太子殿下尚未出宮，誰都說不清楚具體是什麼，一切都是傳聞。」

趙瀾哆嗦的唇角終於勉強穩住，抓著趙淳的手卻絲毫沒有鬆開。「大哥……咱們去尋祖父吧。」

趙淳雙眼沁出冷光來。「呵，祖父，祖父會管我們？你以為我們是趙澹?!」

趙瀾被他的眼神嚇得一抖，仔細想透了他的話，頓時覺得萬念俱灰，徹底癱軟在地上。

「那、那怎麼辦，我的橦兒……」

趙淳嫌惡的看了他一眼。「你都多大了還如同個孩童一般，趕緊起來！待爹回來了一起商議。咱們好歹是皇家血脈……也不是非去不可。」

趙瀾強撐著站了起來，看著屋內面無表情的宋氏，和她懷中含著淚不敢動的趙栩，一拍大腿。「橦兒如今應是怕得很，我先回去看看他！」

也不待趙淳答應，又一瘸一拐的跑了出去，片刻工夫就不見了身影。

宋氏幽幽的嘆口氣。「夫君是安慰二弟還是說給自己聽的。」

趙淳心裡一驚，猛地回頭死死盯住她。宋氏恍若未覺，繼續喃喃道：「夫君對世孫做的事情，全府上下無人不知，母親在我面前咒罵過世孫多少次數也數不清，太子是看著世孫長大的，太孫同世孫情如親兄弟，我的兒……這宮怕是入定了吧。」

說到這兒，她吃吃笑了起來。「報應，都是報應啊。我的栩兒是替他爹還了債了，報應啊！」

聲音從低沈到越發的淒厲，聽得趙淳渾身雞皮疙瘩起了一片又一片，趙栩小小的人兒再也忍不住了，「哇」的一聲哭起來，配合著宋氏尖銳的哭泣聲，此起彼落好不怕人。

趙淳再也忍不住了，上前一把用力把趙栩拽過來，對著宋氏怒吼。「閉嘴！什麼報應？我從不信什麼報應！」

宋氏哪有平日溫柔的樣子，如同地獄裡爬上來的惡鬼一般盯著趙淳，陰惻惻道：「報應，都是報應，如今全家能救我兒的只有世孫，這還不是報應嗎？哈哈哈，報應啊。」

趙淳聽得心裡更是如深墜懸崖，看著失魂落魄的宋氏，一把抱起趙栩。「我倒是要看看，沒了他趙澹，我的兒子是不是非要進宮！」

趙淳抱著趙栩頭也不回的出了院子，卻像沒頭蒼蠅一般不知道去哪兒好，在花園轉了幾圈一跺腳，衝進趙瀾的院子。

趙瀾正像捧著心肝寶貝一樣捧著自己的白胖兒子，越看越不捨得，雖說如今傳出的消息是進宮替皇上守著修仙，可是自古修仙一人得道萬人之血，萬一出了一丁點變數，這八十一童子怕是就再也出不來宮了！

抱著趙橦軟綿綿的小身子，他的眼淚忍不住滴了下來，旁邊的安氏早就哭得上氣不接下氣，險些厥過去。尚不懂事的趙橦看著爹娘的樣子，也咧開嘴哭了起來，一家三口哭得不能自已。

趙淳闖進院子，見哭聲一片心裡更是暴躁，怒喝一聲。「別哭了！」

趙瀾被打斷了，傻愣愣的抬起頭，看著趙淳眼裡閃出希望來。「大哥！你想到法子了？」

趙淳被他問得梗住，只能搖搖頭，看著趙瀾失望的癱坐在椅子上皺起眉來。「這個家如今能決定此事的只有三人，咱們……去尋祖母。」

趙瀾張大嘴巴，眼淚差點流進嘴裡。

趙淳閉上眼睛，若是自己的弟弟是個聰明人，能助自己一臂之力，怕是這世孫的位置他已經坐上了吧？他強忍住心中的厭惡，皺眉對趙瀾道：「你還在磨嘰什麼？難不成等到一切塵埃落定再想法子？」

趙瀾慌忙站起來，抱緊懷中的趙橦，三兩步跑到趙淳身邊。「大哥，咱們走！」

趙澹收到太孫的信，安下心之後就把所有人趕出去，任誰也不許來打擾他，正要開始謀劃如何求娶他的妧兒，誰知凌一卻突然闖進來。

「世孫，宮中出事了，太孫的心腹只匆匆交代了幾句就趕回宮裡了！」

這可是從未有過的事情，他放下手中的信，點了點頭。「何事？」

凌一心知此事緊急，也不賣關子，一口氣如竹筒倒豆子般把所有事細細說來，最後加了一句。「消息怕是已經傳開了，如今京城上下人心惶惶，家中有適齡童子的人家都亂了。」

說完吞了吞口水。「咱們家中……也有兩個呢。」

趙澮愣了一下，萬沒想到昭和帝竟然如此糊塗，隨即反應過來。「太孫如今在哪兒？」

凌一嘆口氣。「聽聞太子殿下去見陛下之前禁足了太孫殿下，如今太孫怕是出不來了。」

趙澮彈著手中的信，瞬間下定決心，唇角泛起一絲笑來。「這就送上門來了……走！去祖母那兒。」

趙澮踏進正院的時候，就聽到兩個孩子一個賽一個高的哭聲，他不自覺的皺緊眉，肅著臉邁進了花廳。

傅王妃被兩個曾孫圍在中間，兩個孩子脹紅的臉上掛著淚珠，哭得上氣不接下氣的，讓她頗為心疼，她哄哄這個、摸摸那個，跪在地上的趙淳和趙瀾也哽咽的說著什麼，整個花廳看著一片悽苦。

趙澮的踏入打破了這一切，趙淳率先發現了他，臉上的表情一下扭曲起來，沒想到自己竟然被趙澮看到了如此丟人的一面，他「蹭」的一下站起來，狠狠盯著趙澮。

自趙澹年幼那件事起，兩兄弟怕是已經許久沒有對視過了，如今的趙淳早已不是晟王府受寵的長孫，趙澹也不是那個爹不疼娘不愛的小可憐了。甚至趙澹願意，一根手指就能壓垮他們這些未來的偏枝。

趙澹像是沒看到趙淳一般，上前對傅王妃一行禮。「祖母。」

趙栩和趙橦對這個冷心冷情的堂叔天生懼怕，聽到趙澹開了口，哪有方才哭鬧的架勢，屏住呼吸一聲不敢吭，整個花廳瞬間陷入安靜之中。

傅王妃心底嘆了口氣，招呼趙澹過來。「澹兒，你聽到什麼消息了嗎？」

尚跪在地上的趙瀾一聽，眼前一亮，目光炯炯的盯著趙澹，趙澹像是沒看到他一般越過他，對著傅王妃一行禮。「不知祖母說的是何事？」

趙瀾聽他竟然裝糊塗，一時心裡大急，不待傅王妃開口匆匆打斷他。「就是陛下要八十一童子入宮之事！」

趙澹只依舊看著傅王妃，傅王妃瞪了趙瀾一眼，柔聲問趙澹。「太子殿下如今可好？」

趙澹點點頭。「如今殿下一切皆好，只是皇后娘娘身體不適，殿下陪在身邊，應當很快就會回東宮了。」

趙瀾更是激動，聽趙澹的語氣是知道內情的。他立刻爬了起來，正要開口，卻被身邊的趙淳死死拽住，他打了個激靈，想到自家兄弟同趙澹的關係，渾身冷了下來，忍不住有些發抖。

一問一答之間，傅王妃已經清楚的看到了趙澹的態度，他是不會插手這件事的，只能對著他點點頭。「如此便好，你去前面尋你祖父吧，你祖父怕是也擔心壞了。」

趙澹應了一聲，趙瀾見他馬上就要出了花廳，再也忍不住了，掙脫開趙淳的手撲到趙澹身前。「三弟，三弟你救救橦兒吧，他才三歲，他不能入宮，不能啊！」

趙澹唇角微翹，挑眉看著趙瀾。「二哥這話說得好笑，既然不管王孫士族還是官宦人家的童子皆要進宮，橦兒為何不能？」

這可是這大半天來聽到的唯一一句準話，趙瀾的心涼了半截，結結巴巴的開口問道：「你……你是說王孫士族的孩子必定也要入宮?!」

趙澹殘忍的擴大了笑容。「宮中若是有適齡的小皇子都要去，更何況……咱們這些『旁支』呢？」

趙瀾緊緊拽住他的袖子。「三弟，你定有辦法救橦兒，看在咱們都是一家人的分上，你就救救他吧！」

趙澹斂起臉上的笑，揮開他的手，用花廳裡所有人都能聽到的聲音冷冷道：「一家人？好一個一家人。如果不是一家人我尚還能考慮，既然一家人，那就……呵呵。」

說完，趙澹扭頭就走，也不看花廳中所有人的臉色。

趙瀾欲哭無淚的下意識回頭看向趙淳，趙淳握緊拳，指甲狠狠扎進掌心，趙澹的話趙瀾也許聽不懂，但是他一聽就明白了。

趙澹他……是想趁著這個機會，把他們二房這一大家子趕出晟王府去！

趙澹潑了兄弟倆一盆涼水，心情也好了起來，晟王爺已經在書房等他了，見他終於來了，臉色有些難看的問他。「這件事……沒有轉圜的餘地了？」

趙澹淡定的坐下。「祖父說的餘地是什麼？」

晟王爺「嘖」了一聲。「太子那兒就如此應下了嗎？陛下這是糊塗了！」

趙澹深深的看了晟王爺一眼。「父親下的命令，母親以死相逼，若是太子不應下，那成什麼人了？再者說了，也沒有消息說這八十一童子進了宮就出不來了，不過四十九日罷了。」

晟王爺瞪了他一眼。「誰家好好的寶貝疙瘩放在宮裡小兩個月能安心？」

趙澹輕鬆的端起茶杯，唇邊浮起若隱若現的一抹笑。「那……又和我有什麼關係呢？」

晟王爺被他堵了個好歹，沈默下來，許久才緩緩開口。「你大哥、二哥……淳兒和瀾兒家的兩個孩子。」

趙澹臉色不變，淡定的喝了一口手中的茶。「既然年歲合適那就入宮，祖父放心，我定會好好關照兩個孩子的。」

晟王爺眉頭緊皺。「如果入了宮有個好歹，那該如何是好，沒別的法子了嗎？」

趙澹放下手中的茶杯，臉色也嚴肅起來。「如今太子尚在宮內，什麼都不清楚，若是我貿然應下，那豈不是替太子和太孫招禍，祖父是想讓我答應什麼？」

晟王爺看著眼前雖然坐著，但是氣勢逼人的孫子，心裡嘆了口氣。「我知道你的想法，如今一切都不是定數，咱們只能等。」

趙瀶不置可否。「祖父說得沒錯，那我就能先出去打探消息，若是有了確切的消息馬上回來稟告祖父。」

晟王爺只能點點頭，看著趙瀶的背影發呆，容智悄悄上前把趙瀶在花廳的話重複了一遍。

晟王爺咧了咧嘴角。「天時、地利、人和……怎麼就這麼巧呢？他剛起了這心思，宮中就出了這事，看來這一次，老二一家不想分家也得分家了。」

第四十三章

趙澹出了門就去尋了袁琤和陳惟，如今京城上下人心惶惶，雖說這幾年昭和帝時常頒布一些令人匪夷所思的旨意，但這次簡直是把文武百官的命根子都攥在手裡了，誰還有心思上衙？紛紛告假四處訪聽消息，連六部尚書都睜一隻眼閉一隻眼，來告假的一律應下。

袁琤和陳惟這種小蝦米自然也沒人強留他們在衙門，三人聚在一起都有些憂心忡忡。

袁琤著急的詢問趙澹。「太孫可送出什麼消息來了？」

趙澹詳細的同他們說了一遍，袁琤和陳惟才放下心來。「如此便好。咱們就且等著太子出宮吧。」

陳惟咂巴咂巴嘴，猶豫了下才開口。「唉，只是不知這一次多少人家要惶惶不可終日了。你們說這四十九日過去，這群孩子……」

袁琤翻了個白眼。「你以為太子殿下真的會讓這群孩子出事？」

陳惟惴惴不安的心才安穩一些，抿了抿嘴。「那問題又繞回來了，太子何時出宮？」

這頭三人正商議著，那頭太子已經斂好衣容，太子妃看著他唇色發白的虛弱樣子，眼淚盈在眼眶中。「殿下……」

太子微笑著回頭看著她。「莫擔憂，孤去去就來，妳去看看泓兒吧，這半日他怕是擔驚受怕極了。」

太子妃咬著唇點頭，目送著太子在耀目的陽光中踏出東宮……

不得宣召不許隨意進入宮廷，哪怕心裡再急，群臣也只能聚集在宮門外守候。在陣陣的竊竊私語中，宮門突然打開，太子一馬當先率先邁出宮門。

群臣沒想到竟然如此突然的直面太子，恍惚了一瞬才反應過來，稀稀落落的跪下。「太子殿下。」

太子肅著臉點點頭。「都起來吧。」

這個時候聚集在宮門口的自然都是家中有適齡童子的，眾人聽了太子的話不但沒起來，反而腰彎得更深，一言不發，等著太子開口。

太子環顧一眼，知道所有人都在等他，沈默片刻終於沙啞又低沈的開了口。「今日，孤不是對你們宣旨的，只當作是……罷了，說再多也無用，凡八品以上官員，家中有十歲以下童子的，就……送進宮來，七七四十九日之後，就放他們歸家。」

說著說著他的聲音越來越低。「你們早早家去叮囑好孩子，明日就送來宮門口吧……」

跪在地上的眾人雖說心中早有準備，但是猛然聽到太子這麼說，心都涼成一片，有些家中只有獨生子的人家忍不住哭了出來，被這哭聲感染的人越來越多，一時間宮門外哀聲連連，引得無子的太監們都悄悄低頭抹淚。

太子的淚在眼眶中打轉，終是一閉眼如同串珠般掉了下來，他看著眼前跪在地上的群臣，深深一揖到底。「是孤無用，孤愧為這個太子！孤只能對你們保證，四十九日之後，孩子們定然安然歸家！」

這話說出去誰會信？也不過是安慰人心罷了，有那理智的哽咽問道：「太子殿下，聽聞童子只要八十一人，可是咱們這群人家的童子怕是也有一百餘小兩百，到時如何篩選？」

一語驚醒夢中人，所有人都期盼的抬頭看著太子，太子臉色更是難看。「孤……只能同李天師『商議』這些孩子要如何篩選。」

群臣臉色瞬間變得煞白，也就是說這件事作主的其實還是皇帝和那妖道，那方才太子的保證……想到這兒眾人覺得自己像是要被絕望淹沒，一下子連哭的力氣都沒有了，陸陸續續的停下來，心如死灰的看著太子。

太子深深嘆了一口氣。「諸位先回去吧，孤……定盡自己所能！」

話未說完，但所有人都明白他話中之意，幾個領頭的深知糾纏太子已經無用，若是惹惱了他，怕是家中子弟最後一絲生機也要斷了，只能艱難的爬起來對著太子道：「臣這就回去叮囑子弟，明日、明日就送他……來此處。」

太子閉上眼搖搖頭，面容悽悽。「是孤對不住你們。」

宮門口發生的事片刻就傳到了晟王府，聽到真真切切消息的趙瀾臉色慘白，對著晟王爺磕頭如搗蒜。「祖父，求您救救孩子們吧！」

趙荀和周氏緊緊摟住兩個孫子，連趙淳扯都沒扯動。周氏神神叨叨的不知在唸叨什麼，彷彿對外界的一切都不管不問，趙荀神情哀傷的看著晟王爺，眼中的懇求不言而喻。

晟王爺臉色不好看，傅王妃也低著頭，趙荀看著兩人沒有主動說話就知道這件事十分難辦。也是，晟王府可是昭和帝最親近的宗室了，幾十年沒同昭和帝唱過反調，又怎麼會在這個時候拒絕？要是這一次反抗……可是會同時得罪了皇上和太子。他如今可真的同宮門外那些大臣一般萬念俱灰，看著白白嫩嫩的兩個孫子，閉上了眼睛。

趙瀾磕了一會兒頭，發現座上的晟王爺一點動靜都沒有，癱坐在地上，突然他像想起什麼一般抬頭對著晟王爺喊道：「三弟！三弟有法子！他說了，他說如果我們不是一家人他就能救橦兒！」

說完滿懷期待的看著傅王妃。「祖母！三弟說過的，三弟說過的！」

傅王妃輕輕點了點頭，扭過頭不去看他，趙瀾彷彿抓住了救命稻草。「祖父！三弟有法子，三弟能，他就是記恨大哥記恨我，他不願意看見我們！」

趙淳臉色突變，上前緊緊捂住他的嘴。「你在胡說什麼?!」

趙瀾拚命的掙扎，竟然真的被他掙脫，他兩眼赤紅盯著趙淳。「大哥！只要分家、分家！分家了我們就不是一家人了！分家了三弟就能救橦兒了！」

分家。這兩個字一出，在場所有人的心都停一下，周氏停住了自言自語，趙荀不可思議的抬頭看向趙灡。

趙灡像瘋了一樣撲到父母面前。「爹娘，咱們分家吧，分家了就不是一家了，分家了三弟就能救他們了！求求你們了，分吧！」

趙荀被兒子求到頭上，想張嘴說什麼卻說不出來，反而周氏喃喃道：「他說的？他能救栩兒和橦兒？」

趙灡彷彿看到一絲希望，拚命點頭。「是他說的，娘！求您了，我不能看著橦兒入宮啊，聽說……聽說童子們最後都要投進火爐煉丹！分家吧……分家吧！」

安氏「噌」的一下站起來，快步走到周氏面前抱起趙橦和趙灡站在一起，挺直脊梁對著晟王爺和傅王妃跪下。「祖父、祖母，只要能救我的橦兒，讓我就是去死也願意，分家吧！」

說完用力一拍懷中的趙橦，朝他吼道：「求你太祖父分家！」

趙橦本就受了一日驚嚇，哪裡禁得住親娘的打？立即「哇」的一聲哭出來，跟著母親喊。「太……祖父，分、分家……」

趙淳氣得臉色脹紅，惡狠狠的盯著趙灡一家三口，卻沒防備自己的妻子宋氏抱起趙栩，退後兩步木著臉跪在安氏旁邊，聲音輕柔而決斷。「求祖父分家吧。」

趙淳心裡一驚，下意識的伸手去抓宋氏，宋氏忍著肩膀上的疼痛一動不動，只是堅定的跪在那兒。

耳邊趙瀾一家三口的哭聲越來越響，趙淳彷彿有一瞬間不知道自己置身何處。他恍惚的搖搖頭，卻聽到一個熟悉的聲音在他背後響起。「分家吧！」

他不敢置信的回過頭，高聲喊了一句。「娘！」

周氏面色慘白，雙目無神，只是看著跪在地上的兩個孫子訥訥重複了一遍。「分家吧……」

趙淳忍不住反問道：「娘！妳瘋了？」

周氏終於把眼神移到兒子身上，吃吃一笑。「我瘋了，我早就瘋了，我瘋了才拖了這麼多年，是我的不死心，才害了我的孫兒……」說著眼淚不自主的流了下來，嘴上卻越發堅定。「分家，只要那小崽子能護住栩兒和橦兒，咱們二房就分出去！」

趙荀也長長的嘆了口氣，不知是輕鬆還是失落，雖說他從未想過爵位，可是被妻兒整日唸叨了十幾年，說不動心是假的，如今……就趁此徹底分開吧，也是斷了他的念頭，省得日後犯下什麼大錯來。

他誠懇的看著晟王爺和傅王妃。「爹，娘，咱們二房就分出去吧。」

趙淳瞪大眼睛。「爹！」

趙荀衝他搖搖頭。「淳兒，你且看在栩兒的面上，莫要執著了。」

趙淳一頓，看了看鼻頭通紅的趙栩，低下頭閉上眼睛，許久才沙啞道：「不行，我不同意分家！」

滿屋子的人竟然是趙荀先怒了，他一巴掌搧在趙淳臉上。「如今二房還沒有你決定的分！」接著扭頭對晟王爺道：「爹！喚了宗人府的叔叔們來，咱們今日就分！」

一直沒說話的晟王爺清了清喉嚨，看著地上二房一大家子跪的跪哭的哭，還有被搧了一巴掌懵在那兒的趙淳，問了一句。「老二，你決定了？」

趙荀含著淚點點頭。「爹，我決定了，只要能救下兩個孩子……我們就分出去。」

晟王爺嘆口氣。「救孩子這件事我作不得主，且等著澹兒回來吧。」

話音剛落，門外的容智稟告道：「王爺，世孫回來了。」

趙瀾飛快的爬起來衝出去，屋裡眾人只覺得門外嘈雜一片，接著就聽到趙瀾高喊一句。「三弟，咱們分家了！咱們不是一家人了！你救救橦兒吧！」又是一片嘈雜，彷彿趙瀾被誰制住了。

幾息工夫趙澹就踏進了花廳，對於廳裡的景象像是沒看見一般，規規矩矩的對著晟王爺和傅王妃一行禮。「祖父，祖母，我回來了。」

趙澹越是如此淡定，就越顯得二房的狼狽，趙淳回過神來狠狠的盯著他，眼珠子通紅，像是下一刻就要撲上去撕碎他。

然而趙澹卻視而不見，行了禮站了片刻，見無人說話，只對晟王爺點點頭。「若是無事我就先回去了。」

周氏「嗷」的一聲叫起來，撲上前拉住趙澹的袖子。「世孫，你說你有辦法救我的孫子，是不是？」

趙澹眉頭微皺，一寸寸扯開自己的衣袖，冷漠的看著她。「是又如何，不是又如何？」

周氏心底發涼，還是強撐著繼續說：「咱們分家，我們一家子離晟王府，離你都遠遠的，只求你出手……幫幫我們！」

趙澹突然笑了一下。「不知……妳憑什麼跟我講條件？」

周氏愣在當場，趙荀也呆住了，他們如此退讓，趙澹竟然……

晟王爺咳了咳。「咳，澹兒！你學的禮儀呢？」

趙澹挑了挑眉，乾脆對趙荀道：「二叔，男女授受不親，如今我已成人了，您的妻子如此拉著我的袖子……」

趙荀頓覺尷尬，一把拉回周氏的手，心知趙澹不是一個和善人，只能低下頭服軟。「澹兒，如今家中的兩個孩子就是二叔的命根子，二叔心知以前對不住你的地方有許多，二叔向你保證，日後我們二房一家，絕不主動出現在你面前！」

趙澹似乎是在估量他的話，直到傅王妃也忍不住喚了他一聲，他才緩緩點頭。「希望二叔記得自己的話。」說完不再理他，回頭對晟王爺道：「祖父，若是分家需要多久？」

晟王爺摸摸鼻子，心裡暗罵一句小兔崽子，嘴上卻附和他。「家中所有東西都有帳，若是真的想分也很快。」

趙澹若有所思的看了一眼趙淳，宋氏忙搶先起來擋住他的眼神。「三弟，咱們一家子都是應下了的！」

趙澹扯了扯唇角。「如此，明日去宮門口走個過場吧。」

二房一家的心頓時鬆了下來，一個個搖搖晃晃的癱坐在椅子上，終於鬆了一口氣……

趙澹快走出院子的時候凌一才追上來，嘿嘿一笑。「方才我看那趙淳就想動手，扔塊石頭點了他的穴，讓他動彈不得，如今解了穴之後怕是他正鬧呢！可惜咱們看不了好戲。」

趙澹嫌棄的看了他一眼沒說話，凌二、三、四和主人一條心，各個路過他都給了他一個嫌棄的眼神，氣得凌一想打人。

宗室分家沒有這麼快，宗人府來了人之後還要問清原因，上報、核實、批准，一整套走下來怎麼也得一、兩個月。但二房實在等不及了，晟王爺只能拉著趙蕭把應該分給趙荀那一份分了分，一起按了手印簽了名，又尋了宗人府的兩個皇族長輩按了手印，剩下的流程得慢慢走，但是好歹也沒法變卦了。

趙蕭現在還一臉茫然。「爹，怎麼突然就要分家？」

趙荀突然有些可憐起這個大哥來，外面風風雨雨他一概不知，趙澹已經成長成多麼強大他也不知道，怕是在他心裡，趙澹還是個尋求他關注的小孩子吧？

按了手印之後的二房心雖說有些惴惴不安，但還是有理由安慰自己，一切只等著明日看是不是走個過場了。

第二日一大早，烏泱泱的孩子們就站在了宮門外，哭也不敢哭，一個個小聲抽泣著，百官站在百步遠之外忐忑不安的看著自己的孩子。

吉時一到，沈重的宮門緩緩打開，與昨日不同，太子是最後一個出來的，看著眼前高高矮矮的孩子們嘆口氣，對身邊的太監道：「有多少孩子？」

那太監壓低嗓音回報。「稟殿下，今日站在此處的童子共兩百二十五人。」

「比我想像的還多些，罷了。」太子皺起眉往前走了幾步，站在孩子們面前拍拍手。「兒郎們，六歲以上的到左邊去。」

遠遠看著的百官一片譁然，不知道發生了什麼事。

陸陸續續有孩子走出來，待一個個確定好之後，太子看著眼前三到五歲的小蘿蔔頭們，笑了一下。「回去吧，去身後尋你們的父祖去。」

一群孩子愣了愣，也顧不得道謝，扭頭撒腿就跑，其間摔倒了好幾個，還是太子派人扶起來送過去的，失而復得的感覺讓一群大老爺們落下淚來，緊緊摟住懷中的孩子。

趙荀和趙瀾抱著兩個孩子，看了一眼站在一邊不顯山不露水的趙澮，心知他怕是早就知道這回事了，卻也沒有後悔，只對他更加懼怕，太子說出來之前……怕是整個朝廷也不過三、五人知道吧？

太子回頭看著瑟瑟發抖的六到十歲的孩子們，問道：「現在還有幾個？」

身邊的太監立即報道：「太子殿下，如今尚且剩餘九十二個童子。」

第四十四章

太子嘆口氣。「還有十一個人可以回去……家中三代單傳的出來吧。」

又出來三個孩子，太子放他們回去之後，看著剩下的八十九個童子，對他們溫柔的笑道：「今日喚你們過來，只是替皇上守衛四十九日，之後便放你們歸家，你們可願意？」

一群孩子早就被家裡的作態嚇著了，除了幾個年紀大些的，家中早就教育過的，大部分都拚命的搖頭。

太子對身邊的太監道：「去把籤拿來……」

不一會兒工夫就有人端上來一桶籤，太子招招手讓他們過來。「一人抽一支吧，底下是紅色的就可以回家了。」

孩子們聽到這個眼前一亮，蜂擁而上爭搶起來，抽到的歡喜的在地上跳高，沒抽到的哭喪著臉徹底放棄了希望，頹然的坐在地上。

太子看著被選中的八十一童子，摸了摸幾個大孩子的腦袋。「入宮之後你們就是兄弟了，照顧好弟弟們。」幾人忍著淚應下，就這麼隨著太子進了宮。

誰也不知道進了宮之後的孩子們的命運，所有人只能懷抱著對太子那微小的希望，希望他真的能如同他所說，四十九日之後讓孩子們平平安安歸家。

回到晟王府後，趙淳看著父親和弟弟果然帶著兩個孩子回來，也徹底沒了脾氣，他第一次清楚的認識到了自己同趙澹之間的差距，罕見的沈默下來，二房一家人除了必要的上衙整日也不外出，縮在自己的院子裡靜靜等著分家文書正式批下。

趙澹迫不及待的尋上了袁琤。「婠兒最近……可好？」

袁琤知道他已經解決了二房，對他也認真的審視起來，點點頭回了一句。「尚可。」

尚可？這是好還是不好……趙澹有一瞬間的迷茫，馬上追問道：「她最近在做什麼？」

袁琤「嘖」了一聲。「這話不是你該問的吧？」

趙澹反而彎起嘴角笑了起來。「琤哥不告訴我，那是要我晚上親自去問婠兒？」

袁琤一拍桌子，咬牙切齒道：「登！徒！子！」

趙澹笑容越發的大。「不若琤哥就直接別說了，我倒是還挺願意去一趟的。」

袁琤沒好氣的哼了一聲。「她最近又忙著琢磨吃呢，不知為何，京城上下都在擔憂童子之事，反而婠兒淡定得很。」

趙澹想到袁婠，臉上的笑容越發膩歪，心道：你哪裡知道玳瑁到底有多神奇？怕是那肉團子早就知道太子的計劃了。

袁琤被他的笑酸得雞皮疙瘩都起來了，忙擺手打斷他。「你可別笑了，太嚇人了。」

趙澹活了這麼多年還是第一次被人說笑容嚇人，那笑僵在臉上一時下不去，顯得更怪異了。

袁琤見自己扳回一城，也不多糾纏，得意洋洋的站起來搖搖扇子。「得了，我要回家喝妧兒親手燉的湯了，臨出門之前她特地囑咐我早些回去，你就在這兒等著吧。」

說完腳底抹油飛快的就不見了身影，趙澮掐了掐手心冷冷的哼了一聲。晚上就出現在袁國公府牆外，看來袁琤也不是完全沒將他的話放在心上，袁國公府的守衛森嚴得可怕。

趙澮嗤笑一聲，縱身越上袁國公府後院倒座外的一棵樹上，看著地上一隊一隊的府兵，趁著他們擦身而過的工夫跳到下人房的房頂，朝著與目標相反的方向扔了一塊石頭，果然「嗖嗖嗖」三道身影向石頭的方向飛去。

趙澮朝身後晃了一下頭，一個人影朝著袁妧院子方向小心提氣而去，片刻就引走了幾個輕功了得的侍衛。

趙澮沒想到袁琤竟然真的把袁國公府圍得水洩不通，趴在屋頂上閉上眼睛體會著身邊的一切，察覺到附近的侍衛都已經沒了，他才小心的跳上屋頂，繼續前進。

凌一、二、三、四都已經分散出去引開人了，趙澮才堪堪到了袁妧的院子，與外面森嚴的守衛不同，袁妧的院子自然安靜祥和，一個侍衛都沒有。

趙澮輕笑一聲，怕是袁琤也沒想到他能走到這兒吧？他悄悄靠近窗戶，思考一下，對著裡面幾不可聞的喊了一句。「玳瑁。」

玳瑁依稀聽到有人叫牠，瞪著綠豆眼琢磨片刻，大驚。「世孫！」

袁妧迷迷糊糊的「唔」了一聲，玳瑁可是被趙澮這登徒子訓練出來了，飛快的用後爪扒拉著袁妧的臉，想把她吵醒。

袁妧扯下玳瑁氣急地抱怨。「玳瑁！你做什麼呢?!」

趙澹在窗外聽到朝思暮想的聲音，臉上笑得更加柔和，卻沒有伸手推窗，只是站在外面老老實實的等著。

玳瑁急切道：「世孫、世孫又來啦！」

袁妧一下子驚醒，左右看了一圈，伸手點點牠。「別騙我，在哪兒呢？小東西就是不想讓我睡個好覺。」

玳瑁冤枉得很，恨恨說了一句。「就在窗外等著呢！公主不信就去看！」

袁妧將信將疑的下了床，撈起牠走到窗邊，一邊推窗一邊對牠說：「若是不在的話，我就、就……」

剩下的話她再也說不出來，月光下的趙澹一襲黑衣，身姿挺拔有力，臉上掛著溫柔的笑容，看到她掀開了窗，眼中像是有大海在翻滾，卻只低低的喚了她一句。「妧兒。」

袁妧心中不知為何狂跳，下意識的想把窗關上，趙澹伸出手去攔住她。「妧兒不想見我？」

聲音中的落寞與傷心怕是都要溢出來了，袁妧把玳瑁摟在胸口。自己的心為什麼突然又酸又軟呢？

她手上的力氣漸漸卸了，反問一句。「世孫為何又來尋我？」

趙澹察覺到她的柔軟，輕笑著搖搖頭。「我不過是，想來討碗湯罷了。」

袁妧也不知道自己是怎麼了，看著坐在桌前慢慢喝湯的趙澹，她覺得自己可能瘋了。不瘋的話她怎麼會因他一句話就放他進來，不瘋的話她又怎會讓他躲在床幃裡，喚了下人送來了一直在小廚房上溫著的湯，不瘋的話……她為何會坐在這兒看著他喝湯！

看著趙澹碗裡的湯喝得差不多了，她尷尬的打破沈靜。「世孫，您該回去了。」

趙澹挑挑眉。「這就是妧兒親手熬的湯嗎？真好喝。」

玳瑁打了個哆嗦。「世孫你能不能別這麼肉麻。」

趙澹卻嘆口氣。「妧兒果然是對我有了芥蒂，以往都喚我世孫哥哥，如今卻只是冷冰冰的世孫二字。」

袁妧被他的語氣羞得滿臉通紅，只能瞪了他一眼。「別胡說！」

這軟綿綿的一眼對趙澹毫無威脅，他喝完最後一點湯把碗推開，看著馬上變成防禦狀態的袁妧和玳瑁心底覺得真是好笑又可愛。他清了清嗓，強忍著笑意問她。「妧兒最近可好？」

袁妧戒備的點點頭沒說話，趙澹也不在乎，繼續自言自語。「我今日問了琤哥，他說妳最近在琢磨吃，這個吃是單純的吃還是做吃的？」

說到最近她的壯舉，袁妧也有些自豪，臉上浮出一絲笑來，卻突然想到什麼一樣斂住，僵硬的回答他。「是……嗯……單純吃。」

趙澹實在忍不住了，他的肉團子怎麼能如此可愛，他的魔爪控制不住的想要揉亂她的髮，然後他確實這麼做了。

袁妧愣了一下，沒想到他竟然還敢動手，不知該打他還是罵他，還是當作無事發生過。

趙澹看著她呆愣愣的樣子抿唇笑了起來，袁妧看著他含笑的唇角、灼灼的眼神，鬼使神差的躲開他的手，退回床邊，看著博古架上的百寶箱，猶豫片刻嘆了口氣，打開它翻出了一個袋子。

趙澹挑挑眉沒有說話，想看看這小東西到底要做什麼。

袁妧走到他面前，像是下定了決心一般伸手遞給他。「吶，這是我在同谷給你買的禮物，一直沒機會送給你。」

趙澹驚訝的看著袁妧，緩緩伸手接過布袋子，二人手指交觸的一瞬間袁妧像被燙了一下般縮回手去，心裡又在罵自己。怎麼就給他了？怎麼就給他了?!

趙澹垂下眼眸，斂去眼中壓抑不住的激動和翻滾的情緒，緊緊捏著手中的布袋。袁妧也沒有說話，兩個人之間沈默下來，玳瑁探著綠豆眼看看這個看看那個，也一言不發。

許久，趙澹才抬起頭看著袁妧，沙啞的開口。「這……是特地送給我的嗎？」

袁妧一時愣住，咬著下唇輕輕點頭。「看到它第一眼就覺得它很像你。」

趙澹點點頭，小心翼翼帶著點虔誠的打開布袋，拉術哇爾碧藍的光一下子從布袋中跳出來，在小小昏黃的燭光下散發著神秘的色彩。

趙澹定定的看了許久，才伸手把它拿出來，在袁妧手中差不多要兩隻手才能捧起來，而趙澹一隻手就把它握住。

袁妧下意識的低頭看了看自己的手，撇了撇唇。趙澹仔細端詳了片刻，清了清嗓子。「妧兒，這是……西域的寶石？」

東西都在人家手裡了，袁妧也收起了那些懊惱的小女兒心思，冷靜回答他。「這是拉術哇爾，我本想雕好了再送給你，可是著實不知道雕個什麼好，如此大的一塊，若是切小了雕成了腰墜有些浪費。」

說完攤攤手有些無賴道：「現在這件事就只能麻煩你自己啦，東西我已經送給你了，想雕什麼雕什麼，你來決定！」

趙澹低笑出來。「如此，雕個玳瑁放在我桌上吧，妳身邊有真玳瑁，我就雕一隻。如何？」

袁妧張大嘴巴，這麼美的寶石雕成一隻烏龜……玳瑁卻激動的大喊。「好好好，雕隻玳瑁，雕隻玳瑁！」

趙澹被主僕倆的巨大反差逗笑了，忍不住又伸手摸了摸她微亂的髮。「妳別忘了，我是見過玳瑁原身的，雕隻霸氣些的玳瑁，也省得牠整日這麼傻裡傻氣的。」

玳瑁嘖嘖嘴，想要反駁趙澹，卻想到趙澹要用牠最喜歡的石頭給牠雕像，心裡又美滋滋的，嚥下到嘴邊的話，只是搖搖腦袋。
袁妧想到玳瑁在海中的樣子，還真是有些嚇人，看了看趙澹手中的拉術哇爾點點頭。
「也成呀，反正已經是你的了。」
趙澹感受著袁妧的小腦袋在掌心動來動去的感覺，毛茸茸的掃著他的手，這奇怪的觸感，一直癢到他的心底。他一時衝動，把手移下來，摸著她滑嫩嫩的臉。「妧兒，等我可好？」
袁妧聞言皺緊眉陷入思索中，趙澹見她竟然沒第一時間甩開他的手，心裡小小的鬆了一口氣，用誘拐小孩子的語氣哄她。「我知道妳怕的是什麼，放心，我已經在慢慢解決一些事情了，如果我都解決好了，妳就嫁給我，好嗎？」
袁妧回過神來，察覺到臉上他的大手，臉一下子脹得通紅，用力拉下他的手甩開。「別亂碰！」
趙澹毫不在意的輕輕笑了笑。「妳答應我，等我。」
袁妧整個人暈乎乎的，趙澹走的時候她都不知道自己是怎麼送他到窗外的，只記得他又說了一遍「等我」。
她抱著玳瑁躺在床上，玳瑁感受到她的心緒翻滾，乖乖的一動不動，大氣都不敢出。不知過了多久，袁妧戳了戳他。「玳瑁，你說世孫哥哥他……看起來像是認真的？」

玳瑁小心翼翼的開口。「公主，妳……彷彿說了一句廢話。」

袁妧「嘖」了一聲，拍了牠爪子一下，玳瑁馬上知錯就改，拚命點頭。「認真的認真的，世孫一看就是認真的嘛！」

袁妧懶得理牠，嘆了口氣。「怎麼辦呢？我年紀也快到了，馬上就要相看起來了，長大真煩啊，還不如早早回龍宮。」

玳瑁嚇了一大跳。「這話可不能亂說！」

袁妧翻了個白眼。「我知道，就是隨口說說嘛。」

玳瑁晃晃腦袋。「哎哎哎，公主妳說妳身邊認識的所有人裡，最合適的是誰？」

袁妧沈默片刻。「其實是表哥……可我……」

玳瑁扒拉她兩下。「這不就得了，明明有最合適的在身邊，公主卻一直在抗拒，而世孫明明不是最合適的，公主卻一直在猶豫，這說明了什麼公主難道還不明白嗎？」

一語驚醒夢中人！

袁妧閉上眼睛，大腦在飛速的運轉，許久才睜開眼，喃喃道：「你說得對……」

玳瑁等著她後半句等了好久都沒聲音，有些著急。「公主，妳想說什麼？」

袁妧被牠打斷，又拍了一下牠的頭。「知道了知道了，明日我就同娘說去！」

玳瑁一驚。「妳要說什麼啊公主?!」

袁妧不回答牠，把牠放進魚淺裡。「別說話了，現在睡覺！」轉頭上了床不再理牠。

玳瑁一肚子話只得憋住，憋得感覺殼都變緊了，無奈只能滿腹心事的睡去。

轉過天一大早，袁妧絲毫沒有昨晚被人擾醒的疲憊感，精神百倍的去了韶華院。

袁正儒還沒上衙，同江氏你儂我儂的吃著早飯，突然看到女兒來了忙放下筷子。「妧兒快來，吃了沒？」

初春機靈的給袁妧添上了碗筷，袁妧毫不客氣，挾起一個灌湯小籠包先咬開一個小口，吸乾淨裡面鮮美的湯汁，才放下筷子擦擦手。

江氏慈愛的看著她，嘴裡卻同袁正儒抱怨道：「看看、看看，哪有個女孩子的樣子，以後可怎麼嫁得出去？」

袁正儒笑咪咪的正要開口，袁妧卻率先打斷了他，對著服侍的下人們道：「你們都下去吧。」

夫妻倆面面相覷，不知女兒是不是出了什麼事了，不禁正襟危坐，看著袁妧。

袁妧看著爹娘關心的臉龐，嘆了口氣，緩緩道：「爹、娘，我……可能喜歡上世孫了。」

一句話嚇得袁正儒差點沒從椅子上滑下來，江氏震驚的看著她，說不出話來。

說了開頭袁妧也順暢了許多，靜默一下組織了一會語言，繼續開口道：「昨夜我才確定的，我心知爹娘是不願意的……但是他現在已經在努力了，我、我覺得我能相信他。」

袁正儒敏銳的察覺到了袁妧話裡的意思。「妳、妳怎麼知道他在努力？」

袁妧有一瞬間的失措，卻馬上堅定起來。「我就是知道，他不是會看著問題擺在眼前而不去做，只會鬱鬱寡歡怨天尤人的那種人，他既然在同谷和回來的路上都表現得那麼明顯了，那麼他就不會坐等著天上掉餡餅的美事。」

夫妻倆忍不住又對視一眼，心道自家的女兒竟然如此了解趙澹，在晟王爺有意無意的透露之下，他們自然是知道二房已經分家了。

可二房從來不是他們擔憂的重點，江氏嘆了口氣。「不是我們不相信世孫，而是他小小年紀，哪裡能理解後宅的爾虞我詐、水深火熱？妳說他會努力，他可以為了妳對付他二叔一家，甚至為了妳違抗他父親，可是他娘呢？日後妳日日生活在後宅裡，每日見到最多的不是他，而是妳的婆婆，若是他娘……妳可怎麼辦？」

這些袁妧早就想過了。「娘，妳覺得大伯母是好婆婆嗎？大堂嫂依然能同大堂哥在一起，前陣子捎信過來竟然說大伯母有長留在同谷的打算……我自信不比大堂嫂差，且……我雖是喜歡他，卻從未只想被拘在晟王府的後宅之中。」

江氏心漏了一拍。「妳說什麼？」

第四十五章

袁妧長舒一口氣，終於把壓抑了許多年的話說出來了。「娘，我從未想過單純的相夫教子，安於後宅，我想遊遍天下，享盡天下美食，看遍天下美景。當然，在這之前，我會做好我應該做的一切，像您說的同公婆相處、打點中饋、同人交際，這些我都會做。

「然而，這些都只是我的一些差事，我會兢兢業業的做到最好，它們卻不是我的全部，哪怕在這些差事中有些我不喜歡的、我反感的、我厭惡的事情，但它們卻不能傷到我，我不會為了公婆的刁難不喜掉眼淚，我也不會為了一些人的排擠而暗自傷神，所以娘……我不怕。」

一番話說得江氏眼淚漣漣，袁正儒嘴唇也有微微的發抖，哽了半日才說了一句。「好！不愧是我袁正儒的女兒！」

江氏上前幾步抱住已經同她差不多高的袁妧。「傻女兒，妳心底這些想法怎麼從來沒和爹娘說過？」

袁妧趴在江氏懷裡也想哭，哽咽道：「娘，妳和爹也不容易，我哪裡能讓你們再為了我分神？我本想日後你們幫我尋個相敬如賓安穩過一生的相公，日後就這麼過下去也是平淡的一輩子，可、可我發現我喜歡上了世孫，且他正巧是個不拘世間陳規的人……我慢慢的也有了期待，娘……妳能答應我嗎？」

江氏一想到女兒若是真的日後像戴了層面具一般生活，就忍不住的心痛，但是心底到底對晟王府的後宅有些膈應，被堵得半天說不出話來，好容易緩過氣來，用力一拍她的後背。

「妳都說成這樣了，娘還能說什麼？不省心的丫頭，且看吧！妳才十三歲呢，待到十五歲也不急，若是兩年他都沒解決了他家那惱人的後院，那也沒資格求娶妳！」

袁妧一聽破涕為笑，用小腦袋蹭著江氏的頸窩。「娘說得對，讓他先著急去～～」

一宿沒睡的趙澹絲毫不知道袁妧已經同爹娘交了底，昨夜實在太美好了，美好得讓他不捨得睡過去，生怕醒來是一場夢。

他想到最後請袁妧等他的時候，袁妧竟然下意識愣愣的想點頭就想笑，可惜最後她反應過來了，死命僵住脖子。

心中可惜了一陣，他推開房門對凌一道：「去，看著世子不在的時候，把那個鶱姨娘抓到個無人的地方。」

凌一愣了一下，點頭應是，出了門就開始琢磨，世孫難不成是要對這個盤踞府中多年的世子心肝下手了？

凌一直盯了三日三夜，才在一個大朝會的時候看到鶱姨娘落了單，他二話不說打暈了幾個丫鬟婆子捆了她，看著瑟瑟發抖的鶱姨娘猶豫了半日，最後敲暈了她，把她扛到趙澹小時候被反鎖的廢院子裡。

自趙澹被反鎖在裡面之後，晟王爺暴怒，下了令把這院子的前後大門裡外各釘了十二根寬木條，釘得死死的，怕是攻城車都得攻幾下才能撞開。

凌一看了看已經被野草侵占的院子，琢磨一下，用力踢開一間屋子的窗，扛著鴦姨娘進去。裡面的灰厚得能有半尺高了，他不管不顧的把她扔在地上，抽下她的束腰死死反捆住她的胳膊，又撕破一塊裙子塞進她嘴裡，這才滿意的拍拍手，準備跳出去尋趙澹。

走了兩步突然想起什麼來，反身回來從自己身上撕下一塊細棉布繫在她腦後，在她眼前晃了兩下，感覺她應該是看不見了，才起身揮了揮眼前暴起的灰塵跳出窗外。

趙澹知道眼前這個蠢貨把人扛去那個院子有些無語，沈默的看著他，凌一被他看得越來越心虛，本來還覺得自己挺有道理的，說出去的話卻小聲起來。「這、這不是搬個人出去不方便嗎？府中最安全的……怕就是那裡了，絕對沒人敢過去。」

凌二、三、四恨不能踢他一腳，趙澹臉色不變，繼續看著他，直把他看得膝蓋一軟跪下來。「是奴才莽撞了。奴才這就去把她移出來！」

趙澹這時才冷哼一聲。「不必了。」

甩開袖子站起來，跳上屋頂躲開侍衛，同凌一、二、三、四一起到了那個院子。

這院子趙澹也是十年沒來過了，站在院中，他下意識的看了一眼大門，彷彿還能看到那日趙泓推開門時，已經絕望的他突然重見天日的樣子。他心裡嘆了口氣，收回目光，帶著臉色愧疚的凌一進了屋子，而凌二、三、四機警的四處散開，以防有別人過來。
此時的鴦姨娘早就已經醒了，正在地上不停的掙扎，聽到腳步聲她掙扎得越發厲害，嘴中「嗚嗚」的不知在說些什麼。
趙澹厭惡的走到她面前，看著眼前像一條離了岸的魚一樣扭動的鴦姨娘冷笑一下，盯著地上狼狽的人。
凌一看了趙澹一眼，吞了吞口水，他很少見到如此模樣的趙澹，心裡暗忖自己果然是把人扔錯了地方。
鴦姨娘感覺到了來人在自己身邊停了下來，一陣陣的冷意襲來，她最是會趨利避害的人，馬上一動也不敢動。
趙澹用眼神示意凌一，凌一打了個冷顫，上去一手扯下遮住鴦姨娘眼睛的布條。
許是被蒙的時間太長了，陽光射入她眼睛的一瞬間她忍不住瞇起了眼睛，看著眼前的人影只是覺得有些眼熟。直到適應了光線，才瞪大眼睛驚愕的看著眼前的人，忘記嘴裡塞了東西，「嗚嗚」了兩聲。
趙澹掛著冷笑，看著在飛舞的灰塵中的鴦姨娘。「沒想到是我？」
鴦姨娘拚命的搖頭，趙澹居高臨下看著她，像是能在彈指間決定她的生死一般，壓得鴦姨娘喘不過氣來。
趙澹抿抿唇，真不甘心這麼放過她，示意凌一把她嘴中的東西抽出來。

凌一蹲下，嫌棄的看著已經沾滿了口水的絲綢條，小心翼翼的尋到一個沒口水的角捏住慢慢往外抽，一邊抽一邊威脅她。「妳若是敢叫就別想活命了！」

抽出來的一瞬間他咧咧嘴，趕緊把那布條扔在地上，真是太噁心了。

鴦姨娘能在晟王府屹立不倒二十年，除了趙蕭的縱容以外自己本身也有幾分本事，她迅速的冷靜下來，抬眼看著神情不定的趙澹，輕咳了幾聲才沙啞的問道：「世孫尋我過來有何事？」

趙澹的笑容未變，玩味的看著她。「鴦姨娘以為我尋妳還有好事？」

鴦姨娘不禁抖了一下，垂下眼眸。「世孫明察秋毫，自然知道我一個小小姨娘做不了什麼壞事，還請世孫直說。」

這倒是真讓趙澹刮目相看了，他忍不住皺起眉打量了鴦姨娘幾眼，突然又笑了起來。

凌一還在擦手上沾的口水，聞言愣了一下，卻還是乖乖的過去把鴦姨娘扶起來，讓她靠在櫃子上坐在地上。

「凌一，扶姨娘起來。」

趙澹依然居高臨下的看著她。「不知鴦姨娘想不想同我做筆買賣？」

此時鴦姨娘的院子已經亂成一團，有那澆花的小丫鬟想請示鴦姨娘身邊的二等丫鬟，要不要去外頭的花園摘些新鮮的花兒來擺在鴦姨娘屋裡，結果在門口問了半日都沒聽到裡頭的回音。

小丫鬟心裡納悶，偷偷從門縫往裡看了一眼，這一眼可是嚇得她心驚膽跳，只見屋內地上橫七豎八的躺了許多人，她忍不住尖叫出聲，引來了院子裡一眾下人。

一院子的丫鬟婆子哪裡經歷過這種事情，當時就癱軟了好幾個，誰也不敢隨便亂翻動，有幾個機靈的跑出去尋趙蕭身邊的人，一下子鬧得整個晟王府沸沸揚揚的。

黎氏聽到消息哈哈大笑，笑得自己咳嗽起來，好容易在孫嬤嬤的安撫下止住了咳嗽，臉上喜氣洋洋的。「嬤嬤妳說，她這被人擄走了，哪怕找回來了清白身子也不在了，這不是報應嗎？哈哈哈哈哈。」

孫嬤嬤也眉開眼笑的。「恭喜世子妃，那小賤人如今可算是不得善終了！」

主僕二人歡喜一回，剛剛回府的趙蕭卻暴怒，跳下馬車的他一聽到消息就踹向報信的小廝，差點沒把他踹得吐了血，小廝瑟瑟發抖的跪在地上不敢出聲，趙蕭沈著臉匆匆趕去了鳶姨娘的院子。

院中早就混亂一片，容智派人把院子裡所有的丫鬟婆子全都捆了起來，一個挨一個的跪在院子裡，昏倒的丫鬟們也一個一個被抬出來，擺在前面。

趙蕭一進來就看到這一幕，心神俱裂，兩眼通紅的盯著容智。「鳶兒呢？」

容智愣了一下，趙蕭整日在王府裡都是今朝有酒今朝醉的樣子，罕見如此的凌厲，他一拱手。「世子爺，鳶姨娘如今尚且不知道在哪裡……」

趙蕭一聽這話哪裡忍得了，也不待他話說完就轉身進了裡屋，在已經無人的屋子裡環顧一圈，一腳踢翻了椅子，大吼一聲。「鴦兒！」

只聽見一聲細細碎碎的聲音像小貓叫一般響起。「世、世子爺……咳！」

這不仔細聽都聽不到的聲音卻讓趙蕭精神一振，他急急喚道：「鴦兒！妳在哪兒？」

鴦姨娘虛弱的聲音從床底下傳來。「我……我在這兒……世子爺救我。」

趙蕭確定了地方，三兩步走到床邊，蹲下把鴦姨娘抱出來，看著臉色蒼白的她心疼不已，緊緊把她摟在懷裡。「府醫！」

趙蕭嘆口氣，看著陷在軟枕中間的鴦姨娘，雖說已經三十許，但是她肌膚滑嫩、梨渦醉人，談笑間還有幾絲少女的俏皮，整日勾得趙蕭是離不得她。如今看她慘白著臉緊閉著眼睛，眼角還墜著一滴淚珠，可把他心疼得夠嗆。

突然間，像是作了什麼噩夢一般，鴦姨娘猛然睜開眼睛，驚慌失措的在半空中抓了兩下，趙蕭忙把手伸過去握住她的手，輕聲哄著她。「鴦兒，莫怕，我在呢。」

鴦姨娘這才回過神來，定定的看著趙蕭，彷彿在確認他是不是真的存在，趙蕭溫柔的摸了摸她的臉。「鴦兒，是我，我在呢。」

鴦姨娘這才確定下來，「嚶」一聲撲進他懷裡，哭得上氣不接下氣，含糊不清的說道：「真、真的是世子爺……我、我好怕，奴好怕！」

趙蕭聽到這哭聲心都碎了，特別是鴦姨娘竟然用了自己小時候的自稱，自她進了府之後可沒這麼自稱過了，她到底受了什麼罪？

趙蕭親吻著她的髮，聲音越發輕柔。「鴦兒不怕，同我說，妳到底遇見什麼了？」

鴦姨娘眼淚撲簌簌的，搖著頭，淚珠甩在趙蕭臉上一片冰涼，趙蕭見她的樣子，忙緊緊摟住她，遠遠看著活像一對遇見了什麼天塌了的大事的苦命鴛鴦。

許久之後鴦姨娘才慢慢的緩下來，哭到沙啞的嗓音別有一番風情，她窩在趙蕭懷裡，睫毛微微顫抖，回憶起那可怕的一幕。「我、我送走了世子爺心中不捨，就坐在屋裡也不願意搭理別人，丫鬟們也不敢在我面前說話，只是在屏風前倒茶，卻突然！」

說到這兒她忍不住又發起抖來，趙澹握著她的手又緊了緊，給她無聲的安慰，鴦姨娘這才嚥了口口水接著說：「卻突然出現了一個陌生男子，明明沒有開門，也不知他從哪兒進來的，丫鬟們尖叫了一聲就沒了動靜，幸而當時我在屏風後面……我一下子就滾到床底下了，那賊人打翻了所有的丫鬟婆子，進來之後四處翻東西，像是在尋我，眼看他、眼看他就要走到床邊了，我的心都揪起來了，嚶……」

趙蕭聽到這兒，彷彿看到了當時鴦姨娘的驚恐與委屈，忍不住繃緊臉色，從牙縫裡擠出幾個字。「這賊人！」

鴦姨娘聽到他憤怒的聲音，反而反手拍拍他。「世子爺莫氣，鴦兒如今不怕呢，那賊人走到床前的時候，恰巧門外有動靜，他就一下子跳窗逃走了，後來……後來陸陸續續來了好多人，可是我好怕，我怕他有同夥，我怕他藏在眾人之間想殺我，我不敢出來，終於等到了世子爺……您來了，您如同天神一般出現在鴦兒眼前，鴦兒聽到您的聲音就知道您來救我了！」

終於說完了一切，鴦姨娘又抱著趙蕭的脖子哭了起來。

趙蕭咬緊牙關，光天化日之下堂堂晟王府竟然進了此等賊人！若不是有人打斷了那賊人，他的鴦兒怕是……想到這兒他目光陰森，手卻一下一下輕柔拍著鴦姨娘的後背。「莫怕了，有我在這兒，定能護妳周全！」

鴦姨娘軟綿綿的癱在他懷裡，信任的點點頭。「鴦兒知道，世子爺是鴦兒的英雄，鴦兒躲在床底下的時候只想著世子爺才堅持住的，果然最後世子爺就來救鴦兒了。」

趙蕭一時間豪情縱生，一對苦命鴛鴦抱在一起不說話，各自盤算著心中的心思，趙蕭率先開口問道：「鴦兒，妳覺得……會是誰要來害妳？」

鴦姨娘心裡一咯噔，面上卻更是惶然。「鴦兒不知道，鴦兒什麼都不知道，自從進了府裡，家中的乾爹、乾娘都已經沒了聯繫，如今怕是已經作了古了，這全天下鴦兒只認得府中的人，可、可府中人又為何要害我呢？鴦兒一向安分守己，王爺同王妃都當鴦兒是個玩物，看也不屑看一眼，卻突然……」

趙蕭不出鴦姨娘所料的想到了一個人，他猙獰的笑了起來。「呵，黎氏，妳好狠的心！」

第四十六章

已經得到消息的黎氏一嘴銀牙都要咬碎了，恨恨的對孫嬤嬤道：「這賤人倒是命好，竟然沒被擄走！」

話音未落，就聽見趙蕭暴怒的聲音從門外傳來。「原來真的是妳這個賤人！」

黎氏和孫嬤嬤尚未反應過來，房門已經被趙蕭一腳踢開，門外院子裡被侍衛們押著跪了一地的丫鬟婆子，低著頭發抖不敢出聲。

她不敢置信的看著趙蕭。「世子爺這是做什麼！說的這是什麼話？」

趙蕭今日真是受得夠夠的，大清早就被拽去上朝，回來又經歷了如此大的驚嚇，如今看著「罪魁禍首」黎氏，可不是恨得把她生吞活剝了。好歹他還有點理智，狠狠瞪了黎氏一眼，快步上前一把拉住黎氏身邊的孫嬤嬤往後一甩。

孫嬤嬤只覺得自己彷彿飛起來了，下一瞬就重重砸在地上，一下子整個人都懵住了，片刻之後才感覺到從身子底下傳來的疼痛，她忍不住呻吟了兩聲。

誰料這兩聲徹底激怒了本就已經在爆發邊緣的趙蕭，他猛地回頭快步向孫嬤嬤走來，抬腳用力猛踹，一下又一下，孫嬤嬤甚至來不及痛呼，血就從口鼻處溢出來。

門外的丫鬟們嚇得捂住嘴巴，看著孫嬤嬤的樣子渾身發冷，黎氏這時才反應過來，她尖叫一聲從背後撲到趙蕭身上想阻攔他，可趙蕭哪裡是能被她阻攔的？用力甩開她，黎氏被甩到椅子上，腰間磕在扶手，眼淚「唰」的一下就出來了。

孫嬤嬤在這個時候竟然朝她伸了伸手，似是想扶她起來，黎氏看到這一幕也紅了眼，掙扎的站起來，也不去攔趙蕭了，直接往地下一倒趴在孫嬤嬤身上。

趙蕭來不及收回腳，使勁踹了黎氏兩下，黎氏痛苦的哀嚎兩聲，這可真把院子裡的人嚇壞了，世子爺打一個奴才和打世子妃完全是兩個概念。有幾個侍衛對視一眼，悄悄的移出院門，飛快的往各處報信去。

趙蕭看著趴在孫嬤嬤身上的黎氏，抬起腳，神情莫測的盯了她半晌，黎氏不管不顧，也不求饒，只死死回瞪著他。二人這麼沈默的對視著，空氣中壓抑的氣氛讓人大氣都不敢出，直到院外傳來匆匆的腳步聲才打破了這可怖的僵持。

黎氏此時一點也不害怕，聽到腳步聲她知道必定是晟王爺或者傅王妃來了，這兩個老不死的也不會看著她挨打。

有了底氣之後她「蹭」的一下站起來，撲向趙蕭，乾脆俐落的在他臉上留了兩道血印子。

趙蕭吃痛的倒吸一口氣，失去了理智，用力推開她，揚起手正要給她一巴掌，院門從外面被掀開，晟王爺壓抑著憤怒暴喝一聲。「你這個逆子在做什麼?!」

趙蕭一愣，舉著的手僵在半空中，放下也不是，揚上去也不是，黎氏嘲諷的瞪了他一眼，扭頭憤憤的對晟王爺大聲道：「父王倒是來評評理，堂堂世子爺突然跑到我的院子發瘋！」

晟王爺臉上黑得能滴下墨來，也不跟這對糊塗夫妻浪費口舌，對著趙蕭陰惻惻道：「你是自己跟我走，還是想被捆著走？」

趙蕭臉色青白交加，變來變去，許久才放下舉在半空中的手，從牙縫裡擠出幾個字來。「兒子跟您走。」

晟王爺「哼」了一聲，看著因為他來了變得趾高氣揚的黎氏。「妳也跟我走！」

黎氏卻揉著腰。「兒媳被世子爺打得受了傷，還請父王幫兒媳找個府醫看看。」

晟王爺磨磨牙，對身後的容智道：「把世子妃請到正院，順便叫個府醫過去。」

說完帶著趙蕭頭也不回的出了院子，容智臉色未變，面上帶著笑對著黎氏一彎腰。「世子妃，請吧。」

黎氏氣得癟癟嘴，想硬氣一回不去，又怕趙蕭胡言亂語在晟王爺面前抹黑她，只能一跺腳跟著晟王爺後面去了正院。

趙蕭垂頭喪氣的站在中間，上面一左一右坐著一言不發的晟王爺和傅王妃，黎氏被一堆丫鬟婆子扶進來，看著眼前的景象，腰板不自覺的挺了挺。

傅王妃看了她一眼。「怎麼，世子妃傷得重嗎？府醫在外面候著了。」

黎氏自嫁進門就怕這婆婆，聞言愣了一下，剛想搖頭，轉眼看見眼前的趙蕭，到嘴邊的話就變了。「媳婦從出生到現在可沒受過這種罪，如今這腰怕是要斷了。」捂住臉哭了幾聲，見無人搭理自己也尷尬，收了聲音輕咳一聲。「母妃說的府醫在哪兒呢？」

傅王妃見她收了那作態，給季嬷嬷使了個眼色，季嬷嬷悄悄出去帶了個府醫進來，當場就給黎氏把起脈。如今廳中只有兩代四口和季嬷嬷、府醫六人，誰也沒有說話，除了趙蕭以外的人都豎著耳朵聽府醫的診斷。

府醫把了半天，有些尷尬的抬頭看了黎氏一眼，黎氏見狀心覺不好，可是自己的腰又確實是疼痛難忍，這可作不得假，難不成這府醫還能睜著眼說瞎話不成？她瞪了府醫一眼，移開眼神狠狠盯著趙蕭。

趙蕭依然垂著頭，彷彿花廳裡所有的一切都和自己無關，府醫收回手，站起來對著晟王爺和傅王妃一行禮。「王爺，王妃，世子妃的腰間是皮外傷，未曾傷到筋骨，搽了藥幾日便好，無須擔憂。」

老倆口明顯鬆了口氣，若是真傳出去晟王府的世子毆打了世子妃，那晟王府就別出去見人了！

黎氏冷不丁聽到府醫這個回答，有些不滿，「嘖」了一聲。「如今我傷得如此重，腰都直不起來了，府醫竟然說是皮外傷，可見也是個庸醫！」

府醫的臉瞬間脹得通紅，卻也不敢反駁，只能暗暗搖了搖頭，誰料這幾不可見的動作正巧被黎氏看了個正著。她沒想到自己堂堂的世子妃竟然被一個府醫如此不屑的看待，頓時怒從心中起，對著府醫一頓亂吼。「庸醫！看不出病症留你有何用？不若拖出去砍了！來人啊！孫嬤嬤……」

晟王爺緊皺眉頭，這兒媳婦整日陰森森的躲在院子裡，竟然憋出這麼一副壞脾氣，傅王妃也氣得夠嗆，當著公婆的面如此無禮，這……

趙蕭本就恨她，聽到她竟然敢在這場合大吼大叫，抬頭眯起眼睛盯著她，目光陰森可怕，嚇得黎氏把未說完的話都吞了下去。

府醫的臉已經紅得發紫了，晟王爺看著這個跟著他幾十年的老夥計，嘆了口氣。「莫要放在心上，我知道你說了實話，下去歇著吧。」

黎氏一聽，晟王爺這話就是在說她說謊？這口氣怎麼能忍得下！可在趙蕭的目光裡她也不敢說話，只抖了一下，赤紅的眼珠沒離開府醫身上。

府醫也不是木頭人，自然有感覺，他咬咬牙，撲通一下跪在晟王爺面前。「奴才辜負了王爺的信任，其實奴才並沒有說實話，世子妃她……她身子並不是只有皮外傷。」

黎氏萬沒想到府醫竟然能說出這話來，頓時喜出望外，期待的看著府醫。趙蕭也一愣，剛才惡狠狠的眼神瞬間慌亂起來，若是真的踢壞了這賤人，那他怕是要受重罰了！

晟王爺看著跪在地上的府醫，直覺不是什麼簡單的事情，他擰緊眉看著略有些發抖的府醫，用眼神示意季嬤嬤關上門，然後低聲對他道：「實話是什麼？說吧。」

府醫嚥了嚥口水，閉上眼睛給自己鼓了一下勁，才澀澀開口道：「世子妃不只腰間受了皮外傷，她、她還精神無力、睡眠不安、畏寒怕冷、腰痛腿軟……不知奴才說得可對？」

黎氏大吃一驚，這的確都是這些日子以來她身上的症狀，本以為不過是換季困乏，難不成竟然還是什麼大病？她不由得癱在椅子上，說不出話來。

晟王爺一看她的樣子就知道府醫說對了，眉頭皺得更緊。「你就直說，世子妃到底是什麼病，是否嚴重？」

府醫搖了搖頭，深深的磕了一個頭。「求王爺恕奴才無罪，世子妃……世子妃的病症，正是腎虛之症，乃、乃是房事過剩才引起的，且並不嚴重，只要對症食補，幾帖藥即可痊癒。」

誰也聽不清府醫後面的幾句話，所有人的腦海中都迴盪著那句「房事過剩才引起的」。

趙蕭第一個回過神來，只覺得一頂綠帽子如山一般壓下來，把他壓得喘不過氣，他殺人一般的走近已經被嚇呆的黎氏，伸手掐住她的脖子，聲音彷彿從地獄飄來。「說！那個男人是誰！說！」

黎氏下意識的用力扒拉著他的手，趙蕭卻紋絲不動，黎氏的掙扎越來越無力，臉上已呈青紫之色，眼珠子鼓了出來，回過神的傅王妃一見不好，忙大喊一聲。「蕭兒！放開她！」

季嬤嬤被這一吼回過神來，看到黎氏已經在瀕死邊緣，忙上前用力推了一下趙蕭。趙蕭本就被傅王妃打斷了一下，又被季嬤嬤推了一把，鬆開手來。

黎氏撿回了一條命，從椅子滑落到地上，拚命的咳嗽，彷彿要把肺都咳出來了，趙蕭被推開之後，看到她的樣子猶不解氣，上前又踹了她兩腳。「說！那個姦夫是誰?!」

晟王爺看到眼前這一幕，看了一眼跪在地上像是什麼都沒看見的府醫，嘆口氣。「你先回去吧，記住今日之事莫要傳出去，否則，我也保不住你。」

府醫又磕了個頭，低著頭彎著腰就退了出去，也不敢抬頭再去看黎氏。

黎氏依然在喘著粗氣，貪婪的呼吸著空氣，方才她以為自己要死了……

季嬤嬤極有眼力見的跟著府醫出了門，輕輕把門關上，自己和容智一起守在外頭。

花廳中終於只剩下四個人了，晟王爺和傅王妃打死也沒想到黎氏竟然是腎虛之症。晟王府上下誰人不知誰人不曉，世子怕是已經小二十年沒進過黎氏的院子了，這頂綠帽子趙蕭怕是要戴得穩穩的了。

晟王爺給了趙蕭一個制止的眼神，趙蕭磨著牙又狠狠踢了黎氏一腳才轉身坐到椅子上。

傅王妃神情莫測的看著趴在地上大口大口喘氣的黎氏，見她呼吸稍微平穩了一些，輕聲開口道：「世子妃沒什麼要解釋的嗎？」

黎氏聽到她的聲音一下子僵住，低著頭默不作聲，連方才急促的呼吸都彷彿停止了。

整個花廳又陷入靜謐之中，趙蕭死死盯住她，猶如實質的目光刺得黎氏一陣陣發冷。晟王爺不說話，只瞇著眼睛上下打量著黎氏，沒想到她竟然還有這膽子！

傅王妃見她低著頭，神色淡淡，稍稍提高聲音又問了一句。「妳說，那個男人是誰？」

她越是聲音淡定黎氏越害怕，黎氏努力穩住抖動不已的身子，小聲回答道：「沒……沒有男人，那是個庸醫，庸醫！」說話間猛然抬起頭，哀求的看著傅王妃。「您相信我，我沒有，是他誣賴我的，他是個庸醫又記恨於我，才誣衊我的！」

傅王妃見她驚慌失措的樣子，輕笑一聲。「世子妃這話說得有趣，府醫為何記恨於妳？」

黎氏被反問到頭上，這府醫平日只給晟王爺和傅王妃看病，壓根兒跟她沒有接觸，說他記恨的確有些牽強。她心亂如麻，手指緊緊的摳住地上的青石，血順著指甲縫裡流進地縫中，她卻絲毫沒有察覺。

這下子明眼人都知道她說謊了，趙蕭身為一個男人，怎麼能忍受此等侮辱，「蹭」的一下又站起來，晟王爺眉頭一皺。「蕭兒!你先坐下！」

趙蕭愣住，憤憤不平的坐下，用力一捶身邊的桌几，那桌几晃了幾下，坍塌在地，黎氏被這一聲巨響嚇得縮成一團，坐在地上靠著椅子，眼淚一滴一滴的滴在地上，同地縫中的血混合在一起，慢慢染紅了她身邊的一小片。

晟王爺見一直僵持著也不是個樣子，清了清嗓子。「黎氏，妳說出來是什麼後果妳知道，妳不說出來是什麼後果，妳也知道。至於那男人，是什麼人又有什麼好在意的?他這輩子敢往外說一個字嗎?

「而且，妳足不出戶，也不過是在晟王府內罷了，難不成我還查不出這點小事來?行了，我也不想知道了，晟王府是不會要這樣一個世子妃的，過了這一陣子妳就『暴斃』了吧。」

那雲淡風輕的樣子彷彿根本沒把她當回事，黎氏瞪大眼睛，不敢置信的看著他。

傅王妃也輕輕嘆口氣。「黎氏，事已至此，待會我會派人送妳回院子，妳就對外抱病吧。」

兩個老的擺出一副不再追究的樣子，不只黎氏沒想到，趙蕭更沒想到，他驚愕的瞪大眼睛。「父王！為何不問清楚？兒子倒要看看是誰敢在兒子頭上動土！」

晟王爺看著自己的敗家兒子，抽抽嘴角。「二十年了，你去過她房裡幾回？此事本不該我說，你們二人就此作罷吧，待她一死，就誰也不欠誰了。」

趙蕭兩眼冒火。「不可作罷！這個淫婦就如此暴斃了太便宜她了，我不只要她的命，我還要她名聲掃地被萬人唾棄！我要休了她！讓她死後無處享用香火，一輩子做孤魂野鬼永世不得超生！」

黎氏本就萬念俱灰，被他陰狠的聲音一激，不管不顧的掙扎站起來，對著趙蕭吼道：「我永世不得超生？趙蕭！最該去死的人是你，你才是死後要下十八層阿鼻地獄的！你娶了我又不碰我，我本以為你是沈迷前程不近女色，誰知道你竟然、竟然翻過年又迎了那個賤人進門！趙蕭……你拖了我三十年，你為何不去死？就算我同一百個男人有染，那也是你逼的！」

第四十七章

傅王妃想到黎氏這麼多年，雖說為人糊塗，但她也是對趙蕭一片真心，心底嘆了口氣。可憐之人必有可恨之處，反過來，可恨之人又何嘗不是有她的可憐之處呢？

晟王爺聽她越說越不像話，喝斥她。「黎氏！閉嘴！」

黎氏聽了他的話不但沒停下，反而吃吃笑了起來，笑聲越來越大，眼淚也越落越快。她瘋了一般扭頭盯著趙蕭。「趙蕭！今日就算我死了，我變成厲鬼也不會放過你！」

趙蕭被她吃人的目光嚇得倒退一步不敢上前，張了張嘴卻發不出一點聲音，黎氏此刻完全像一個惡鬼，十指血痕斑斑，雪白的脖子上殘留著方才趙蕭掐她時已經青紫了的手指印，披頭散髮、眼珠通紅，嘴角還掛著瘋狂的笑容，讓人一看就心生懼怕。

晟王爺見狀不好，想喚容智進來，黎氏卻突然轉向他。「呵，你是不是覺得我瘋了？我是瘋了……該死！你們一家子都該死！我後悔的是竟然沒殺了你們全家，竟然讓你們活到了現在！當初是你替趙蕭求娶了我！」

又轉向傅王妃。「是妳、是妳拚命維護那個賤人！妳還搶走了我的涵兒！我的女兒……從小長在我身邊，卻被妳奪了去！而那個賤人，那個賤人，妳不是自詡公正嗎？為什麼不管她？為什麼趙蕭寵妾滅妻妳不管？為什麼?!你們都該死！」

傅王妃的眼淚也忍不住流了出來，有些話她也憋了十幾年了，她顫抖著嘴唇對黎氏道：

「當初，剛選秀完，是妳悄悄派人尋上我……說想嫁給蕭兒，是也不是？我有沒有同妳說過蕭兒被一個倌兒迷了心竅？是妳說妳願意，王爺才去先帝面前求娶了妳。

「後來妳嫁進門來，妳捫心自問，除了蕭兒被那狐狸精迷惑不理妳，我同王爺可有半點對不住妳？一應吃穿用度皆比肩於我，府中的中饋也慢慢的交給妳，甚至……還逼著蕭兒同妳圓了房，生下兩個孩子，可是妳呢？

「涵兒自小被妳教養得怕見生人，堂堂一個王爺的嫡長孫女、皇家血脈，五、六歲了連話都說不全，只會喊娘，妳可知當初我見不好，把她接到我身邊，費了多大的力氣才教養好她，足足四年！四年的時間才讓她如同正常孩子一般開口說話，然而直到現在，她都比同齡的貴女們內向，王爺和我費盡心機給她找了和善的婆家，卻還是日夜擔憂她受委屈，這都是拜誰所賜？妳還有臉同我說涵兒?!我都不知道妳怎麼敢提起她來！

「妳恨王爺、恨我、恨蕭兒，可是妳竟然還恨澹兒？那可是妳的親生兒子，妳怎麼能忍心從他剛出生像隻小貓兒一般大小就不理他，竟然……竟然還被他聽到了那些誅心之言！如今他變得如此冷漠，又是因為誰？罷了罷了，如同王爺所言，等妳『暴斃』了，晟王府同妳的恩怨也了結了，這一筆糊塗帳就埋在地下，永遠不用翻出來了！」

傅王妃說完這一大通的話，心已經累得不行，看著面上怔忡的黎氏，抽出被晟王爺握住的手，指著趙蕭。「逆子！這一切都是因為你，罪魁禍首，你也好好反省反省吧！」

處。

趙蕭面上不服氣，可是看著傅王妃身心俱疲的樣子，卻也不敢說什麼，抿抿嘴坐在原

晟王爺拍了拍老妻，這些壓在心底的話沒想到竟在這個場合說出來，他也懶得再看黎氏一眼，張口喚道：「容智！」

容智同季嬤嬤下意識的對視一眼，吞了吞口水。方才在門外聽到的那些可都是晟王府的隱秘了……

下一瞬他就收回眼光轉身推開門。「王爺……」

晟王爺對著黎氏擺擺手。「拉她下去，過兩日對外宣稱生病，再過幾個月，讓她『暴斃』了吧。」

雖說方才聽到了，但突然聽到這個命令，容智心裡還是咯噔一下，他彎腰應下，走到黎氏面前，面上卻沒了往常的笑。「世子妃，奴才送您回院子。」

黎氏一個激靈清醒過來，看著面前容智的臉，又看著面無表情的晟王爺和傷心的傅王妃，知道他們是真的要殺了她。不、不，她不能死！她一把推開容智，反身跪在地上不停的磕頭。「爹，娘，求求你們饒了我，我不能死，我不想死，不……」

在場所有人都一愣，方才黎氏的樣子完全就是不要命了，這又是鬧哪一齣？

趙蕭眼中的懼怕隨著黎氏的動作慢慢消散，漸漸湧上來的是方才的厭惡同怨恨，礙於晟王爺和傅王妃，他不能對她做什麼，索性扭過頭去不看她。

只聽見「咚咚」的磕頭聲在花廳中不停的迴盪，不一會兒黎氏的額頭下就一灘血跡。

傅王妃說完了想說的話，也不想在這壓抑的氣氛中待著了，她緩緩站起來對晟王爺小聲道：「王爺，我累了……」

晟王爺心疼的看著老妻，伸手扶住她。「咱們回去歇著吧，這裡的事就交給容智吧。」傅王妃點點頭，兩個人就要離開花廳往後面的院子去。

黎氏見狀更是癲狂，磕頭速度更快想要留住他們，卻只能眼睜睜的看著老倆口的身影一步步靠近後門，她心裡一急，出聲大喊。「王爺王妃不想知道與我通姦的是誰嗎？」

這句話驚得容智的臉都扭曲了，趙蕭張大嘴巴傻愣在原地，晟王爺和傅王妃止住腳步，回頭看向黎氏。黎氏看到眾人的表情，彷彿看到了一絲希望。「不是男人，不是男人！我不要死，我不能死，不是男人！」

不是……男人？所有人都愣住了，不是男人是什麼意思？晟王爺擰緊眉，看著容智，容智心裡一抖，忙起身對他行禮。「王爺，王府中的太監不過四人，都是當年老王爺時期留下來的，年歲都已經六十到七十許……」

六、七十……那更不可能了，晟王爺審視的目光看著黎氏，黎氏生怕他以為她說謊，慌忙道：「不是男人，也不是太監，是女人，同我……那個的是女人！」

傅王妃腿腳一軟，差點癱在地上，幸好晟王爺還殘存一絲理智，連忙扶住她，晟王爺感覺腦袋已經不是自己的了，只聽見聲音在問：「女人？哪個女人?!」

黎氏聽到他的話，彷彿抓到了一線生機，又快又模糊的回答他。「是！是絲竹！」

絲竹？這個陌生的名字讓晟王爺和趙蕭疑惑了，難不成是她身邊的丫鬟？

容智愣了一下，瞥了趙蕭一眼，恨不得自己現在馬上鑽到地縫裡消失。

傅王妃蒼老的聲音淒涼的響起。「可是那個絲姨娘？」

黎氏點點頭，放聲大哭。

一聽竟然是個姨娘，這可不是小事，家裡難不成又有主子被戴了綠帽子了？

晟王爺眉頭緊皺，看了一眼臉色蠟白的傅王妃，不忍心再問她，轉頭問道：「容智，那個絲姨娘是誰？」

容智支吾一下，深吸一口氣。「回王爺，絲姨娘是……世子爺的姨娘，原本是世子妃的陪嫁丫鬟，在世子爺成親第三年時開了臉做了姨娘……」

竟然是他的姨娘?!趙蕭的臉唰的一下變白了。他凝神想了許久，模模糊糊彷彿是有這麼個人存在，不過臉蛋有幾分美豔，他睡了幾回，架不住鶯姨娘的吃醋鬧騰就再也沒想起她來過，這兩個賤人竟然敢……竟然敢合夥給他戴綠帽子！

今日他受的打擊怕是這幾十年都沒受過，他突然覺得渾身無力，癱在椅子上，就這麼看著黎氏，思緒不知飛到何處，眼神空洞洞的。

黎氏說完了又在拚命的磕頭，她不能死，等她兒子做了世子、做了王爺，她要享受晟王府的一切，她……她不能死！

晟王爺已經沒有力氣再同她說什麼了，只揮了揮手。「容智，帶她下去，不聽話就打暈她！」

黎氏嚇得一愣，不敢再磕頭，見容智竟然直接伸過手來，絲毫不見以往那一點表面上的尊重，識相的自己爬起來，一瘸一拐的出了花廳。

花廳中陷入死一般的寂靜，許久傅王妃才推了推晟王爺。「先回去坐著吧。」

晟王爺這才回過神來，小心攙扶著她坐下，三人就這麼靜靜的坐著，誰也沒說話。

不知過了多久，天色已經開始漸漸暗了，趙蕭才回過神來，他目光陰冷的盯著晟王爺。

「父王，我要……我要她們死！」

晟王爺嘆了口氣。「那個姨娘好說，黎氏……還是問問澹兒的意見吧。」

趙蕭一拍桌子。「何必問他？不過黃口小兒，他知道什麼?!」

只聽見門外傳來趙澹的聲音。「不知父親在說什麼？」

趙蕭的眼神有一瞬間的慌亂，只見季嬤嬤推開門讓趙澹進來，他皺著眉頭瞥了一眼趙澹，十七、八的少年器宇軒昂，如同戰場上出鞘的劍一般鋒利，讓人下意識的迴避他的鋒芒。

趙蕭移開眼睛不去看自己唯一的兒子，聽見他上前同晟王爺和傅王妃行了禮，才轉頭對著他喊了一句「父親」，這一聲平淡無波，一丁點兒的感情都聽不出來，就像是在招呼一個陌生人。

趙蕭突然有些惱羞成怒，想到趙澹方才的那句話，抬頭盯著他的眼睛，一字一句咬牙切齒道：「你來得正好，我要殺了黎氏！」

本以為這句話能破壞趙澹臉上平靜的表情，卻沒想到趙澹竟然絲毫不變顏色，只淡淡的問了一句。「父親若是想殺母親，總有個理由吧？」

趙澹說完，看了他一眼，趙蕭從他的眼神中竟然看出了隱藏的不屑同嘲諷，他那句「你娘是個紅杏出牆的賤人」怎麼都說不出來，這簡直是把自己的臉皮剝下來讓趙澹踩！

他支吾半天，眼睜睜看著趙澹眼睛裡的嘲諷越來越盛，自己的臉卻脹得越來越紅。

晟王爺見狀搖搖頭，對趙澹道：「澹兒，你到這兒來。」

趙澹收起那一抹嘲諷，看也不看趙蕭一眼，走到晟王爺身邊站住，晟王爺看著他嘆口氣。「你母親……黎氏她……」

傅王妃見晟王爺糾結的樣子，知道這畢竟是兒媳的事情，乾脆如同小時候一般拉著趙澹的手，柔聲對他道：「你母親她紅杏出牆了。」

趙澹心裡大驚，瞳孔微縮，這件事他可的確不知道，他緊皺眉頭，好半日才消化了傅王妃的話，沙啞的開口道：「母親整日在後院閉門不出，這……怕是有什麼誤會吧？」

趙蕭越發聽不得他說話了，用力把手邊的茶杯摜到地上，一聲脆響，破碎的瓷片散了一地，有幾塊飛到黎氏的血上，沾染的紅色更是刺痛了他的眼睛。

趙蕭像一頭被激怒了的獅子，感覺自己頭髮都炸起來了，對著趙澹吼道：「什麼誤會？哪裡有什麼誤會?!那賤人竟然做出此等事情，那就別怪我要了她的命！」

趙澹沒有回答他，低頭沈思片刻，轉而問傅王妃。「祖母，不知母親同誰？」

傅王妃張張嘴，有些說不出口，長嘆一口氣。「是……你父親的絲姨娘。」

絲姨娘?!趙澹在腦海中搜索這個人物，待想起來她是誰之後變了臉色。

傅王妃憐惜的看著他。「就是那個絲姨娘……」

竟然是她？趙澹想起小時候那一幕，他站在暴雨中看著黎氏鞭打著絲姨娘……如今黎氏竟然同她……他垂下眼眸，額頭的汗珠慢慢泌出來，兒時的那一幕深深的刻在他的心底，讓他恍惚又茫然。

晟王爺和傅王妃心疼的看著他，緊緊攥住他的手。「澹兒，如今你已經長大了，莫怕。」

趙澹飛快清醒過來，閉上眼深吸一口氣。「祖母，不知您同祖父打算如何處置母親？」

趙蕭見自己方才的話彷彿被他忘了，在地上直跳腳。「殺了她！我說了殺了她！」

晟王爺狠狠的瞪了他一眼，成功讓他停下了嘴邊的話，嘆口氣對趙澹道：「按照咱們這等人家的規矩，自然是要讓她以死謝罪，然而她畢竟生養了涵兒同你……且，那個又不是男人……」

趙澹明白了晟王爺話中的未盡之意，點點頭，撩開衣襟「撲通」一下跪到老倆口面前。

「還請祖父母看在澹兒的面上，饒了母親一命。」

晟王爺大吃一驚，忙伸手去攙扶孫子，卻發現不知何時他還能抱在手中的孫兒竟然也扶不動了。

趙澹深深的磕了一個頭。「求祖父母饒了母親一命吧。」

趙蕭氣得踢翻了椅子，張口罵道：「你這個逆子！不孝子！白眼……」

見他此時還在添亂，晟王爺也動了怒，抄起自己的茶杯朝他扔了過去。「閉嘴！」

那茶杯在空中劃了道弧線，正中趙蕭額頭，當時就見了血，趙蕭愣了一下，感覺到額頭的一抹涼意，伸手抹了一把，看著手中的血徹底啞了，癱在椅子上說不出話來。

趙澹像是絲毫未察覺，依然彎著腰，晟王爺低下頭看著眼前的孫兒許久，終是鬆了口。

「罷了，此事……就如此吧，那個姨娘是不能留了，你母親……就讓她在院裡的小佛堂誦經唸佛到老吧！」

而後，趙澹把自己反鎖在書房中，凌一幾個面面相覷，不知道為何世孫從正院回來就變了副模樣，卻也無人敢去打擾他。

趙澹收起了在人前一貫的冷漠神色，癱軟在椅子裡，他不記得自己多久沒這麼無力過了，黎氏竟然敢紅杏出牆，她竟然敢？他覺得自己心底對母親最後的一絲希望都破滅了。

原本他打算同鴦姨娘合作，讓鴦姨娘給黎氏一些下馬威，待她無路可走的時候再扶持她收拾了鴦姨娘，如此一來鴦姨娘若是沒了，趙蕭大概會生無可戀，怕是要頹廢下去，他已經四十許了，或許就此一蹶不振。而黎氏……趙蕭為人心眼極小、睚眥必報，恨極了她，到那時必定不會放過她，兩個人怕是餘生都捆在一起互相折磨。

祖父母和他也都還在，也能壓制住這對夫妻，待過幾年袁妧及笄嫁進來之後，他也會讓祖母早早的把中饋交給袁妧，日後……日後祖母一旦不在了，袁妧也能馬上上手，接掌晟王府。

這本來是個堪堪完美的計劃，甚至鴦姨娘已經按照計劃的第一步給黎氏下套了，之後的每一步，他都精心的計算好了，不但能給黎氏一個衣食無憂的生活，又能保證袁妧能夠儘量跟她沒有接觸。

然而，誰能想到黎氏竟然紅杏出牆了，竟然還是和一個女人?!

第四十八章

趙澹一直坐到天色漆黑，無人敢來打擾他，等他推開門之後，凌一悄悄上前。「世孫，方才得到消息，世子妃病重了。」

病重？趙澹眉頭一皺。

凌一吞了下口水，繼續小聲道：「王爺派人過來說這病不難治，大概一個月左右就能好。」

趙澹這才鬆開眉頭，看了一眼凌一。「明日抽空問問那個鴦姨娘，世子什麼想法。」

凌一神色一肅，點點頭，正要開口說話，趙澹揮揮手。「你們都去歇著吧，我出去一趟。」

凌二、三、四湊過來，看著趙澹，趙澹若是出門怎麼都得帶上他們其中一個。誰料趙澹瞥了一眼說道：「今日我自己去。」也不管幾個人心裡在想什麼，直接躍身飛向馬廄。

凌一、二、三、四面面相覷，既然趙澹都這麼說了，他們也不能強跟上去，只能搖搖頭，各自散去。

趙澹騎著馬到了袁國公府後門，大老遠就看見巡邏的侍衛比上一次多了起碼一倍，他苦笑一下，看來上回真的觸怒了袁琤了。他尋了個隱蔽處把馬拴好，縱身躍上後門的下人房，剛剛站穩身邊就出現三道身影。

「世孫留步！」

趙澹面色不變，淡定道：「我是來尋琤哥的，帶我去見他。」

幾個人都愣住了，袁琤只吩咐他們萬萬不能讓世孫進了後宅，可是現在這樣……

一人對同夥使了個眼色，對趙澹道：「世孫且稍等，待小的們去通稟少爺一聲。」

趙澹話也不說，一撩衣角坐在房檐，只看著袁婉院子的方向發呆，片刻工夫方才離開的人就回來了，對著趙澹一拱手。「世孫，琤少爺在書房等您。」

「多謝各位了。」趙澹聞言站起來，一閃神就不見了蹤影。

三人心裡一驚，若是方才趙澹強行想闖進去，怕是他們三個一起上都不是對手！

袁琤心裡對趙澹是又生氣又擔憂，氣的是上回他防備那麼嚴了竟然還被他闖進了婉兒的院子，且……第二日婉兒竟然說喜歡上他了？他到底說了什麼、做了什麼？任憑他如何旁敲側擊婉兒都不與他說，恨得他牙根癢癢。

擔憂的是上次趙澹主動來尋他還是他去閩地之前，這次來尋他難不成又有什麼大事發生了？他焦躁的寫了一篇字，看著紙上浮躁的字嘆了口氣，索性一撕為二。

趙澹正巧這時推門進來，看到袁琤的樣子笑了一下。「琤哥，你心亂了。」

袁琤瞪了他一眼。「別廢話，尋我何事？」

趙澹愣住，嘴巴咧得更大。「你有酒嗎？」

袁琤從未見過這樣的趙澹，沒有了平日的冷漠，也沒有了提到妹妹時候的厚臉皮，反而渾身纏繞著陰鬱，有些類似小時候初見他時的樣子，可卻說不出哪裡不同。

兩個人從你一杯我一杯到你一壺我一壺，最後索性抱著酒罈子直接灌，滿地散落的酒壺酒杯，地上漫著好酒，袁琤輕笑一下。「還不說嗎？到底出了何事了？」

趙澹用力把酒罈子扔在地上，那酒罈子十分厚實，咕嚕咕嚕滾到門口撞到門才停下來。

袁琤神色嚴肅起來。「不是朝廷上的事？」

趙澹嘆了口氣，卻又勾起唇角，露出一抹似是而非的笑容。「琤哥，你一直擔憂的事情解決了，晟王府的後院，從此以後，清淨得很了。」

袁琤的心撲通撲通跳得厲害。「你娘出什麼事了？」

趙澹苦笑，這種難以啟齒的事情，哪怕是最好的兄弟也說不出口，他隨手撿起面前的一個酒壺，晃了晃裡面，聽到殘餘的酒聲，拿起來就往嘴裡倒，嚥下這一大口酒才說道：「一個月之後，我母親應該就要在家中的小佛堂修行了，這輩子……應該都不會出來了。」

袁琤被驚得拚命咳嗽起來，像見鬼一般看著趙澹。「你……你使了什麼本事？」

趙澹垂下眼眸，哀傷瀰漫在他周圍。「你這麼一說，我還真希望這件事情是因為我使了什麼本事才發生的，然而……罷了，不提了，今夜咱們不醉不歸。」

袁琤看了看地上狼藉一片，吞回到嘴邊的話，嘆了口氣，苦口婆心的勸他。「罷了，你不願意提就不提，只是今日咱們喝得已經夠多了，咱們幾人自幼被太子殿下捉著練酒量，怕是喝一宿也醉不了，早些睡吧。」

趙澹心知他說的是真的，沈默片刻緩緩道：「我……想見妧兒。」

袁琤的眼神立即犀利起來，瞇著眼睛盯著他。「想都別想，你這個登徒子！來！喝酒！」

趙澹就知道袁琤不會同意的，哼笑一聲又打開一罈。

天色微亮，趙澹從地上爬起來，踢了踢靠在椅子上的袁琤。「我回去了。」

袁琤已經沒力氣了，雖說被太子鍛鍊過酒量，但他畢竟是個文官，哪有趙澹身體好？只能動動手指示意他快滾。

趙澹推開門，深深的吸了一口清晨的空氣，彷彿把昨日一日一夜憋的廢氣都吐了出來，他搖了搖腦袋，覺得昨天的破事都已經過去了，事已至此，早些把妧兒拐回家才是。想到這兒心思一動，他抬頭看了看天色，見天色尚早，琢磨了一下，先去看一眼妧兒再回去也成。

誰知突然從後面飛出一個酒杯來砸在他的背上，只聽袁琤有氣無力的聲音在背後堅定地響起。「你若去了妧兒院子，日後袁家大門你就別想踏進一步！」

趙澹愣了一下，搖頭失笑，回頭看了一眼用盡所有力氣扔出杯子正在喘粗氣的袁琤，輕聲回道：「今日我不去看她，你幫我轉告她，等我。」

袁琤「嘖」了一聲，看著趙澹消失的背影也笑了起來。

「臭小子……窩邊草吃到我妹妹頭上來了。」搖搖晃的站起來，招呼小廝抬水沐浴，都收拾乾淨天色也大亮了，他齜牙咧嘴的喝了一碗酸辣的醒酒湯，去了韶華院。

袁正儒和江氏都知道他昨晚陪趙澹喝了一宿的酒，看見他過來了，有些擔心，忙讓下人們都下去，開口問道：「世孫是怎麼了？」

袁琤看了看裝作若無其事、耳朵卻悄悄豎起來的袁妧，突然覺得這對小兒女怎麼如此有趣，他強忍住笑意回答江氏。「世孫同我說……咳……」看著袁妧的耳朵不自覺的往他這邊靠了幾寸，他終是忍不住含笑道：「讓我轉告妧兒，等他。」

袁妧的臉一下脹得通紅，下意識的抬頭看了看一臉被驚到的袁正儒和江氏，差點把頭埋在地上當一隻不管不顧的鳥兒。

袁琤成功的逗到妹妹，看著妹妹羞澀的樣子心裡嘆口氣，看來自家妹妹是留不住了。

江氏回過神來白了他一眼。「別說些……廢話，到底出了什麼事了。」

袁琤笑了笑。「其實也沒什麼，到底出了什麼事情咱們應該是不會知道的，我只知道晟王府的世子妃，一個月之後就要在佛堂中修行，了此殘生了。」

袁正儒和江氏倒吸一口涼氣，兩人對視一眼，袁正儒才認真問道：「這是世孫做的？」

袁琤搖搖頭。「聽口氣不像是他，這事應不小，世孫也頗受打擊，不過我看他很快會緩過來的。」

袁正儒和江氏鬆了口氣，雖說是想讓趙澹理清後宅，可若他真是連親娘都能下狠手的人，他們又要擔憂日後若是對女兒變了心，他會有多狠。
夫妻倆默契十足，對視一眼就知道對方在想什麼，看到對方眼中鬆了一口氣的樣子都心中了然，突然，兩人同時一愣。
日後？他們怎麼擔憂起日後了?!

趙澹出了袁國公府，特地去王婆婆那繞了一圈，吃了兩個熱氣騰騰剛出鍋的餅，才騎著馬回了晟王府。
今日的晟王府罕見的安靜，昨日鬧了那麼大一齣，下人們多多少少都聽說了一些風聲，再加上世子妃重病的消息，只要不是傻子都知道後院出了大事了，所有人都提心吊膽的提著氣，走路都是小碎步。
凌一看到趙澹出現在院門口鬆了口氣，三兩步迎上去，二人站在無人的樹底下，他悄聲道：「世孫，您可算回來了。」
趙澹挑眉。「怎麼了？出什麼大事了嗎？」
凌一道：「鴦姨娘她……死了。」
趙澹大吃一驚，萬萬沒想到竟然聽到這個消息，他皺緊眉頭，盯著凌一。「她怎麼死的？」
凌一有些難以啟齒，悄悄靠近他，嘆了口氣小聲道：「是被世子爺掐死的……」

趙澮愣在那裡，半天回不過神來。趙蕭心中最愛的便是這鶯姨娘，為了她甚至寵妾滅妻二十年，又怎麼會掐死她呢？他猛地想到一件事情，意味深長的看了凌一一眼。

凌一接收到他的眼神點點頭。「是的，世子爺怕是發現了那個男人……一直在對著鶯姨娘的屍體罵『出牆的賤人』之類的話。」

趙澮長嘆一口氣。「什麼時候的事情？」

凌一回道：「只知道是昨晚，具體我也不大清楚，今日一早我去尋鶯姨娘的時候，就發現她已經死了。且……屍體就癱在地上，世子爺坐在旁邊的椅子上一動不動，我本以為她是暈過去了，趴在屋頂仔細看了一陣，只見她臉色青白發灰，頸間的十個指痕已經腫脹青紫，怕是早已經沒了性命！」

趙澮閉上眼睛。「世子還在鶯姨娘的屋子裡？」

凌一偷偷看了他一眼，低頭回道：「凌二在那裡看著，到現在為止世子爺尚未出來。」

趙澮揮揮手。「你去尋鶯姨娘那個相好的青梅竹馬，看好了他，若是世子真的查出來，怕是他的命也要沒了，鶯姨娘幾乎知道世子所有的事情，多多少少都會同他提起。」

凌一神色一肅，認真的點點頭，飛快的消失在門外。

趙澮站在樹下沈思半日，那男子本是要挾利誘鶯姨娘的籌碼，誰料這麼快就暴露了。他已經給鶯姨娘掃了所有的尾巴，趙蕭能知道的唯一一個理由就是鶯姨娘自己說出來的，她為什麼要說呢？這件事如今怕是只有趙蕭自己知道了。

他喚來凌三。「你去把凌二叫回來，此事與我們無關，安排個小丫鬟撞破這件事，再傳到祖父耳中去。」

凌三應下之後，趙澹洗了個澡，待他出來的時候凌一已經回來了。「世孫，那男人已經安排妥當了。」

趙澹示意他知道了，然後就去了正院給晟王爺和傅王妃請安。

晟王爺和傅王妃已經老了，昨日一整日勞心勞力、身心俱疲，今天看著感覺皺紋都深了幾分，趙澹看著有些不忍，出言寬慰了幾句，卻聽見容智在門外聲音急促道：「王爺！出事了！」

晟王爺如今可真真怕了「出事」這兩個字，卻也無法，只能喚容智進來。「何事？」

容智看屋中只有晟王爺老倆口和趙澹，也不隱瞞。「世子爺殺了鴦姨娘，如今怕是鴦姨娘院子裡的人都知道了！奴才已經喚人把所有人都封在院子中，消息還瞞得住！」

晟王爺被驚得猛地站起來，手中的粥碗摔碎在地上，滾燙的粥濺到他腿上都恍若未覺，只死死盯住容智。「你說什麼？世子殺了那個鴦姨娘?!」

容智也不知這兩日府中到底怎麼了，一向冷靜自持的他欲哭無淚的點點頭。

傅王妃臉色蒼白，嘴唇微微顫抖著，這個鴦姨娘對趙蕭有多重要沒有人比她更了解，趙蕭竟然殺了她？她想到了一個不願意去想的可能，伸出手去扯住晟王爺的衣襟。「王爺……蕭兒他……不會是？」

晟王爺瞬間懂了她話中的未盡之意，不敢相信的搖搖頭，按住她的手小聲喝斥。「別胡思亂想！」接著抬頭瞪著容智。「那個逆子在哪裡?!」

容智低下頭。「世子爺如今尚在鴦姨娘的臥房之內，奴才不敢打攪他。」

晟王爺重重的「哼」了一聲。「把他給我捆來！」

趙澹深覺自己在這兒不怎麼合適，看著容智出了門，也跟著站起來。「既然祖父同父親有話說，那孫兒就先告退了。」

晟王爺瞇起眼睛上下打量了他一下，自從他提起要娶袁妧之後，先是二房，再是大房，一波未平一波又起，彷彿所有的一切事情都在替他鋪路，難不成這全都是巧合？

趙澹神情自若的任由晟王爺上下打量，晟王爺沒看出什麼，收回目光，對他道：「去吧，今日就別出去了。」

趙澹本也沒打算出門，遂點點頭。待他走了以後，晟王爺看了一眼傅王妃。「最近出的這些事……妳覺不覺得澹兒，是不是有點太順了？」

傅王妃心裡一顫，瞪大眼睛看著晟王爺。「王爺這話什麼意思？」說完自己又擋住晟王爺要說話的嘴，低下頭思索起來，許久才抬起頭。「你是說……在他娶妧兒這件事上？」

晟王爺沒有說話，只是看著傅王妃的眼睛，二人對視許久，晟王爺嘆口氣。「不管是天時還是人為，此事已經成了八、九分了，咱們也只能順勢而為，若真一切都是因為澹兒，日後晟王府也算後繼有人了。」

第四十九章

趙蕭被容智「請」來的時候已經幾乎不會走路了，兩個人一左一右半抬著他進來，他的腿耷拉在地上，一絲力氣都用不上。到底是自己的親生兒子，哪怕平日再不靠譜，晟王爺和傅王妃還是擔憂得要命，慌忙站起來衝過去扶住他。

「蕭兒，你怎麼了？」

趙蕭面無表情，像是沒看見任何人一般，嘴裡狠狠的嘟囔著。「賤人、賤人，都是賤人，一群賤人！」

晟王爺哪裡還顧得上教訓他，方才的怒火一下子熄了個乾淨，看著趙蕭咬緊牙關的樣子，揮退下人，狠狠心，舉起手來用力搧了他兩巴掌。

「啪啪」兩聲下去，趙蕭停住了嘴中的喃喃自語，迷茫凶狠的眼神也漸漸清明起來。

晟王爺心下鬆了口氣，臉上卻漸漸板了起來，趙蕭好不容易回過神來，終於看到了眼前的晟王爺，他「嗷」了一聲跳起來，緊緊抓住晟王爺的手。「父王！那個賤人！鳶兒那個賤人她、她竟然也有別的男人了！」

晟王爺不敢置信的看著趙蕭，他對那個鳶姨娘什麼樣子全京城上下怕是沒有不知道的，就這樣她竟然？

趙蕭像是生怕晟王爺不信，又急又快的對他從頭到尾吐出來。「昨日我心裡煩悶，就去尋鴦兒，與她抱怨了一番，誰料那賤人竟然小心翼翼的問我打算如何處置她們，待我說要殺了她們之後，她就神情不對，我察覺到她定是有事瞞我，我就……打了她，誰料問出了她原來在外頭還養著一個男人……」

說到這兒他猛地抬起頭來，死死盯住晟王爺，晟王爺一時不備竟然被他的眼神逼退半步。

趙蕭一字一句道：「男人，呵呵，男人?!我二十多年只守著她，她竟然還有個青梅竹馬自小一起長大的男人?!」

晟王爺看著眼神又飄散了的趙蕭，生怕他再癲狂起來，忙出聲道：「死了便死了！不過是個玩物！」

趙蕭愣了一下，先是疑惑的歪了歪頭，瞬間瞪大眼睛，像是看到了什麼驚恐的事情。「死了……死了！是、是我親手掐死了她，是我……鴦兒！」

一聲呼喊聲音未落，他突然口噴鮮血，晟王爺一時不察被他噴了一頭一臉，下意識的用袖子遮擋，卻聽見傅王妃淒厲的喊聲。「蕭兒！」

門外的容智察覺不好，忙推開門，被眼前的一幕驚呆了。晟王爺被噴了一身的血，傅王妃已經癱在地上，朝趙蕭的方向伸著手，而趙蕭渾身是血癱倒在地，已經失去了意識，容智忙跑上前，一把打橫抱起趙蕭，對著門外的心腹吼道：「快去請府醫！」

趙澹聽到趙蕭昏迷不醒的消息，生生捏斷了一支筆，如今事情的發展已經超出了他的掌控。自十三歲起，他就很不喜歡這種感覺，他不禁檢討自己，是不是對家中眾人用心太少了？

這麼多年來，不管是趙蕭還是黎氏、鴦姨娘，在他心目中都是個擺件，刻板的印象讓他對他們自以為很了解，才設下了那個圈套，然而如今一步一步到這個境地是他絕對沒想到的！

趙澹站了起來，這種事情日後再也不可能發生，他不會再輕視計畫中的每一個人……

趙蕭和黎氏雙雙病重，而鴦姨娘和絲姨娘一前一後上了黃泉路，一直在旁邊默默偷看的二房如今可真的嚇破了膽，日日夜夜盼著就是趕快分家，遠離趙澹這個殺星！

若是平時，晟王府出了這麼大的事情必定引起京城上下轟動，然而此刻卻只泛起了一點浪花兒平息下去，只因京城上下所有人的注意力都在那八十一童子身上！

這八十一個童子已經進宮半月，家中有童子進宮的都掰著手指數日子，後宅的女人們都吃齋唸佛，一時間京城周圍的寺院道觀都香火鼎盛了幾分。

按說原本家家戶戶都在宮中有些門路，多多少少也能知道些消息，可誰想得到關於這八十一童子的事情竟然半點消息也沒傳出來，除了知道他們都在西暖閣前的一個大院子中以外，他們每日做什麼、吃什麼、身體如何、精神如何，竟然沒有一個人知道。

京中所有官員都急得如同熱鍋上的螞蟻一般，即使家裡沒有孩子在宮中的，也都在焦急等待著消失了半個月的昭和帝出現，哪怕露出點口風也行。

可是事與願違，眨眼睛又過去五日，童子們入宮滿二十日了，也證明昭和帝已經整整二十日未同外面有任何聯繫。國不可一日無君，哪怕昭和帝這些年來已經甚少管理朝政，可是失蹤如此長時間還是第一次。

幾個尚書著實等不了了，集體尋上太子。

「殿下，還請陛下出來一見。」

太子搖搖頭苦笑。「諸位以為孤能見著父皇不成？孤日日去西暖閣門口等著，盼的就是父皇能見孤一面……」

這幾位尚書家中都有孫兒在童子之列，這麼久沒看到孫兒，不知他們是死是活，又怎麼能忍得下去，齊齊對著太子行了個大禮。「還請太子帶我們一同去求見陛下。」

太子被逼得僵在原地，有幾分手足無措的樣子，許久才長嘆一口氣。「罷了，今日孤就同你們再去一趟。」

遂帶著幾人，連同隨行的太監、侍衛浩浩蕩蕩的到了西暖閣院口。

院門外層層侍衛把守，那守在門口的侍衛統領見到太子，不但不行禮，反而伸出手來攔住他。「太子殿下，陛下有令，今日依然不見任何人。」

太子無奈的回頭看了六部尚書一眼。

禮部尚書心知這種事情應當要他出馬，上前對那侍衛統領道：「我等有事求見陛下，乃是天經地義之事，爾等為何阻攔？」

開場白說完，正要同那侍衛統領講一番孔曰孟云，誰知那侍衛統領卻「噌」的一聲抽出刀來，橫在身前。

「恕下官魯莽，下官只知聖旨，並不知您口中的天經地義，還請諸位莫要上前，否則下官就只能謹遵聖旨，殺無赦了！」

諸位尚書多少年沒受過這種氣，自從昭和帝沈迷修仙之道不理朝政之後，他們幾人幾乎把持了朝政，連太子都要退避三舍，如今卻被這一個小小的侍衛統領逼在眼前。

禮部尚書伸出手來驚愕的指著侍衛統領「你」了幾聲，見他面不改色，刀依然橫在身前，彷彿隨時都能砍他一刀，皺緊眉頭說不出下面的話來。

太子挑了挑眉看了一眼禮部尚書，果然這群老狐狸都是識時務之人，見著侍衛統領軟硬不吃，一副說砍殺就能砍殺了他們的樣子，心知他不是講禮法的人，怕是原本那套對他無用，若是真的硬要上前，指不定就出不了宮門了。

西暖閣院門口霎時安靜下來，陽光如同小蟲子般爬上尚書們的臉，六部尚書都覺得自己的臉火辣辣的，這沈默的空氣像是在嘲諷他們一般。

就在這時，院門內突然傳來了孩童的尖叫聲，短促而驚恐的一聲尖叫，像把利刃一般戳入六部尚書的心間。誰也聽不出來尖叫的孩子是誰，但……萬一那就是自家的孩子呢？

幾人對視一眼，彷彿下定了決心，齊齊上前狠狠的盯著那侍衛統領，朗朗道：「我等要求見陛下！若你要斬殺我等……那便來吧！」

說罷撩起衣襟盤膝而坐，六人並排坐在西暖閣院門外。那侍衛統領皺緊眉頭，若是殺雞儆猴斬殺了一個，他敢。若是齊齊斬殺六部尚書，怕是連皇上都作不下這個決定。

雙方又僵持起來，太子知道這個時候應當他出場了，上前對著侍衛統領道：「既然你說父皇『今日依舊』不見任何人。也就是今日你收到了新的聖旨，你且進去求見父皇，把院門外的事同他說起可好？」

那侍衛統領看了看太子，又看了看如石頭一般坐在院門的六部尚書，神情莫測的思索半日，對身後的心腹道：「你去問順公公，把這邊的事同他說一下。」

那心腹心領神會，扭身從一道只容一人通過的小門進了院子。侍衛統領依然抽出刀對著六部尚書，沈默的等待著院內的回應。

不多時，順安著急的從裡面一路小跑出來，一眼看到跪在地上的六部尚書，嘴裡喊了一句「無量天尊」，便急忙上前攙扶起跪在正中的吏部尚書。「您幾位今日如何過來了，陛下有旨，這幾日正是修仙的關鍵時刻，誰人都不允許打擾……」

這些年來，順安沒少給他們幫助，吏部尚書順勢用力捏著順安的手，急切的問道：「陛下何時能見我們？」

順安咬了下唇，糾結的搖了搖頭。「如今距離那四十九日之期，尚有二十九日，怕是這一個月之內陛下都不會見你們。」

兵部尚書最疼愛的小孫兒也在裡面，聽到順安這句話大急，忍不住追問了一句。「孩子們還好嗎？」

所有人都以為會聽到順安一些寬慰的話，誰料順安卻皺緊眉頭，神色更是為難，結結巴巴半日才說了一句。「還……還好。」

這話一出，任誰也知道孩子們並不好。兵部尚書噌的一下站起來，緊緊拉住順安的胳膊。「他們到底怎麼了？他們在裡面做什麼？」

順安只覺得自己的胳膊快要被這武夫卸下來，強忍著痛哆哆嗦嗦的回答道：「童子們真的還好。」

說完求救般的眼神看著侍衛統領，那侍衛統領上前一把捏住兵部尚書的麻穴，讓他下意識的手一鬆。

「奴才不能在外停留太久，這便要回去了，尚書們放心，陛下也好，童子們皆好。」順安順勢抽出了胳膊，又轉頭對侍衛統領道：「陛下有旨，誰若想闖進院內……殺無赦！」

說罷，順安匆匆的從那小門進了院子，兵部尚書阻攔不及，只能隔著齊齊抽出刀的侍衛們眼睜睜看著他的背影消失。

既然順安帶來了最新的旨意，侍衛統領也有了底氣，亮出刀來，對著幾個尚書陰森一笑。「諸位還是請回吧，莫要抗旨不遵！」

話已經說到這個分上，六部尚書也深知自己沒有辦法再留下，更何況他們還想趕緊回去商量對策，方才順安的話和表情帶給他們極大的恐慌，難不成孩子們在裡面真的有什麼事情？

幾人匆匆同太子行禮告別就出了宮，太子撣了撣衣袖，對著他們的背影冷笑一下。這幾個老賊，這些年來越發養大了胃口，竟然連他都不放在眼裡了。回過身來他收起了臉上的神色，看著已經把刀插入刀鞘的侍衛統領，輕笑一聲，話也未說，扭頭回了東宮。

侍衛統領知道自己今日是把太子和六部尚書通通得罪死了，心中長嘆一口氣，只期望李道長能真的帶著他一同享盡榮華富貴吧。

六部尚書碰了壁的消息，不過一個時辰就傳遍了京中上下，與這個消息一同傳開的，還有孩子們十分不好的傳言。文武百官原本心中一點點的希望也破滅了，當日夜裡，整個皇城根底下哭聲瀰漫。

不知是誰在中間穿針引線，第二日一大早，百官聚集在宮門外跪在地上，只求昭和帝能饒他們的孩子一命。然而，宮門外再如何鬧騰也絲毫影響不了昭和帝的修行。其實這八十一童子不過只是日日坐在院中打坐，甚至有那愛讀書的，趁這個機會閉上眼睛默默背起自己從小背過的書，幾日下來，深覺自己學問見長。

一日一日的，宮門外跪著的官員越聚集越多，甚至有那膽大不怕死的百姓都偶爾繞過來看一眼。連民間都人心惶惶，李必安是個妖道的流言也慢慢流傳開來。原本在家中供奉李必安畫像的人們都悄悄地撕下來，這種吸童子精血來修行的道術可不正是妖術！只是……他們的陛下怕是已經入了這妖術的道了！

漸漸的，民間流言四起，都道這八十一童子怕是都已經被昭和帝吸盡精血變成人乾了，若是這八十一個童子不夠，昭和帝還要捉了京中百姓的童子頂上，不知要死多少小兒才能修成這妖術。

不幾日工夫，有那膽子小的收拾好行李，帶著家中的兒子去鄉下投奔親戚，一個跑了之後就像一點星火扔進乾枯的草叢，「轟」的一下燃了起來，家中有適齡童子的人家拖家帶口的往京城外面跑，生怕不小心就斷了自己的子孫香火。

袁國公敏銳的察覺到了事情的不對頭，但他也無力回天，這幾年昭和帝見他的次數屈指可數，更別提聽他的勸了。

他招來全家人安排下去。「老二，不該摻和的事情你萬萬不可以摻和。」看到袁正儒認真的點點頭，又回頭看了袁琤許久。「你怕是抽不出身了，如今全家都跟在你身後，且聽太子殿下調遣吧……」

這可是袁國公第一次這麼明確的說出來站隊，袁琤心裡一驚，面上卻不動聲色，只嚴肅的應下。

這兩個人袁國公是放心的，他看了看剩下的兩個孩子搖了搖頭，對袁瑜道：「自你回來不就惦記著北邊嗎？如今祖父打算讓你出去歷練幾年，去同谷尋你大堂兄吧。」

這個時候被安排去同谷，袁瑜雖說跳脫些但也不是傻子，明白如今不是意氣用事的時候，皺著眉點點頭。

袁國公看著最後的袁妧，這個自己捧在心尖上十三年的小孫女兒，咬了咬牙。「妧兒，妳……同瑜兒一起去同谷可好？」

第五十章

袁妧愣了一下，尚未反應過來，江氏卻驚呼出聲。「爹！妧兒已經十三歲了，若是去了同谷……可怎麼……」

話未說完，但話中的意思全家人都懂，如今袁妧正是相看的年紀，去了同谷怕是就要嫁娶在那邊了。

袁國公閉上眼睛，心中也是一陣不捨，他從未想過孫女會離開他、離開京城，本以為能護她半生周全，如今卻不得不早早把她送走。

許老夫人憐愛不捨的拉著袁妧的手不放，生怕一放孫女就會飛走了。

袁妧低下頭來沈思片刻，抬頭望向眼中流露出不捨的袁國公。「祖父，我不走。」

袁國公沒想到袁妧竟然會拒絕，愣了一下神下意識的問道：「妧兒，妳不是一直想要出去走走嗎？為何又……」

袁妧咬了下唇，回頭看了一眼袁正儒和江氏，袁正儒和江氏也有些驚訝，看著袁妧堅定的眼神，一陣恍惚。知女莫若母，江氏很快回過神來，嘆了口氣問袁妧。「妳……就確定了嗎？」

袁妧點點頭，袁國公覺得自己像是遺漏了什麼東西，皺著眉緊緊盯住袁正儒。

袁正儒看著女兒，感受到自家親爹如刀的目光，長嘆一口氣，先對兩個兒子道：「你們先出去吧。」

袁琤和袁瑜驚訝過後都有了幾分了然，知道這種事情當著他們的面說也不適當，點頭應聲退下，各自去忙方才袁國公安排的事情。

袁國公和許老夫人緊張起來，到底是什麼事情讓兒子這麼謹慎，不由隨著袁正儒的一舉一動提起心來。

袁正儒看著二老的樣子，又看了一眼袁妧一臉的鎮定，起身對著袁國公行了一禮。「爹，娘，妧兒她……對晟王府的世孫已經有了幾分……好感。」

這話不亞於在二老心中投下一枚火炮彈，袁國公被震得瞠目結舌，好半天才找回自己的聲音。「誰？晟王世孫？趙濇？」

許老夫人手上也沒了準頭，攥著袁妧一句接一句的問道：「趙濇？是趙家那小子？」

袁妧點點頭。「祖母，就是趙濇。」

不愧是浸淫後宅多年的人，許老夫人一聽說是他，第一反應就是——「他家後院可不清淨！不成！」

袁國公此時才把最近晟王府發生的事稍稍聯結到這上頭來，他抬眼看了袁妧一眼，嘴上卻問袁正儒。「晟王府的事情，都是那小子做下的？」

袁正儒艱難的搖搖頭。「情況兒子也不清楚，只是……在同谷他向我們提了親，當日便已經同他說個清楚了，回來之後這沒幾個月就、就這樣了。」

袁國公瞇起眼睛，晟王府的事若全是趙澹做下的，說明他是個有心機又下得了狠手的人，著實是個人才，只是這心看著也太狠了些。

許老夫人這段日子身子並不好，對外界的事情知道得也不是特別清楚，聽到袁國公的話，急忙回頭望著他。「到底出了何事？晟王府怎麼了？」

袁國公嘆了口氣，對她道：「晟王府二房已經分了家了，只待一個月之後就搬走。晟王世子同世子妃……雙雙病重，那個晟王世子的寵妾也喪了性命，此時晟王府的後院，怕是全京城數一數二的乾淨。」

許老夫人聽得一愣一愣的，這和她心目中的晟王府完全不是一樣的，她小心翼翼看著袁妧問道：「妧兒，這些事情妳可都清楚？」

袁妧抿抿嘴，點點頭。「我知道，他本也是打算慢慢解決事情，但一些事情超出了他的掌控……」

袁國公察覺到袁妧話中的意思，略帶些不可思議道：「難不成他做的什麼，都一一同妳說過了？」

袁妧的臉「噌」的一下紅了起來，咬著唇說不出話來，這副少女含羞的模樣，看得袁國公和許老夫人心裡一陣說不出的滋味，自家孫女兒，怕是真的動了真情了。

袁國公有些酸意的問她。「原來妳要留在京中，就是為了那個臭小子？」

袁妧臉上的緋紅又盛了幾分，卻抬頭直視袁國公。「並不全是如此，只是、只是我覺得若留下，興許能夠幫上什麼忙。」說完舉起了手中一直抱著的玳瑁。

袁國公看著孫女堅定的眼神，心知她自幼倔強，決定的事幾乎不會改，索性嘆了口氣。「罷了罷了，想留就留下吧。」

既然這種去留的大事袁國公已經下了決定，剩下的事便是女人之間的事了。

許老夫人喚了江氏和袁妧一同進了內室，看著袁妧白嫩嫩的小臉問道：「妳就這麼認定是他了？妳年紀尚小呢。」

袁妧點點頭，卻沒有說話。

許老夫人嘆口氣，轉過頭又問江氏。「妧兒是妳的女兒，妳覺得他如何？」

江氏扭著帕子糾結半日，才喃喃開口。「兒媳本不喜晟王府的後宅，當日在同谷就已經同世孫從頭到尾說了清楚……只是我卻沒想到他一個十七、八的男孩為了求娶妧兒，竟然能夠在短短一、兩個月內解決掉這些煩心事。」

話中透露出來的贊同沒有逃過許老夫人的耳朵，許老夫人沈下心來思考江氏的話，越想越覺得有幾分道理。如今有多少男兒願意為了娶親做到這個地步的？

這麼一想她心底對趙澹的印象就好了幾分，看著臉兒通紅的袁妧，心裡嘆了口氣。他們願不願意有什麼重要的？這個小祖宗動了心，他們攔得住？

但若是就這麼答應了，著實有些不甘心，她晃晃頭，看了一眼臉蛋紅撲撲的袁妧，對江氏道：「現在妧兒還小呢，索性過兩年再說吧！咱們且看看那小子到底如何，也看看他們家還有沒有什麼別的么蛾子了。」

這正合了江氏的心意，她笑著撫掌。「有了娘這句話我就安心了。」

袁妧聽不下去了，紅著臉站起來對許老夫人撒嬌。「祖母別說了～～」

許老夫人被她的小模樣逗笑了，摸著她的臉。「好了好了，祖母不提了，妳快些回去幫妳哥哥們準備些東西吧，他們怕是都要忙起來了。」

這可是正事，還有袁瑾和辛萍那裡，也要多備些各種藥品，袁妧神情一肅點點頭。「那我便先回去了，待晚上再來陪祖母用晚膳。」

誰也不知道此時的趙澹已經悄悄摸進了宮，他掀開頭上戴著的太監帽子，直起腰身來，對著面前罕見露出慌張神色的趙泓詢問道：「太孫，出了何事？」

趙泓強忍下心中的慌亂，上前兩步緊緊攥住他的手。「澹兒！我爹他，父親他，我爹……吐血了！」

太子殿下?!趙澹的眉頭不自覺皺起來，反手握住他的手。「太孫莫慌，太子殿下如今在哪兒？」

趙泓閉上眼睛深吸幾口氣，聲音微微顫抖。「如今在娘的房中，此事暫時只有我們母子知曉，父親醒來之後讓我喚你進宮來……」

趙澮心裡一咯噔，臉色一下子變得難看起來，太子怕是真的病重了，趙泓也不耽擱，拉著他就往太子妃的正院去。

太子半靠在床頭，半瞇著眼睛，臉色蒼白，唯有唇間一點朱紅，彷彿還沾染著血跡。太子妃再沈穩也忍不住落下淚，又怕太子擔憂，咬著唇半背對著他，怕他看到她臉上滑落的眼淚。

趙泓和趙澮一進來就看到這一幕，趙泓的心像是要被撕開一般，他們父子自幼感情深厚，太子甚至讓他私底下用「爹」這種民間稱呼來喚他，如今看到太子這臉色，他的淚也湧了上來。

趙澮仔細觀察著太子，見他呼吸緩慢而平穩，心知此時他並無大礙，這才稍稍放下心來，對著太子一行禮。「太子殿下。」

太子妃聞聲慌亂的擦了擦臉上的淚，扭頭看著兄弟二人，挺拔的少年讓她一陣目眩，像是看到了第一次見面的太子。她知道太子有話對他們說，柔聲對太子道：「我先出去幫泓兒、澮兒準備些茶水。」

太子緩緩睜開雙眼，虛弱的朝趙澮笑了一下。「澮兒，你來了。」又艱難的偏了偏頭看了一眼趙澮身邊的趙泓。「泓兒，我有話同澮兒說，不管聽到了什麼你都不要插嘴。」

趙泓心知自己可能要聽到什麼機密大事，神色也嚴肅起來，認真的點點頭，等著太子開口。

太子看著趙澹嘆口氣。「家中的事情都解決了？這個結果你還滿意嗎？如今晟王府的後院，對於你想娶袁家丫頭可是再適合不過了。」

趙澹瞳孔微縮，太子……怎麼知道得如此清楚？

太子被他驚訝的樣子逗笑了，輕咳了兩聲才繼續開口道：「那個絲姨娘，是我的人。」

趙澹心中掀起軒然大波，面上也早就沒有了一向的冷靜自持，脫口道：「您……您的人？」

太子含笑點點頭，輕聲道：「雖說是我的人，但只不過是我安插進京城各個府邸中的一隻小螻蟻罷了，這種人我在京中安插的沒有一百也有八十了，我也沒料到她能陪嫁進晟王府，甚至還做了世子的姨娘……又……」

說到這兒他停住，看了趙澹一眼，沒有繼續說下去，趙澹知道太子的意思是黎氏出牆這件事同他無關，不是他下的命令，可也深知這件事怕是從頭到尾太子知道得最清楚了。

他的眼睛不自覺的染上一絲疑惑和憤怒，為何太子一開始沒有同他說？為何他要放任這件事鬧到這個地步？可是很快他就清醒過來，垂下了頭，聲音沙啞地對太子道：「多謝太子殿下告知。」

太子嘆了一口氣，憐愛的看著他。「澹兒，你不要覺得我瞞了你，我沒有理由去救黎氏，特別是你小時候在她手中受過那種苦之後。」

趙澹閉上眼睛深吸一口氣，腦海中一一閃過太子自幼對他如同父親一般的照顧教導，半晌才睜開眼睛點點頭。「我……都懂。」

太子又笑了笑。「你二叔家的事情為何如此順利，你父親那個姨娘的相好是怎麼被你發現的，又是如何被你父親知道的，你真的相信那個姨娘會偶然說給你父親聽嗎？若她這麼蠢，這二十年間早就屍骨無存了。」

這下連趙泓都吃驚的看著太子。「爹……這些難道，全是你做的？」

太子看著自己的兒子，心裡搖搖頭。「泓兒，你自幼被為父教得太過剛正了……也罷，你只管學帝王之術權謀之道，這些個後宅婦人的伎倆，如今再了解一番也不遲。」

話音剛落他忍不住喉嚨一陣痛癢，拚命咳嗽起來，趙泓急忙上前幫他拍著後背。趙澹站在原地，聽到太子不停的咳嗽，像是要把肺都咳出來，心中終是不忍，慢慢走到他的床邊靜靜望著他。

太子從他的眼睛裡看到了隱隱的關心，心下鬆了一口氣，慢慢止住了咳，一手拉住趙泓，一手拉住趙澹，對趙澹道：「澹兒，泓兒與你同根同源，他只有你一個能全身心信任的親兄弟，日後……你們倆一定要好好的。」

這話說得可有幾分不吉利了，趙泓聽了大急。「爹！你在說什麼?!我和澹兒自然是親兄弟，只是您也要照看著我才成！」

太子又被趙泓逗笑了。「你這孩子，平日看著穩重，今日才發現還真是個孩子心性，你放心吧，爹的身體沒事。」一手卻沒有鬆開趙澹的手。「澹兒，你回去問問你祖父，明日可願意去宮門口求見陛下。今日我同你說的話都可說給他聽，且讓他決定吧。」

趙澹皺緊眉頭，認真思索著太子的話，看著太子眼神中透出的一絲祈求，不確定的問道：「您……是想？」

太子瞇起眼睛，又笑了起來，眼神滿足又驕傲。「不愧是我教大的孩子，你在泓兒身邊，你們兄弟二人齊心協力，日後我就放心了。」

趙澹嘆口氣，深深的望著太子。「您好好保重身體，我這就出宮了。」

趙泓這時也回過神來，不敢置信的看著太子。「爹，你想……」剩下的兩個字他不敢發出聲來，做了個嘴型。

太子看著眼前器宇軒昂的兩個孩子，對他們敏銳的政治觸覺十分滿意，也不承認也不否定，又催促了趙澹一遍。「快些回去吧。」

趙澹緩緩點點頭，低下頭彎下腰縮小了身形，戴上帽子，如來時一般悄悄出了東宮。

趙泓含淚看著咳出了血的太子，一直給他順氣，太子好不容易緩過來，像小時候一般摸了摸他的頭。「泓兒，這天下早晚都是你的，但爹不能看著你皇祖父再敗下去了，爹要為了你守一個太平。如今你不能再什麼也不知道了，站在爹身後吧，同爹一起看著這百官、這百姓、這天下！」

說罷又抬手摸了摸趙泓的臉。「泓兒，澹兒是我給你找的最可靠的幫手，你沒有兄弟，獨力難支，所以你的三個伴讀都是我精挑細選的，袁國公在軍中威望不低，如今還有袁瑾和辛家鎮守在邊疆。陳大學士門生遍天下，看著低調但是說的話不容人小覷。

「至於澹兒……也是你們之間的緣分，你救了他本就對他多了一層恩，晟王府雖說近些年來有些亂，但在先帝時期可以說是宗室中的領頭羊，多少宗室受過晟王府的恩情同好處，怕是數都數不清，這些積攢下來的人脈和名聲不是一朝一夕能消失的，只要你扶起了澹兒，宗室也會盡在你的掌握之中。」

趙泓的眼淚滴在太子的手上，太子彎起嘴角給他抹了抹。「哭什麼？都多大了，爹能幫你的都做完了，剩下的就只能靠你自己了，你沒有兄弟，澹兒就是你的親兄弟，然而他也是皇家血脈，你不可不防，這種帝王與臣子之間的關係忽遠忽近，親暱與距離，只能靠你自己去揣摩，你可記得了。」

趙泓認真的一下下點著頭，太子見他真的往心裡去了，鬆了口氣。「你出去吧，喚你娘進來，明日咱們還要打一場硬仗。」

第五十一章

回到晟王府的趙澹尋上了晟王爺，看著頭髮花白的祖父，心底有些發酸，他頓了頓，看著晟王爺疑問關心的目光，低低的說完了太子的話。

晟王爺一瞬間蒼老了許多，坐在椅子中一言不發，天色漸漸沈了下來，他才活動了一下僵直的腰背，看著端坐在椅子上一動不動的趙澹，扯起嘴角笑了一下。「先回去吧，明日在家中莫要出門了。」

趙澹挑起眉來，定定的看著已經重新強打起精神來的晟王爺。「……祖父，若是為難，那便不做。」

晟王爺的笑容真了許多，疼惜的看著他。「祖父老了，拚了這一次也不過一死。不去的話，若是真的成了，那之後的幾十年，你和晟王府，又要夾起尾巴做人了。」

看著趙澹像是又要說什麼，忙打斷他。「你年紀還小，這些事情不是你能決定的，去吧！想想太子從幾十年前就開始布局，難不成還真的抵不過一個已經漸漸腐朽的陛下不成？」

趙澹心裡一驚，這可是晟王爺第一次如此同他直白的形容當今陛下，他垂下眼眸低聲道：「祖父，榮華富貴不過一場雲煙，我只想你們平安。」

晟王爺眼底泛出淚光。「澹兒啊……祖父又何嘗不是這麼想的呢？祖父也只想保住你們平安啊……」

這話出口，趙澹就知道此事勢在必行了，他嘆了口氣抬頭看著晟王爺。「祖父……何時才能我站在前面替你遮風避雨？」

晟王爺眼底的淚快要兜不住了，強忍著趕他走。「等你翅膀長硬了再提！現在先回去，這種事情你還作不了主。」

趙澹張了張嘴，但看到晟王爺堅定的樣子，只能輕輕搖了搖頭，起身回了自己的院子。

晟王爺在書房中枯坐一夜，第二日一早，穿上全套朝服，招來了容智，扔給他一張紙。「你且去這些家問問，同他們說，若是想尋我，就去宮門外尋我。」

說完自己大步往外走，容智打開紙一看，裡面密密麻麻寫著宗室們的名字，他心裡冰涼，想到晟王爺方才決絕的樣子，也不敢耽擱，急忙叫上幾個心腹一家一家去傳話。

宮門口依然跪著一地的官員，昭和帝一日沒有回應，他們就越聚越多，如今六部幾乎都已經癱瘓了，整個京城的目光都聚集在宮門外。

晟王爺過來的時候，已經跪得麻木的官員們一時竟然沒反應過來，看到他走到群臣最前面，對著守衛宮門的侍衛，從懷中掏出一塊印章，「撲通」一下跪在地上，高舉過頭頂。

「此乃先帝私章，見章如同見先帝，只求陛下一見！」

群臣一片譁然，慌亂起來，已經同群臣對峙了幾日幾夜的侍衛們也都腿腳發軟，一時間宮門外跪倒了一大片。

晟王爺舉著印章高聲道：「求陛下一見！」

那在宮門口一直窺探的太監一哆嗦，急忙轉頭往西暖閣跑去。

昭和帝的臉色和在宮門外跪了幾日夜的群臣們比絲毫沒有好到哪兒去，他臉色蠟白、眼圈烏黑、眼珠通紅，死死盯著李必安。「為何？為何朕一絲沒有覺得要成仙，反而越來越困頓！」

李必安甩了下手中的拂塵淡定道：「陛下，如今距離七七四十九日尚且還有二十三日，正是您褪去肉胎凡身的時候，自然會覺得困頓，待過了這個時期，您就會覺得自己猶如脫胎換骨，只待到時羽化登仙了！」

昭和帝貪婪的聽著李必安的話，這些話他每隔一個時辰就要問一次，李必安的回答一直沒有變過，但他彷彿只有聽見李必安的話才能安撫那焦慮的心。

昭和帝安分下來，重新閉上赤紅的眼睛，努力讓自己沈下心來繼續打坐，卻聽見門外張州慌亂的聲音。「陛下，晟王爺他……舉著先帝的印章，求陛下出去一見！」

昭和帝猛地睜開雙眼，不敢置信的吼道：「你說什麼?!」

張州在門外瑟瑟發抖，癱軟地跪在地上，隔著門回稟昭和帝。「晟王爺……跪在宮門外求見陛下，手中舉著先帝的印章……說、說見印章如見先帝……奴才們實在是攔不住啊，只能來回稟陛下。」

昭和帝氣得牙根癢癢，咬牙切齒道：「好……朕的好兄弟！好！」用力一拍蒲團搖搖晃晃的站了起來。

李必安罕見的露出慌亂的神色。「陛下，若是今日出了這兒，怕是要前功盡棄了！」

昭和帝抬起的腳一下子收了回來，神情莫測的看著李必安，李必安的臉上早就沒有了平日裡的雲淡風輕，緊緊盯住他的眼睛。「陛下！只要過了這四十九日！」

昭和帝遲疑了，四十九日已經過半，他不能半途而廢，可是外面的晟王爺舉的是先帝的印章，若是他不出去……那豈不是不孝？他的臉色忽明忽暗，眼神空洞的看著李必安。

李必安祈求的看著他。「陛下……」

昭和帝閉上眼睛，伸手扶住他，自己緩緩坐下，李必安臉色一鬆，看著昭和帝正要開口，只聽見門外順安焦急的聲音。「陛下！宗室們都來了宮門外，同晟王爺一起跪在門外求見陛下！」

昭和帝尚未鬆開的手猛的一用力，緊緊箍住李必安的胳膊，李必安吃痛，卻也不敢推開他，只能咬著牙勸道：「陛下，您的大業是位列仙班，而不是眼前這些凡夫俗子的末節小事！」

昭和帝依然沒有睜開眼睛，眼珠在眼皮下不停的轉動，門外張州聲音又起。「陛下！若是晟王爺舉著先帝的印章硬闖，奴才們攔不住啊陛下！」

順安抽抽噎噎的懇求。「陛下，您就出去見他們一面吧……」

李必安反手握緊昭和帝的手。「陛下不可！」

門外二人一同哀求起來，門內李必安不停的快速講著道法，昭和帝只覺得自己心跳加速，頭「嗡嗡」作響，呼吸隨著李必安加快的聲音越來越急。

聽著門外順安一陣陣提高聲音喊「陛下」，昭和帝覺得自己快要炸開了，他想睜開眼睛卻怎麼也睜不開，而李必安的聲音纏繞著他，像是要把他緊緊捆住，他咬緊牙關不想聽任何聲音，卻徒勞無功，只聽張州一聲尖叫。「陛下！晟王爺要帶人闖宮了！」

他再也忍不住，「噗」的一聲噴出三尺遠的血霧，李必安被他噴得一頭一臉，神色卻更加興奮，對著昭和帝唸得更快，甚至到最後他已經不知道自己在說什麼，只要快、快、快、快！

昭和帝在他飛快的聲音裡大口大口吐著鮮血，門外的張州和順安哀求的聲音傳到他耳中，可他已經沒了力氣。他抬起眼看了一眼興奮得詭異的李必安，露出迷茫的表情，李必安猙獰一笑，嘴上卻惶恐的喊道：「陛下！您這是怎麼了？」

張州聽到這聲喊再也忍不住，不知哪裡來的勇氣，爬起來一腳踹開門。

屋中的景象被院中所有人看得清清楚楚，所有人的心彷彿在一瞬間停了下來，看著滿屋的血跡都忍不住倒吸一口氣。

李必安對著已經不再吐血的昭和帝微微一笑，轉身用歡喜的語氣對著眾人大喊。「陛下……羽化登仙了！」

一時間所有人都迷茫了。羽化登仙？他們被關在院子裡二十多日就是為了這件事……可是這、這血……

這時，西暖閣的院門「砰」的一下被人撞開，門外守衛院子的侍衛們跪在兩邊，晟王爺高舉著先帝印章走在前面，身後跟著面色蒼白、身體虛弱的太子和一干宗室大臣。

敞開的大門，遍地的鮮血，一下子闖入所有人的眼簾，太子一眼看到躺在血泊中的昭和帝，驚呼一聲「父皇」，顧不得病體，飛快地跑過去，晟王爺這才回過神來，緊緊跟在太子後面。

太子跌跌撞撞的撲倒在昭和帝面前，見他眉目緊閉、面如金紙，愣了一下，小心翼翼的喚了聲。「父皇？」

晟王爺這時候也趕到，看到昭和帝的樣子也嚇了一跳，他管不了什麼上下尊卑了，一把推開太子，緊皺眉頭打量了昭和帝兩眼，顫抖著伸出手去，試探他的鼻息。察覺到手前絲毫沒有氣息湧動，他又伸出手去摸了摸昭和帝的頸脈……

身後跟上來的宗室和群臣都面面相覷，幾個膽子小的已經嚇得癱軟在地，所有人連呼吸都屏住，生怕打擾了晟王爺。

晟王爺緩緩收回手，哀哀欲絕，退後半步跪在地上，深深的對著昭和帝磕了個頭。「陛下……臣弟，來晚了！」

話音剛落就痛哭起來，太子愣愣的看著他。「晟王叔……你在說什麼？」

晟王爺的淚滾滾落下，抬頭看著太子，悲痛欲絕道：「殿下……陛下駕崩了！是老臣來晚了！都是老臣的錯啊！」

太子爬起來推開他。「不可能不可能，上次見父皇他還笑著對我說話，不可能……父皇！」

說完就要往昭和帝身上撲，晟王爺眼疾手快的抱住他。「殿下，節哀！」

身後的眾人這才反應過來，「撲通撲通」的跪倒，齊聲高喊。「陛下！」

李必安吃吃的笑起來。「什麼駕崩？陛下只不過是脫了這肉身凡胎位列仙班了！爾等俗人又怎能懂？陛下成仙了，陛下成仙了！」

晟王爺這才想起來這個被遺忘的妖道，他咬緊牙爆吼一聲。「來人！把這妖道捆了！是他害了陛下！是他！」

李必安絲毫不掙扎，滿臉的喜悅。「陛下成仙了，本道也要成仙了，哈哈哈哈，你們不懂，今日的冒犯本道不怪你們……」

話未說完就被侍衛堵住了嘴，一拳捶在腦後，他兩眼一翻，暈了過去。

看著李必安被拖了下去，晟王爺跪在太子面前。「殿下，陛下已經駕崩了，如今只有您能主持諸事了，還請殿下打起精神來，也好……送陛下最後一程……」

聲音越到後面越酸澀，強忍著淚意說完了這番話，晟王爺忍不住放聲大哭起來，太子也像是沒聽到他的話一般撲在昭和帝身上痛哭，院內院外所有人都跟著抽噎，一時間哭聲直衝九天。

昭和帝是為了修仙死的，這個死法可絕不光彩，太子和聽到消息趕來的太孫都已經悲傷得不能自已，晟王爺只能強撐著下了禁口令。

可是今日院內院外起碼有兩、三百人，最重要的是還有那八十一個不懂事的孩子，這消息又怎麼能瞞得住？不過三兩日工夫就傳遍了京城內外。

百姓們倒是高興得很，昭和帝死了，沒有人捉童子了，原本攜家帶口逃出京城的人聽到消息都喜笑顏開，陸陸續續的往回趕。想到昭和帝這些年辦的糊塗事、下的糊塗令，百姓私底下是真真鬆了口氣，沒有一個人為昭和帝傷心，反而都算起了國喪和新帝登基的日子。

太子是當仁不讓的新君，無奈太子悲傷過度病倒了，太孫忍著失去祖父的痛楚，照顧著太子，一邊還要安排昭和帝的喪事和太子的登基大典，忙得人幾乎都要重影了。

趙澹、袁琤、陳惟這三個人也漸漸的走上了臺前，三個人跟著趙泓一起，忙得是腳不沾地。

袁瑜已經出發好幾日了，誰也沒想到昭和帝死得這麼突然，袁國公把自己反鎖在書房裡靜坐了一下午，出來以後看著擔憂的袁正儒道：「日後……就是小字輩的天下了，莫要追瑜兒了，讓他去吧。」

袁琤整日不在家，飯都吃不上，家中的男人們、許老夫人和江氏都還要進宮哭靈。

袁妧知道自己必須當起家了，她在許老夫人的扶持下雷厲風行的接掌了大部分的中饋，特殊時刻甚至用雷霆手段壓制了心慌或者想偷懶的下人們，直接發賣了幾個磨洋工，整個袁國公府在一天之內就安穩下來，誰也不敢小看這個平日裡懶洋洋的二小姐。

而趙泓的表現讓群龍無首的朝堂眾人看到了希望，不愧是昭和帝自小抱在膝上長大的，看著竟然比太子還強上幾分。

昭和帝停靈在正殿內，太子作為嗣皇帝整日拖著病體守靈，雜事一概不管，只每天淒淒哀哀的流著淚，看得眾臣心底都嘀咕起來，太子看著為人處世也太不果斷了些……

晟王爺日日陪在宮中，生怕太子出什麼問題，不錯眼的盯著太子，對外面的事情更是充耳不聞。趙泓和趙澹、袁琤、陳惟四人則在長輩們甩手不管的情況下，硬是把登基大典準備好了。

迎蒼天之時，太子眼眶深凹進去，換好了皇帝的朝服，剛要邁出腿去就差點兒摔倒，幸好趙泓眼疾手快，用力扶住他，把身邊的眾人嚇得一身冷汗。

太子看了看那遙遙的大殿，伸手拉住身邊的趙泓輕笑一下。「泓兒，陪父親走一段路吧。」

趙泓吃驚的驚呼一聲。「父親！」

太子這句話雖說聲音不大，但是奉天門內外安靜得彷彿沒有人呼吸，他這句話自然被站在前面的一群老臣聽了個正著。

幾個老臣面面相覷，禮部尚書猶豫片刻，抬起了腳想邁出去，卻見吏部尚書給他使了個眼色，他一個激靈縮回腳來，太子已經扶著趙泓的手一起上了御輦。

錯過了上輦的時候，如今再出來阻攔就顯得有些不識趣了，群臣只能低著頭跟在御輦後面，當作什麼都沒看到。

太子被趙泓扶著下了御輦，走了幾步就氣喘吁吁，全身都靠在趙泓身上，趙泓咬緊牙關撐住他，一步一步堅定地往龍椅走去。

終於站在了龍椅前，趙泓鬆了口氣，輕輕鬆開手，見太子自己站穩了，正要後退，卻被太子一把抓住手腕。

趙泓心裡狂跳，可此時又不是能說話的時候，他瞪大眼睛看著太子，太子察覺到他的眼神，沒有看他，唇角卻勾起了一絲笑。

趙泓試著掙脫了兩下，太子的手像是烙鐵一般扣住他，底下的群臣都有些為難，愣在原地不知道該不該進行下去。

第五十二章

晟王爺心裡嘆了口氣，率先走出來，跪在地上。「陛下，萬歲，萬歲，萬萬歲。」

執禮太監這才回過神來，看了目光堅定的太子一眼，又看了看跪地的晟王爺，尖聲高喊。「奠玉帛。」

樂師們忙演奏起景平之章，太子帶著趙泓按照登基大典的流程一步一步的做下來，雖說不合體統，但是一開始錯過了阻攔的時機，眾人就只能眼睜睜的看著趙泓立在太子身邊。

趙泓從一開始的忐忑到平靜，同太子一起看著跪在地上的文武百官，遠處的宮門在晨光中若隱若現，恍若仙境，心中一種慾望幾乎要忍不住噴薄而出，這個天下，日後是他的……全都是他的！

太子看著趙泓激動得發紅的眼睛，躊躇滿志的神情，滿意的笑了起來。他總是覺得趙泓少了幾分帝王的霸氣，如今……終於激出來幾分這種霸氣了！

趙泓扶著太子一步步的變成了皇帝，最後下去同群臣一起跪在地上，齊聲高呼。「陛下，萬歲，萬歲，萬萬歲！」

新出爐的昭英帝微微一笑。「眾卿平身。」

晟王爺的心這個時候才徹徹底底的落回了實處，終於……終於解脫了。

登基大典過後，昭英帝就帶著趙泓去天牢，那裡還關押著除了八十一童子之外西暖閣中的所有人。

趙泓看到單獨關押的李必安，恨意浮在臉上，眉眼處有些抽動。

昭英帝卻平靜的看著他，李必安面色如水，抬頭看了一眼昭英帝。「今日怕是陛下的登基大典吧。」

昭英帝點點頭。「李道長果然神機妙算，都已經進了天牢了也能算得如此清楚。」

李必安閉上眼睛嘆口氣。「只求陛下善待我李家唯一的香火……」

昭英帝收起臉上的笑，認真看著他。「你放心，那孩童已經被我送到京中一家普通人家收養，那二人注定無子，有了這孩子定是捧在手心中，若是日後，他文學武功略有小成，朕就能保他一生富貴！若是不學無術……那總也能護他一生吃穿無憂。」

說到這兒他又笑了起來。「李道長怕是不知道，那孩童的養父母家，也是姓李。」

李必安的眼淚「嘩」的一下流了下來，起身跪在昭英帝面前。「貧道……多謝陛下！」

昭英帝憐憫的看著他。「李道長一路走好吧……」

李必安又深深的磕了個頭，昭英帝帶著滿臉震驚的趙泓出了這小屋，輕輕拍了拍他的臉。「回神了。」

趙泓不敢置信的回頭看了一眼關押著李必安的小屋，顫抖著聲音問昭英帝。「爹，他……那妖道，是你的人?!」

昭英帝彎起唇角。「不過是一個可用之人罷了，爹再帶你去看看別人吧。」說完拉起趙泓去了另一間密閉的小屋，那兒順安已經跪在地上等著了，昭英帝嘆了口氣。「順安，你可以不必死。」

順安搖了搖頭。「奴才知道陛下許給奴才的承諾必然會做到，奴才心中已經了無牽掛。」

昭英帝慢行兩步，上前扶起他來。「方才朕同李道長已經說過了，那孩童如今依舊姓李，日後一世衣食無憂，朕還有沒說的，日後……他若是誕下孩兒，朕挑一個過來繼承你們的香火。」

順安聞言激動地「嗚嗚」哭了起來，看向昭英帝的眼睛滿是感激，他掙開昭英帝的手又跪了下去，哭著對他磕了個頭。「奴才……李順安，多謝陛下！」

趙泓聽到他的名字心裡一驚，李順安、李必安……他們兩人……

昭英帝嘆了口氣，送完這兩個人，其餘的人不過都是戲中人罷了，他扶著趙泓，知道他有許多的疑問，卻只說了一句。「爹口中的那個孩童，是李必安的獨子。」

趙泓恍然大悟，皺緊眉頭細細琢磨起來，看著昭英帝眼神越發的小心。

昭英帝心中酸楚、無奈又欣慰。「泓兒，你可知道做皇帝最重要的是什麼？」

趙泓搖搖頭，又點點頭。「文韜武略，治國理政，安邦平天下，還有……防人之心。」

昭英帝嘆了口氣。「你呀……最近是鍛鍊出來些皮毛了，可卻還是懵懵懂懂，爹打算將你皇祖父安葬皇陵之後就稱病傳位予你，你要快些成長起來才成……」

傳位?!趙泓倒吸一口冷氣，他急忙張嘴想要拒絕，昭英帝卻搖搖頭。「別拒絕，爹的身子自己知道，若是辛辛苦苦做皇帝，怕是活不過三、五年，若是整日享樂，尚且能多活個十年八載，今日爹只教你一句話，做帝王，最重要的是……無情。」

無情……

趙泓閉上眼睛，從頭到尾把昭英帝做過的事捋了一遍，昭英帝也不打擾他，站在原地慈愛的看著他，看著自己從小捧在手心中唯一的兒子。

過了許久，趙泓才睜開眼睛，眼中已經不見了方才的慌亂和迷茫，他堅定的看著昭英帝。「爹……兒臣，明白了！」

昭英帝逗趣的刮了下他的頭。「明白了就快些出去吧，這天牢的氣味可算不上好。」

趙泓突然傻笑起來，伸手扶住昭英帝，父子倆的背影一個僂一挺拔，卻格外的和諧。

登基大典一結束，就只剩下昭和帝入皇陵的事了，這些事情早就安排得七七八八，只等著停夠靈，就可以把昭和帝葬入皇陵。

趙澹三兄弟終於能回到家喘口氣，袁琤撐著進門就癱軟跌下馬，差點被馬匹踩到，驚得聽到消息趕到茂林院的袁妧直往他嘴裡猛塞玳瑁的藥丸。

袁琤被噎得直翻白眼，好不容易攔住了一手藥丸子的妹妹。「快別給我吃了，噎死了噎死了。」

袁妧「哼」了一聲。「我給你帶的補身藥丸你可是一粒未吃！如今都掉下馬了，還怕噎著？」

袁琤苦笑道：「我的好妹妹哎，哥哥是真的抽不出空閒吃，忙得比妳小時候玩的陀螺轉得還要快，哪有工夫摸出來，早就忘了。」

袁妧噘起嘴看著虛弱的袁琤，抿抿嘴沒有繼續教訓他，起身給他倒了一杯熱水。「哥哥快些喝吧。」

玳瑁在袁琤枕邊探著綠豆眼看他，「嘖嘖」兩聲。「公主，袁琤這小子學壞了，裝的裝的，他沒噎著！」

袁妧不知為何，看著略有些心虛的袁琤「噗哧」一聲笑了出來。「哥哥裝什麼呢，不想吃就不吃。」

袁琤低頭看了一眼眼神輕蔑的玳瑁，帶著一絲被抓包的窘迫。「有了玳瑁真是什麼都瞞不過妳。」又正了正神色。「哥哥是真的太累了，如今吃了玳瑁的藥丸才覺得好許多。」

袁妧一陣心疼。「那哥哥好好休息，我還是先去看看這幾日的帳本。」

袁琤知道妹妹最近也很忙，點點頭。「就不耽誤妳正事了，待我睡醒了再去尋妳。」

頓了一下，看著袁妧忽閃忽閃滿是關心的大眼睛，閉上眼嘆口氣。「女兒家都是債……趙澹那小子這幾日也都沒空吃玳瑁的藥丸，怕是比我好不了多少，還有……他、他……他說今晚要來尋妳！」

自己說完了，氣得磨磨牙。「這臭小子，真是越發大膽了！」

袁妧的臉早就紅成了紅山果，瞪了氣呼呼的袁琤一眼，扭頭出了院子，回房去了。

回了房，袁妧關緊了門窗，玳瑁好奇的看著袁妧把所有人都趕出去，從床底下摸出一把小錘子、一小包釘子和幾根木條，在窗上釘了三根木條，拍了拍手冷笑一聲。「看他還怎麼進得來！」

玳瑁目瞪口呆。「公主，妳是什麼時候藏這些東西的？連我都不知道！」

袁妧翻了個白眼。「天越來越冷了，你每天晚上睡得像頭死烏龜，哪裡知道我在做什麼？」

玳瑁大驚，用短短的小爪子捂著眼睛。「公主竟然有事情瞞我！」

袁妧懶得搭理玳瑁故意做出的樣子，環視了一下自己的房間，抄起一根木條去了軟榻邊的窗戶，三兩下釘好。「成了，今晚他是別想進來了。」

玳瑁忍不住心底的疑惑，悄悄問道：「公主，妳不是……對世孫那啥嗎？幹麼還拒絕他來呀？」

袁妧像看傻子一樣看牠。「這是人間！他進我房間是進習慣了不成？竟然還讓哥哥通知我一聲，以為我會乖乖的敞開大門等他？簡直是欺人太甚！」

玳瑁晃晃頭，人世間的事情真是複雜，索性也不去想，只覺一陣睡意襲來，迷迷糊糊的對袁妧道：「公主，這肉身還要冬眠，我只能儘量堅持，今晚……我……」

話還沒說完，牠的頭就垂了下來，袁妧失笑的看著玳瑁睡得香噴噴的樣子，輕輕把牠抱進魚淺，自己掀開被子上了床，閉上眼睛逼自己睡著。

可是說得容易，袁妧心裡頭數了八百多隻烏龜了，還是沒成功入睡，她控制不住自己豎起耳朵聽著外面的一切，一絲絲風吹過的聲音、一點點樹葉的摩挲聲、梁嬤嬤壓低聲音吩咐著盈月什麼，甚至連盈月蹲下去行禮衣角的磨擦聲她都聽得到。

袁妧氣得把被子蓋在頭頂，強迫自己不去聽不去想，結果差點把自己憋個好歹。她氣得掀開被子，坐了起來，大口大口的喘著氣，恨恨瞪了一眼窗外，這個趙澹，真是要折磨死她了！

她憤憤的站起來，走到圓桌前喝了一杯溫水，長長舒了口氣，感覺自己心中已經沒有那麼煩躁了，深呼吸一下，下定決心這次回到床上一定要馬上睡著！

誰知她剛轉身，就聽見窗外傳來輕輕的「篤篤篤」三聲，袁妧剛靜下來的心霎時又翻滾起來，她捏緊拳，神色不明的看著窗外，就聽見趙澹熟悉的聲音響起。「玳瑁……」

袁妧愣了一下，看了看在魚淺裡呼呼大睡的玳瑁，心裡哼了一聲，既然他沒有喚她，那她就當作沒聽見好了。

趙澹有些疑惑的看著窗戶，一般這時候玳瑁應該已經把袁妧吵醒了，多多少少都會有些聲音，為何今日一點動靜沒有？

他又抬起手輕輕敲了三聲，喚了一句。「玳瑁？」

袁妧像個普通鬧彆扭的少女一般噘起嘴來，站在原地一動不動，同趙澮隔著窗戶相望。

趙澮又等了一會兒，見裡面還是一點動靜都沒有，眉頭微微皺起，試探的伸出手去推了下窗戶。

袁妧一直盯著他的影子，看著他的一舉一動，見他伸出了手有些想笑，壞想著若是他發現窗戶釘了釘子無語生氣的模樣。

趙澮推了一下沒推動，眉頭越皺越緊，手上忍不住加了把力氣，一般這個力道，哪怕別上了木栓也被他推斷了，誰知那窗戶竟然紋絲不動。

他收回手，仔細的打量起窗戶來，終於隱隱約約發現窗戶上的三根木條。趙澮無語極了，心知這是袁妧為了躲他特地準備的，他眯起眼睛看著窗戶，想到玳瑁一直沒動靜，說明那肉團子應當是還沒睡，說不定正站在這加了料的窗戶後頭看他笑話呢。

他抿起唇，想到袁妧現在怕是在偷笑，自己也忍不住彎起嘴角，低聲對著窗戶說了一句。「妧兒，別鬧。」

袁妧猛然聽到「別鬧」兩個字心裡漏了一拍，臉上爬上了幾分熱，她拍了拍臉呼了一口氣出來，也不知道自己該做什麼，只能傻傻的盯著窗戶外面的人影。

既然知道袁妧可能醒著，趙澮就閉上眼睛聚起精神來聽著房內的一切動靜，袁妧做的一切自然沒逃過他的耳朵，他唇角的笑意越來越大，這小肉團子還真是學壞了。

二人就這麼靜靜的站了一會兒，明亮的月光把趙澹的一切都映在窗戶上，袁妧忍不住靠近他，看著窗戶上他的頭髮隨著風微微晃動，心裡癢癢的。

趙澹察覺到袁妧走近了，卻依然一動未動，待袁妧停下腳步，他大概估量了一下二人的距離，喚了一聲。「妧兒。」

袁妧像是被趙澹含笑的聲音迷惑了，下意識的回了一句。「嗯？」

剛回完她就猛的清醒過來，兩隻手緊緊捂住嘴巴，心裡懊惱得直跺腳。

趙澹實在忍不住，終於笑出了聲。「妧兒莫怕，我不強行進去，只是之前太忙了，有些……想妳。」

閉上眼睛，想像著一窗之隔的袁妧的樣子，語氣也突然嚴肅起來。「妧兒，如今事情都已經解決了，我……讓祖父過了國喪就來提親好嗎？」

袁妧心裡大驚，哪裡還顧得上裝不在，急急開口反駁。「別！」

趙澹挑了挑眉，睜開眼睛看著窗戶。「怎麼，妳還不願意嫁給我？」

袁妧先是搖了搖頭，又想到他看不見，可是讓她親自開口跟他說願意，今晚都這麼防備他了，再跟他說這個，感覺有些打自己的臉……

她糾結半日，看著趙澹映在窗戶上的挺拔身影，咬了咬唇。「太早了，我才十三歲……」

趙澹敏銳的察覺到了她話中的羞意，一直提著的心終於放了下來。上次雖說他強硬的讓袁妧等他，可是到最後她也沒有明確的表態，今日她終於說出來了！

太早了……不是不願意，不是不喜歡他，只是太早了。沒錯，他的肉團子還小呢……

趙澹壓抑不住聲音中的興奮。「妧兒妳是覺得早嗎？那咱們先訂親好嗎？成親的事情可以再拖兩年。」

袁妧聽到他聲音中的激動和興奮，也被感染似的忍不住無聲的笑了起來。

趙澹一向的清冷早就被拋到九霄雲外了，他現在恨不得仰天大喊三聲，卻只能緊緊的握住拳，強忍下想打爛窗戶見袁妧一面的衝動，努力壓住嗓音又問了袁妧一遍。「好嗎？」

袁妧看著趙澹的影子都透露著緊張，笑得更開心了，她也不再矯情了，脆生生的應了一句。「好！」

趙澹沒想到自己能聽到如此清楚的回答，愣了一下，幸福來得太突然了，他感覺自己像是要飄起來了！他再也忍不住，提起捏了許久的拳頭，一用力，窗戶「嚓」一聲脆響，裂成兩半。

袁妧臉上來不及收回的笑容就這麼突然暴露在趙澹眼前，趙澹伸出手去想要抓住她的笑，撫上了她的臉。「妧兒，快了，再等等我。」

他還想要說什麼，只聽見門外盈月的聲音小心翼翼的響起。「小姐，小姐？出什麼事了？」

第五十三章

袁妧愣了一下，回過神來，感受到趙澮溫暖乾燥的手，臉一下變得通紅，她眼睛盯著趙澮，嘴中卻對外面的盈月道：「沒事，是我不小心踢到凳子了，別進來！」

盈月被最後三個字嚇了一跳，收回了已經碰觸到門板的手，不放心的再確認了一次。

「小姐，您傷著了嗎？」

袁妧搖了搖頭，感受到趙澮的手在臉上摩挲，覺得自己真是傻透了。她剛要移開，趙澮察覺到她的遠離，伸出另一隻手，兩隻手一起捧住她的臉。

袁妧用力晃了晃卻無法擺脫他的手，又生怕盈月進來，只能對著已經心急的盈月喊道：「我沒事，已經要睡了，妳別進來了。」

盈月雖說心裡嘀咕，但自家小姐已經這麼說了，她只能應聲退下，卻也不敢再睡了，回到守夜的小床上裹著被子坐著。

這邊的袁妧聽到盈月離去的腳步聲才鬆了口氣，後知後覺的發現趙澮竟然還捧著她的臉，她伸出手來把他的手從自己臉上撕下來，瞪了他一眼。「快些回去吧！」

趙澮傻乎乎的笑了一下，點點頭。「那我走了，等我。」

又一句「等我」，袁妧看著破碎的窗戶前消失的人影，心裡有些惆悵，她嘆了口氣，轉身回了床上，剛剛坐下就覺得一陣冷風吹進來，這才想起來被趙澹砸碎的窗戶，她氣得咬咬牙，在心裡怒吼趙澹！

彷彿聽到了她心底的聲音，方才消失的趙澹突然從屋頂躍下，看著袁妧略有些扭曲的臉，有些窘迫的他忍不住笑了。「生氣了？方才我太過歡喜，一時竟忘了這窗，莫氣了。」

袁妧看到去而復返的趙澹愣住了，趙澹朝她笑了笑，伸手扶起已經半掛在窗框上的兩扇窗戶，看了看自己身上的夜行衣，好像沒什麼地方能撕了，有些臉紅的看著袁妧。「妧兒，能……能不能給我找些布條？」

袁妧像是在作夢一樣，聽到他的話下意識遞過去一條薄薄的絲毯，看著趙澹一點一點撕開毯子，把窗戶覆蓋起來，心裡不知為何暖融融的。

趙澹坐在椅子裡唇角含笑、眉眼含春，動不動笑出兩聲，笑得門外的凌一、二、三、四簡直要崩潰，額頭的汗是一陣陣的冒。

在趙澹又如同幽靈一般「嘿嘿」笑了兩聲之後，一身冷汗的凌一終於忍不住了，嚥了嚥口水鼓起勇氣在門外小聲道：「世孫……快到了用午膳的時辰了，王爺王妃怕是還在等您。」

趙澹被打斷了，斂起臉上的笑容，輕咳一聲站起來打開門，看著候在外面的凌一、二、三、四，神色淡漠的點點頭。「走吧。」

院。

凌一、二、三、四見自家世孫終於恢復了原樣，都鬆了口氣，跟在趙澹後面一起去了正院。

晟王爺現在是無事一身輕，昭英帝登基以後他就主動上交了先帝的印章，二人心照不宣，如今他算是徹底閒在家裡，每天也不去算計操心朝堂上的事情，這幾日和傅王妃養養花逗逗魚，日子過得是越發的舒心。

他看著傅王妃笑道：「這大半輩子了，真沒想到我還有這麼清閒的一日。」

傅王妃翻了個白眼，錯眼間如同少女時候一樣嬌俏。晟王爺被白了一眼也沒有生氣，反倒是低頭笑了起來。

季嬤嬤看著兩個除了在朝堂大事上，其他事都彆彆扭扭幾十年的主子如今和諧的坐在一起，也忍不住抿唇笑了起來，整個正廳都瀰漫著歡喜的氣氛。

趙澹的到來並沒有打斷這一切，傅王妃慈愛的對他招招手。「澹兒，如今事也算了了一個階段了，你有什麼打算？」

趙澹挑挑眉，看了一眼晟王爺，見他笑而不語，知道他還沒告訴祖母，看來是想要自己開口，他看著面露關心的傅王妃道：「陛下同太子想讓我到禁軍中做上將軍。」

傅王妃吃驚的看著趙澹。「這……陛下剛剛登基，我記得之前的禁軍大將軍已經入了天牢了，上將軍實際上就是掌管了禁軍?!」

趙澹點點頭笑了一下。「祖母放心。」

傅王妃怎麼放得下心？這個位置可以算是全京城人都盯著的位置，誰人不知若是誰統領了禁軍，誰就是新帝的心腹，如今趙澹尚且不到十八……

晟王爺見她憂心忡忡的樣子忍不住笑了。「事已至此，妳著急有什麼用？且走一步看一步吧，再說，澹兒是咱們倆一手養大的，妳還信不過他？」

傅王妃輕哼一聲，懶得理他，轉過頭來關心的看著趙澹。「澹兒，你可要萬事小心。」

趙澹認真的應下，沈吟片刻，開口對傅王妃道。「祖母，我想……等國喪過了，就請您和祖父上門求娶妧兒。」

晟王爺差點把嘴裡的茶噴出來。「你這小子，為何不同我說，就同你祖母說！」

趙澹無語的看著越發小孩子脾氣的晟王爺，正要開口解釋，傅王妃就打斷了他。「怎麼？這等嫁娶的事情你知道什麼？你知道怎麼操辦六禮嗎？澹兒不問我這個做祖母的問誰？」

晟王爺有些不服氣。「我怎麼不知道，當年上門求娶妳的時候可是我一點一點都看著的，那流程我知道得怕是比妳還清楚。」

傅王妃沒想到他竟然說出這番話，一下子愣住，幾十年沒紅過的老臉紅一下，嗔怪的瞪了洋洋得意的晟王爺一眼，索性不去理他，扭頭對趙澹道：「澹兒你放心，這件事就包在祖母身上，定然準備得妥妥當當的。」

趙澹察覺到祖父母之間的關係彷彿有些微妙的變化，臉上也泛起了一絲笑意。「百姓們要守二十七日，官爵之家要守百日，咱們尚有三月時間準備，祖母無須著急。」

他嘴裡雖然說著無須著急，可卻把日子都列好了，那意思自然不言而喻，傅王妃看著彆扭的孫子強忍住笑。「行了行了，祖母比你有計量，如今咱們就先用膳吧，這種事急也急不來。」

這邊一家人其樂融融的用著午膳，袁國公府卻迎來了袁舒寧，許老夫人看著袁舒寧皺眉。「如今正是在家守孝的時候，妳怎麼就大搖大擺的出來了？」

袁舒寧更是無奈。「娘以為我想出來不成，幸而來的是娘家，若是去別的地方我被逼死也不會出門。」

許老夫人心裡一咯噔。「誰逼迫妳了？難不成看著先帝去了，妳婆家人有什麼算計？」

袁舒寧嘆口氣。「娘想到哪裡去了，就算爹退下來了，瑾兒、琤兒不都還在前頭嗎？誰人不知琤兒是當今太子的心腹，是陛下親眼看著教導長大的，他們只能更捧著我，哪有什麼算計？」說完猶豫的看了許老夫人一眼。

既然不是女兒受了欺負了，許老夫人也放下心來，伸手點了點她的頭。「那到底出了何事了，值得妳這個時候跑回來。」

袁舒寧咬咬牙鼓起勇氣小聲道：「娘……妧兒翻過年也十四了，我家的清兒也回來了，他爹的意思是讓他在京中歷練幾年，體驗一下官場百態。妳說……這兩個孩子，還能成不能？」

這竟然是舊事重提?!許老夫人剛鬆開的眉毛一下子皺得緊緊的，看著擰著帕子、有些緊張的女兒，問道：「這話是誰提出來的？」

這可真是問到袁舒寧心坎裡了，她憋不住抱怨道：「娘是不知，自從清兒回京之後，我家公婆也給他相看了許多女子，然而他一根筋只等著妧兒，本說好等著妧兒及笄之後再提。「可……自妧兒回京之後他就時不時的磨著我們來求親，我心知爹娘和二哥二嫂的意思，都同他說得明明白白了，然而這冤孽一點也聽不進去……這不，朝中剛剛安穩下來，家裡才鬆了一口氣，他就求著我上門了。」

袁舒寧看著許老夫人神情變幻莫測，心裡覺得不好，小心翼翼的問道：「娘，清兒如此誠心，這已經過去將近四年了，心中依然心心念念的是妧兒，如今也算是拚出來一條路了，雖說文不成，但日後鎮守邊疆也是一員猛將，二哥、二嫂到底……是怎麼想的，娘幫我探探口風？」

許老夫人看著都已經做了外婆的袁舒寧，還這麼委委屈屈的，心裡真真是難過，她憐愛的拍了拍她的手。「寧兒啊，這件事根子不在你二哥、二嫂身上……我就實話同妳說了吧，晟王世孫已經想要求娶妧兒了。」

袁舒寧心裡一下子塌了半邊。「晟王世孫？趙澹?!」

許老夫人看著愣愣的她嘆口氣。「就是晟王世孫趙澹，從閩地歷盡生死回來之後，只在京中停留了半日就直奔同谷，護送著妳二哥、二嫂回京。之後又在一個月之內安穩了晟王府亂了二十年的後院，他對妧兒的這等心思……若撇去清兒這一層，妳看不看得上這個侄女婿？」

袁舒寧恍然大悟。「娘是說晟王府二房分家，世子、世子妃雙雙病重都是趙澹做的了？」

許老夫人搖搖頭。「我聽著晟王府遞過來的話，其中也有些機緣巧合，甚至……」她壓低聲音。「陛下可能也參了一腳。」

昭英帝?!袁舒寧頹然的後退幾步坐在椅子上。「陛下……是了，晟王世孫六、七歲就被帶到宮中，陛下平時沒少教導他，聽聞多次同心腹說把他當作另一個兒子……」

許老夫人看著女兒喃喃自語的樣子，心疼得要命，卻不得不點醒她。「這件事，世孫怕是勢在必得，甚至陛下都出了手幫忙，妳說這世間還有誰能……」

剩下的話她沒有說完，袁舒寧卻也懂了，但她不死心，懷抱著最後一絲希望問道：「二哥、二嫂一向說婚姻大事只看妧兒的心意，難不成晟王世孫還能強搶民女不成？咱們兩家也不是吃素的，若是……」

許老夫人看著有些魔怔了的袁舒寧，氣得恨不能敲她兩下。「妳真是越活越回去了！」罵完了又心疼她，兒子一心想要求娶的媳婦如今怕是沒譜了，誰人也不會一下子冷靜下來，只能壓下心裡的氣對她道：「自然是妧兒……妧兒已經樂意了，妳想想趙澹這孩子哪裡不好？妳說說如今他的缺點來。」

袁舒寧徹底沒了念想，訥訥半日也說不出什麼，看著許老夫人長嘆一口氣。「娘啊，這個媳婦……我等了四年了。」

許老夫人被她話中的心酸激了一下，眼淚差點落下來，忍住淚對她道：「只當妳同妧兒沒有這個緣分吧，好好珍惜這姑侄情分。」

袁舒寧強打起精神來。「娘放心，我不是會遷怒妧兒的人，只是清兒那……這個孽障，自小天不怕地不怕，我怕他知道以後做出什麼事來。」

許老夫人心裡又何嘗不怕呢？只能安慰她。「清兒如今也長大了，不是那等小孩子了，妳同他好好說說，他會懂的，若是他要鬧，那便讓他來尋我吧，我親自同他說！」

袁舒寧只能失魂落魄的回了義德侯府，秦清澤等了一上午等得焦躁不安，終於看到袁舒寧進了門，迎上前問道：「娘？如何了？」

看到眼珠都急得發紅的兒子，袁舒寧下意識的躲開他的目光，秦清澤見狀心涼了大半，愣在原地一言不發。

袁舒寧看到他的樣子，心知不如給他個痛快，緊緊盯住他的眼睛道：「我們求娶妧兒無望了，你死了這條心吧！」

說完把心提起看著眼前的秦清澤，生怕他做出什麼事情來，誰知秦清澤愣了一下，抬眼望著她。「是不是因為……趙澹？」

袁舒寧嚇了一跳。「你竟然知道？」

秦清澤苦笑。「是，我知道，我看得出來，婉兒對他是不一樣的，同樣是躲著我們兩人，對我確實避之唯恐不及、謹守本分，對他……卻總是留有一絲的破綻。」他強壓下心中翻滾的情緒，雙手對著袁舒寧一揖。「煩勞娘了，為了兒子的任性還要跑這麼一趟。」

一句話說得袁舒寧心裡酸酸澀澀，看著兒子卻也說不出什麼安慰的話來，如今這一切都沒有迴旋的餘地，若是安慰他，不過是給他不切實際的希望罷了。

秦清澤此時沒有心思去體貼袁舒寧的想法，他只想離開，離開所有人，自己一個人靜一靜。他沒有直起身，維持著彎腰作揖的姿勢對袁舒寧道：「兒子突然想到有些事情，娘可否容兒子先去。」

袁舒寧心裡嘆口氣，嘴上卻越發的溫柔。「去吧，清兒，記得晚上回家用飯。」

秦清澤只是點點頭，扭頭飛快的回到自己的院子，這一路上遇到的下人們都被他身上強大的氣場嚇到了，紛紛躲著他。剛進了院門，他的臉色就變了，迎上來的小廝和丫鬟們被嚇得瑟瑟發抖，連開口詢問都不敢。

秦清澤如刀的眼神往院子裡一環視，怒吼一聲。「滾！」

幾個下人們嚇得連滾帶爬的跑回自己屋子，連窗縫都不敢開。

秦清澤覺得自己心中的怒意和痛苦已經到達頂端，他再也壓抑不住，也不想再壓抑了，爆喝一聲，一腳踢折了旁邊碗口粗的樹。「嚓」一聲巨響，已經躲在屋子裡的下人們都被驚得縮了下脖子，大氣也不敢出。

秦清澤看著緩緩倒下的樹，紅了眼眶，像是心中一直堅持的信念轟然倒塌，閉上眼睛低下頭，忍了許久的淚終於落下，一滴一滴的砸到地上，把他的心也砸得千瘡百孔。

他猛地抬起頭來，對著院中的花草開始了一場「屠殺」。沒有人阻攔他，沒有人勸他，沒有袁婉，沒有趙澹，這個天地只有他和眼前如同仇人一般的花花草草。

直到半個時辰之後，他才氣喘吁吁的停下來，睇起眼睛看著這滿院的狼藉，一腳踩碎腳下的青磚，扭頭出了院子。

聽到院中沒了動靜，那膽子大的才敢悄悄的掀開門縫看一眼，入眼的一片狼藉嚇得他心裡一咯噔，再定睛仔細尋了尋秦清澤，發現早就沒了身影，一著急便推門跑出來，在院子中轉了一圈，見秦清澤不知道去了哪兒，只得趕緊去稟告袁舒寧。

第五十四章

趙澹享受著當差前的最後假期，祖孫三人罕見的吃了飯沒有散，而是細細的商討起聘禮禮金，又一起拉了黃曆看選什麼好日子訂親，讓他一向冷清的臉上都掛了幾分笑，想到終於要娶到袁妧了，就忍不住心裡狂跳。

容智在外面看到這溫馨的一幕，有些猶豫，踟躕著不知道該不該進去，晟王爺一錯眼看見他，開口問道：「容智，有什麼事？」

容智進來先行了一圈禮，偷偷看了一眼趙澹，對晟王爺道：「王爺，義德侯府的二少爺來了，說……說要尋世孫。」

秦清澤？趙澹琢磨了一下，幾乎一瞬間就懂他為什麼過來了，慢慢站起來笑了一下，對著晟王爺和傅王妃道：「祖父祖母，我去見見他。」

晟王爺本想問什麼，想了想沒問出口，只點點頭。「去吧。」應完了到底不放心，又囑咐了一句。「別打架。」

趙澹被他逗笑了，這話聽著怎麼這麼像哄孩子的，他應下。「祖父放心，我定不會同他鬥氣。」

獨自坐在廳裡的秦清澤看到趙澹遠遠而來的身影，捏緊了拳，趙澹剛踏進來，一道有力的拳風就衝著他的面門襲來。他一側身閃過這拳，右手順勢捉住秦清澤的手，冷笑一聲。「秦二少爺如今還學會偷襲了？」

秦清澤用力抽了抽手，竟然紋絲不動，他心下驚訝，趙澹的武功什麼時候變得這麼高了？

趙澹看到他變幻的臉色，甩開他的手，走到主位坐下。「我心知你今日來的目的，待國喪過後晟王府就會上袁家提親。」

秦清澤眼珠一下子通紅，臉也脹得發紫，顫抖著嘴唇看著他，說不出話來。

趙澹嘆了口氣，斂起了臉上的冷漠，認真問他。「如今你想怎麼做？我與妧兒兩廂情願，她已經答應了我，若是你要我把妧兒讓給你，那就是天方夜譚。若是你說讓妧兒放棄我……我想你自幼同妧兒一起長大，她是什麼性格，會不會輕易下決定、輕易放棄，你的了解應該不比我淺，這種事情幾乎也是不可能。你若是不放手，還能如何呢？」

還能如何呢？還能如何呢？趙澹這句反問像魔音一樣鑽進秦清澤的腦海中，在他腦海中不停的重複。還能如何呢？是啊，他還能如何呢？

兩廂情願這個詞一出，他就知道自己輸得徹底，他能為了妧兒放棄一切，可是他卻不能逼著妧兒放棄她的一切，她……對趙澹……

秦清澤沙啞的問出了見到趙澹後的第一句話。「你是說，她……答應了？」

趙澹抿了下唇，秦清澤提起袁妧時帶著的強烈感情，讓他聽著很不舒服，但他還是回道：「是的，她答應了。」

秦清澤終於聽到了這確切的答案，他的心痛得無法呼吸，茫然的回頭找著自己方才坐著的椅子，退後兩步，伸手試探了兩下才輕輕坐下，整個人方才的精氣神一下子散了個乾淨。

趙澹看了心中也有些難受，若非他們二人之間的矛盾是不可調和的，單論秦清澤這個人，他還是有那麼一點點欣賞的。他看著痛苦的秦清澤，勸了一句。「你放手吧。」

不知道為何，所有人同他說這句話，秦清澤都覺得這不過是他求娶袁妧道路上的阻礙，但是趙澹說了這句話，他竟然感覺到了前所未有的恐慌，一種袁妧真的要離他遠去的恐慌。

他垂下頭，閉上眼睛，趙澹也不去打擾他，二人沈默的坐了許久，不知一個時辰，還是兩個時辰，秦清澤終於睜開眼睛，看著面色如舊的趙澹。「你會對她好嗎？」

想到袁妧，趙澹彎起唇角。「那是自然。」

看著趙澹唇邊刺眼的那抹笑容，秦清澤終於死了心，他站了起來，深深看了趙澹一眼。「這輩子莫要讓我聽到她過得不好的消息。」

趙澹也同樣站了起來同他對視，二人的眼神在半空中交會，像是要爆出火星來，緩緩說了一句。「這輩子你只會聽到她過得好的消息。」

秦清澤閉上眼睛深吸一口氣，對著趙澹一拱手。「如此，妧兒就拜託你了。」

趙澹眉頭微皺，看著正在行禮的秦清澤，忍住了想宣誓主權的衝動，若是他在這時候對著秦清澤說什麼「不用你拜託」之類的話，怕是袁妧知道後就要跟他翻臉了。想到這兒，他只模稜兩可的「哼」了一聲。

秦清澤也不再自討沒趣，站直了身子最後看他一眼，轉身出了晟王府。

回到義德侯府，聽到他去了晟王府消息的秦家眾人都迎了出來，秦清澤從自己祖父母和父母、大哥臉上看到欲言又止的關心神色，咧開嘴笑了笑。「都聚在這兒做什麼？」

這笑容扭曲得讓人心疼，秦潤澤上前攬住他。「清兒，家裡人都等著你一起用膳呢。」

秦清澤眼睛一熱，順勢把頭像小時候一樣埋在大哥肩膀上，把眼淚憋了回去，抬起頭對著秦西馳傻乎乎的笑道：「爹，我想早些去西邊！」

秦西馳趕緊點頭。「成，過了國喪你就走，前幾日那些老傢伙還寫信問你何時回去。」

袁舒寧嗔了秦西馳一眼，上前拉住秦清澤的另一隻胳膊。「那些事等過了國喪再說，最近一直吃素，你們口中怕是無味吧？今日娘特地讓廚下做了幾道素雞、素排骨的，正好嚐嚐味道如何。」

秦潤澤笑著拉著他。「快走吧，祖母都要站不住了。」

義德侯夫人咂了下嘴。「別拿祖母開涮，臭小子！」

秦清澤終於被他們逗得笑了出來，全家人都鬆了一口氣，拉著秦清澤插科打諢的說著一些家常事，不一會兒笑聲就傳了出來，院中的下人們你看看我，我看看你，也都露出了笑臉。

而趙澹送走了秦清澤後，特別想見袁妧，自從昨晚確定了袁妧的心意，這才不過是一個白日未見，他就有些耐不住了。可他也知道昨日袁妧都做到封窗那個地步，今日他再去怕是她就要翻臉了，只能長長嘆口氣，扳著手指數著出國喪的日子。

昭英帝自從登基之後就一門心思守著昭和帝的棺槨，連趙泓冊封太子的儀式也只是露了個臉，讓一群老臣心裡直嘀咕，登基大典那日父子倆還一齊接受了群臣拜見，怎麼才這麼幾日昭英帝的態度就轉了個大彎？

他閉門不出，所有的國事只能讓趙泓暫代，趙澹也提前走馬上任，每天披星戴月、早出晚歸，只能日日看袁琤臉色，透過他偷偷給袁妧傳個一、兩句話。

袁國公府的長輩們都睜一隻眼閉一隻眼，看著袁妧收到趙澹口信時甜蜜的笑，心裡齊齊嘆氣。自家好不容易養大的寶貝，這就被人惦記上了！臭小子還要過了國喪就來提親……

忙碌的時辰過得極快，感覺眨眼間就到了要把昭和帝的棺槨移到皇陵的日子，京城上下一片素縞，沿途的百姓哭聲擂天倒地，而昭英帝從皇陵回來就徹底病倒了，一夜之間召了十個太醫，第二日就貼出懸賞，廣招天下名醫進宮，一時間朝堂上下人心惶惶。

幸而趙泓經過這三個月，對朝中之事也慢慢上了手，趙澹在一旁握著京中上下的兵權，袁琤和陳惟也嶄露頭角，展現出驚人的政治才華，再加上一些老臣的支持，趙泓在朝堂上穩紮穩打，漸漸露出了幾分帝王之風。

趙澹忙得眼眶都黑了一圈，晟王爺和傅王妃也沒閒著，在心裡過了一遍又一遍六禮怎麼走，還特地去請了京中最出名的官媒去了袁家一趟。

袁國公看到官媒上了門，心裡那叫一個不是滋味，板著臉坐在那兒不說話，許老夫人倒是笑咪咪的，但繞來繞去半天也沒個準話。

袁正儒臉色僵硬，像是看仇人一樣看著媒人，看得她背後一陣陣冒冷汗，幸而這官媒見多識廣，面上笑容如花，口中說的話是又貼心又溫和。「晟王爺心知二小姐是咱們家的心頭寶，明明白白的發了話，二小姐嫁進門去定不會受半點委屈……」

說完看了看袁家眾人的臉色，見他們不置可否的樣子，心知不拿出點硬話來是不容易過關了。偷偷擦一把汗抿了抿唇，官媒臉色陡然變得嚴肅，站起來對著袁國公和許老夫人行了禮。「晟王世孫聽說今日要來探口風，特特讓小人傳句話，若是能求得二小姐這樁良緣，他此生絕不納妾！」

這句話一出，果然袁家人的臉色都起了變化，特別是江氏，面上浮出了幾分笑來，許老夫人的心也踏實了半邊，這晟王府的後宅都是妾室亂家，趙澹如真能做到一輩子不納妾，那……

媒人本就是做看人臉色的活計，看到袁家人臉色柔了許多，忙打蛇隨棍上，把趙澹誇得天上有地上無的，肉麻得袁國公的臉皮都抖了抖。

終於在媒人「聒噪」的聲音中，袁國公狠狠心點了點頭，媒人喜出望外，忙回晟王府報了這天大的好消息。

晟王爺和傅王妃就等著官媒的準話呢，特地挑的前後這幾日可全都是好日子，轉過天一大早，老倆口和趙澹在「蒸蒸日上」之時，就敲鑼打鼓帶著趙澹親自出城捕射的大雁去了袁國公府。

整個京城上下都轟動了，趙澹可是多少人眼中盯著的女婿，之前誰也沒想到昭和帝去得這麼突然。

之前晟王府的位置略有些尷尬，所以不少人都在觀望，若不是因為國喪，趙泓一上位的時候他怕是就要被那群「有眼力見」的人生吞活剝了。誰能想到這才過了國喪沒幾日，他竟然就帶著禮去了袁家提親?!先前可絲毫沒傳出去任何消息來！

那些下手慢了的人在家裡悔得捶胸頓足，只能眼睜睜的看著祖孫三人進了袁家大門。

袁家人沒想到趙澹來得這麼快，這昨日才遣了媒人上門，今日就上門求親了，江氏忍不住笑彎了眼，打趣的看著正在吃早飯的袁妧。「看看世孫這急性子。」

袁妧臉脹得通紅，心裡把趙澹罵了個狗血淋頭，好歹提前通知她一聲啊！她罕見的支吾起來，捏著玳瑁的爪子咬咬牙。「爹娘快去前頭吧，我……我回院子了！」

話音剛落，也不待袁正儒和江氏回話，便跑回了如意院，撐著進了屋門，把門一反鎖，卻沒了方才的惱火，反而抱著玳瑁把牠拋到半空再接住，興奮的小聲道：「他來了！」

玳瑁被突如其來的失重嚇了一跳，緊緊扒住袁妧的袖子。「公主，公主別激動！」

袁妧又抱著牠轉了個圈，喃喃道：「玳瑁……我覺得就是他了。」

玳瑁傻愣愣的用綠豆眼瞥她。「妳不是早就決定了嗎公主？」

袁妧被牠堵得愣了一下，拍了下牠的腦袋。「你根本不懂女孩子的心思！」

玳瑁縮了縮脖子，小聲抱怨道：「我本來就不懂女孩子的心思嘛，我一隻烏龜懂女孩子心思做什麼？」

把袁妧氣的，心裡決定明日就找百八十隻的母烏龜過來，非得讓玳瑁好好「了解了解」女孩子的心思。

被玳瑁這麼插科打諢了一下，袁妧緊張的心情也放鬆了不少，她坐在那裡看著屋門，幻想著如今的趙澹是什麼模樣，會說些什麼話。

此時的趙澹有些侷促不安，他知道自己應該笑，但是他的心一直忐忑，動不動就漏掉一拍，神思早就飛到了袁妧身邊，臉上僵硬得像是刷了三層牆膩子，都不知道鼻子和眼應該擺在什麼位置。

這傻乎乎的樣子倒是取悅了袁正儒，平日看著趙澹清冷陰沈，今日才顯出幾分少年特有的純真來，他的眼神柔和了不少，對趙澹笑了笑。「世孫喝茶。」

趙澹僵硬地扯開嘴角點點頭，像被下了咒一樣，伸出手去拿起茶杯就是一口乾。

晟王爺捂住眼睛都看不下去，自家孫兒平時看著挺好的，今日這真是……去誰家做客喝茶一口悶的?!他深覺不能讓趙澹再這麼下去了，堆起笑來對袁國公道：「你我兄弟二人也算是相交許久、知根知底，如今我這孫兒對妧兒是情根深種，今日……咱們全家就上門求娶妧兒過門，袁老弟……」

袁國公覺得自己整個人都不好了，晟王爺這眼神是怎麼回事？閃著晶晶的光輝，眼中的期盼和哀求都快要溢出來了，他被嚇得渾身一抖，眼神怪異地看著晟王爺，他怎麼變……變得這麼滲人？

晟王爺看到袁國公驚悚的眼神，無奈的摸了摸鼻子。咳！為了這小兔崽子自己也算是豁出去這張老臉了。他深吸一口氣，抬起眼睛來看著袁國公，訴說著無盡的情誼。

傅王妃也被晟王爺驚著了，這老頭兒真真是厚臉皮，以往怎麼就沒發現呢？她輕咳一聲打圓場，對許老夫人和江氏道：「咱們女人家最懂娘家人的心思，妳們原先顧慮的那些我都懂，如今那分家的文書已經都簽好了，老二一家子因著國喪還沒搬，但也已經在拾掇了，這一、兩月之內必搬出去，日後妧兒過門，我就把中饋都交給她，我也老了，只想清清閒閒的好好享享子孫福。」

雖說大家都心照不宣了，但傅王妃能明明白白的說出這番話來，袁家人的心總算是落在了實處。

第五十五章

許老夫人和江氏對望一眼，都互相看到對方眼底淡淡的滿意，許老夫人笑著開口道：「如今孩子們還小，說這些為時尚早。」

傅王妃馬上明白過來，笑吟吟的開口。「我也是這麼想的呢，誰家的女兒不是如珠如寶的金貴人兒？雖說妧兒嫁過去之後王爺同我也會把妧兒捧在手心裡，可到底怎麼也得在娘家多待幾年，咱們就先把親定了，成親的日子定在妧兒及笄之後可否？」

許老夫人眉頭微微皺起。「距離妧兒及笄也不過一年了，家裡是打算怎麼也得等她十六歲再出嫁，您也知道，咱們家自是寵孩子的，妧兒的脾氣被寵得無法無天，怎麼也得在家多教導兩年，不然若是出了門子受了罪，豈不是要割了我這老婆子的心肝了。」

十六歲，兩年？晟王爺和傅王妃面面相覷，兩年後趙澹已經二十了，這……

一時間誰也沒有出聲，氣氛略略有些尷尬，趙澹這時候卻一反方才迷糊樣子，肅臉站起來，對著袁家四人一一行過禮，略壓低聲音對許老夫人道：「我知妧兒定也想在家中多待兩年再出嫁，我願意等。」

沒有什麼甜言蜜語、詛咒發誓，就這麼平平淡淡的一句話，卻說到了袁家長輩們的心裡，袁國公看著他認真的臉，也收起臉上客套的笑，沈下臉來看著他。

整個廳裡陡然瀰漫著一股威壓，所有人都斂起了臉上的笑，很少遇過這種場面的江氏忍不住看了幾眼袁正儒，袁正儒悄悄拉過她的手安撫，她才舒了口氣。

趙澮頂著袁國公的壓力，臉色絲毫不變，依然恭恭敬敬的抬著手維持著行禮的樣子，傅王妃張張嘴瞥了晟王爺幾眼，晟王爺用眼神示意她別出聲，自己垂下眼睛安穩的坐在椅子裡，對廳中壓抑的氣氛視而不見。

誰也不知道過了多久，袁國公終於收回了散發在外的氣勢，江氏小小的吐了口氣，挺直了身板，看著眼前的趙澮。

趙澮的神色如常，不管袁國公是重壓是收斂，他都恭敬的站在那裡，連眉毛都沒動一下。

袁國公有些意外的挑眉看著他，雖說離開沙場幾十年了，可是這種斬殺了千百人的血腥殺氣早就沁在他的骨子裡了，如今趙澮面對這濃重的殺氣竟然如此淡定，是個好小子。

他看了看在喝茶的晟王爺和在擦汗的傅王妃，緩緩點下頭。「我們同意了。」

趙澮猛地站直身子抬起頭，眼中瞬間迸發出驚喜，深深的彎了個腰。「多謝祖父。」

誰說趙澮清冷的？就這下子連祖父都叫上了，看得一眾長輩忍不住笑了起來，紛紛打趣他。

袁妧等了這麼久還沒消息，心忍不住提了起來，她又怕家裡人馬上就答應，又怕他們不答應，自己糾結了小半日，在地上轉來轉去，轉得玳瑁頭暈眼花，只能放出靈識去探查到底如何了。

聽到袁國公一聲「同意」，玳瑁腳底一滑，差點從袁妧懷中摔出去，袁妧急忙撈住牠。

「如何了?!」

玳瑁被驚得一陣咳嗽，這咳得可是驚天動地，嚇得袁妧急忙拍著牠的殼哄牠。「別急別急，要不要把你放到水裡去？」

玳瑁搖搖頭，在百咳之中掙扎著說了一句。「咳咳……同、咳……同意了！」

說完這三個字又繼續咳了起來，袁妧愣了一下，心中有一種大石落地的感覺，隨之而來的是陣陣的不捨，自己真的就要訂親了？

她把玳瑁抱在懷裡，無意識的給牠餵了一杯水，輕輕的拍著牠的殼，直到牠緩過來，抬頭看著眉眼無神的袁妧，詫異道：「公主，妳不高興？」

袁妧搖搖頭，嘆了口氣。「只是心中有些不捨爹娘祖父母，訂了親的話，總覺得自己馬上就要離開這個家了……」

玳瑁呆滯了。「公主，他們說要兩年後才成親呢，妳現在擔心得有點早啊。」

袁妧聞言吸了口氣，用力一拍牠的殼。「不早點說！」

玳瑁委屈巴巴的瞅著她。「妳也沒問嘛……」

袁妧恨得牙根癢癢，心裡暗下決心，千八百隻是不夠了，她要看看附近有沒有養烏龜的，把玳瑁扔進烏龜池裡去！

絲毫沒察覺到自己未來處境的玳瑁，還喜孜孜的在那兒算時辰。「若是公主十六歲就出嫁，那再過個六十年，咱們就能回龍宮啦，按照龍宮的時辰來算也就兩個月，終於要回家了！」

「我這還沒出嫁呢，你就盼著我早點入土了？」袁妧翻了個白眼，接著自己也算了算。「凡人七十六已經算是高壽了，若是到那時回去也成，只是……我想陪著世孫哥哥走完這一生。」

玳瑁八卦的探過頭來。「公主，要不要我偷偷摸摸去地宮看一眼趙澮的生死簿？咱們也好早做打算。」

袁妧嘆口氣，目光深沈而悠遠。「罷了罷了，一切都是天命，他在我就一心一意同他好，他不在之後……我就等著他、想著他。所以，玳瑁，這一生我一定要過得好，這樣在沒有他的時候，我才能靠著這些回憶撐下去。」

玳瑁歪著頭聽著袁妧的話，恍惚間覺得彷彿心中有一顆種子「喇」的一下裂開，酸酸澀澀的味道爭先恐後的湧出來，瀰漫了牠小小的心，牠伸出爪子努力搆著胸口，滑稽的樣子把袁妧逗笑了。

「你做什麼呢？」

玳瑁閉上眼睛，兩滴淚順著眼角流出，澀澀的對袁妧道：「公主……不知道為什麼，我聽到妳的話，心裡好難受……我好難受。」

袁妧先是吃了一驚，回過神來又一喜。「玳瑁……你懂凡人的心了？」

玳瑁拚命搖頭。「我不知道。」

袁妧把牠舉到眼前。「父王把你放在我身邊，最大的原因就是你明明已經修煉完了成仙的修為，卻總是少通了一竅無法歷劫，之前在同谷的時候，你就因為大火動了一絲凡心，如今你徹底懂了凡人心……玳瑁，待歷了劫之後，你……要成仙了！」

玳瑁的眼淚還是止不住。「公主，凡人就是這麼難過嗎？會因為戰亂而恐懼，會因為別離而不捨，會因為永不相見而懷念，這些我不要，我不想懂。」

袁妧被牠說得眼淚也落了下來。「可是玳瑁，凡人的心永遠都是複雜的，世孫哥哥娶了我，我可以和相愛的人相守一生，卻要離開疼愛了我十幾年的親人，許多事情都是分開兩面看，我不知該如何同你說，你……打算什麼時候去歷劫？」

玳瑁趴在袁妧胸口，眼睛濕潤潤的。「我也不知道呢，一直期盼的時候到了，可是心裡卻很難過，難道這是第一重劫難嗎？」

袁妧嗔怪的點了牠的頭一下。「我初識凡人心的時候比你還難過呢，那時候我才是條幾十歲的小龍，無意間窺探到了一對青梅竹馬的愛人從貧窮到富有，從身負血海深仇到平淡幸福的過完一生，看著他們手拉著手躺在床上相視而笑，一前一後的離了肉身了了一世情緣，我哭得不能自已，昏迷過去，嚇得父王和母親三天三夜守著我……」

玳瑁聽住了，見袁妧不說了急忙追問道：「然後呢然後呢？」

袁妧笑了笑。「然後我就大病一場，醒來之後……就懂了人世間的悲歡離合，接著我控制不住自己，悄悄的窺探了他們下一世的生活，見他們終又遇見，恩愛如上一世，我才鬆了口氣，徹底放下了。」

玳瑁似懂非懂的點點頭。「那我也要大病一場了嗎？」

袁妧苦笑的看著牠。「你同我又不一樣，我是病好之後才懂的，如今你已經懂了，罷了罷了，我看你這很快就緩過來了，絲毫沒有當初我那時候的樣子嘛，你還是早早歷劫去吧。」

被冠上沒心沒肺帽子的玳瑁哼哼兩聲，察覺到自己心裡方才那股子酸澀的滋味果然輕了很多，悄悄靠近袁妧小聲道：「公主，謝謝妳。」

袁妧剛止下的眼淚差點溢出來，嘴上卻道：「快去快去，今夜就聯絡父王把你送走，記得成仙之後回來讓我看看。」

玳瑁糾結片刻，心知自己早晚都得走這麼一遭，卻咬牙下了決心。「公主，我若去歷劫怕是這輩子就不能陪著妳了，還是等妳離了這肉身，我再去。」

牠話中堅定的語氣不容置疑，袁妧深深的看著牠，見牠撐起脖子直著頭，生怕她忽視了牠的話，「噗哧」一聲笑出來，眼淚卻也流了下來。「傻玳瑁。」

玳瑁看著袁妧的眼淚，伸出爪子抹了一下，呆呆的看著爪上的淚道：「公主這淚，我竟然讀懂了這是什麼意思，原來懂了凡人心就是這種感覺。」
這頭主僕二人交了心，那頭趙澹已經深一腳淺一腳的跟在袁國公後面去用膳了，外頭被吩咐關注事態的下人們，見已過了午膳的時辰，晟王府眾人卻還沒出來，心裡暗道不好，紛紛回府中報信。
這頓飯吃過了，就說明女方家裡已經同意了這門親事，晟王爺求了袁妧的八字和庚帖，趙澹也不管什麼禮數了，小心翼翼的捧在懷裡，恨不能現在就跑回去供奉在祠堂中。
臨走前正巧遇到了匆匆趕回來的袁琤，袁琤氣喘吁吁的跳下馬，看著時不時摸摸胸口的趙澹，怒喝道：「你今日上門提親竟然不告訴我?!」
在好兄弟面前，趙澹褪去了方才羞澀的傻樣子，唇角泛起一絲笑。「只要祖父母和岳父母同意了，琤哥反對也沒什麼用吧？」
袁琤怒極，上前對著他就是一腳。「你想娶我妹妹竟然還特特避開我？」
趙澹哪裡會被他踢到，眾人只感覺有一道影子閃過，他已經站在袁琤後面，淡定的看著袁琤的背影。「這段日子琤哥幫忙傳信可真是辛、苦、了！」
呃……袁琤愣了一下，想到這些日子來自己對他的刁難，心裡也有些心虛，轉念想到這可是要帶走自己妹妹的人，又挑起眉來。「我的妹妹，沒有我的同意絕不會出嫁！」
趙澹閃到他面前笑了笑。「那麼，三日後再見。」
袁琤徹底愣住了，不敢置信的看著袁國公。「祖父，您就這麼輕易的把妧兒的庚帖給他了？」

袁國公被孫子問到臉上，尷尬得摸了摸鬍子。「啊……這小子誠心誠意的，人也不錯。」

袁琤又回頭看了看袁正儒，袁正儒含笑對他點點頭。「就方才世孫閃開你的那兩下子，為父就能寫上一萬字的話本子。」

許老夫人看著自己的傻孫子笑道：「好了，琤兒別鬧了，你都多大了還像個孩子。」說完上下打量了一下袁琤。「瑜兒怕是來不及了，但怎麼說你也得在妧兒前頭把親成了，回頭我同你娘好好商議商議。」

說到自己頭上，袁琤也沒了話，狠狠的瞪了一眼趙澹的背影，看著他意氣風發的出了袁國公府。

晟王府的世孫和袁國公府二小姐訂親的消息，不到一頓飯的工夫就傳遍了大半個京城，一時間眼紅者有之，嫉妒者有之，議論者有之，唯獨祝福的人是少之又少。

趙泓含笑看著眼前的趙澹。「下手還挺快。」

趙澹臉上露出溫柔的笑意。「我等了這麼多年了。」

趙泓被他臉上的笑麻得打了個冷戰，齜牙咧嘴正要說話，門外的太監回報。「太子殿下，袁大人來了。」

趙澹臉色一肅，他和袁琤剛在袁府門口分開，他怎麼就追到這兒來了？

趙泓見他變了臉色，心底笑開了花，對外面喊道：「讓袁琤進來吧。」

片刻工夫袁琤就氣沖沖的進來了，看到趙澹，狠狠剜了他一眼，也不搭理他，對著趙泓一拱手。「殿下，您說，我何時成親合適？」

趙泓吃了一驚。「為何如此突然？」

袁琤猙獰一笑。「還不是有人去我家求娶了我妹妹，家裡長輩覺得我應當早早成了親，這一個時辰工夫我被唸叨得頭都大了一圈，尋了個藉口匆匆逃到殿下這兒了。」

趙澹端坐在那裡神色平靜一言不發，像是不知道袁琤說的是誰一般，可把袁琤恨得牙根癢癢，瞪了他好幾眼。

趙泓心裡被逗得笑開了花，忙打圓場。「待過兩日我問問父皇，看看什麼時候合適。」說笑完了，又神色嚴肅的說起正事。「明年要加開恩科，你們可有熟悉且信得過的秀才舉子？」

袁琤也斂起臉上埋怨的神色，認真回道：「最信得過的自然是瑜兒了，只是他性子跳脫，去了一趟同谷，看著對邊疆的事倒是比讀書更上心，也是讓人發愁。」

趙泓沈思片刻笑道：「辛老將軍之前來的奏摺可沒少誇瑜兒，我看瑜兒一腔熱血，若是有個功名，到禮部和那些老傢伙還有別國的使臣扯扯皮倒是不錯。」

袁琤想了想也笑了出來。「別說，天天和人扯嘴皮子他指定挺開心的。」

趙澮在一旁靜靜聽著，沒有插話，趙泓看了他一眼，又看了袁琤一眼，糾結了片刻嘆了口氣。「我……父皇、我爹……唉，他想退位。」

什麼?!這可真是能捅破天的大事，昭英帝剛剛登基，竟然就想退位？

袁琤皺緊眉頭，忍不住出言阻攔。「殿下，此事須得從長計議，不可著急。」

趙泓苦笑。「我也知道不可，可是父皇心意已定，我怎麼勸他都只是笑著搖頭。」

趙澮拿起面前的茶，輕輕的吹了兩下，看了一會兒又放下，抬頭對趙泓道：「殿下想做皇帝嗎？」

第五十六章

趙澹這話說的可是誅心了。

趙泓大驚，額頭霎時布滿一層汗，驚恐的看著趙澹，趙澹臉色平靜，像是根本不覺得自己說的是什麼大逆不道的話，只是靜靜的看著趙泓。

趙泓與他對視許久，突然低低哼笑一聲。「皇帝……皇族之人誰不想做皇帝？可是……」

剩下的話沒說出口，他也不知道自己到底為何如此抗拒，趙澹卻接了話。「可是你覺得若是你做了皇帝，就侵占了陛下的權力？」

心中複雜的情緒雖然不能只用這淺淺的一句話表明出來，但若是這麼形容……的確也沒錯。趙泓點點頭。「正是如此，父皇做了幾十年的太子，難不成還要再做幾十年的太上皇？」

趙澹突然笑了起來。「可是殿下有沒有真心的問過陛下，陛下難道想做皇帝嗎？」說完垂下眼眸。「我的祖父也在三年前就同我說過，要我早早接過晟王府，我心中一直也不願，我總覺得晟王府應該是祖父的，只是祖父老了，也累了。

「那日……看到祖父豁出性命跪在宮門外，我忍不住問自己，若是晟王府的主人變成了我，祖父是不是就不用經歷這一切，他只需要如同當時的我一般，哪怕在家中坐立不安的等著消息，起碼沒有任何危險……」

趙泓眼中瀰漫起內疚。「澹兒，叔祖父他……」

趙澹抬起眼睛真誠的看著他。「祖父並沒有對陛下和殿下有任何的不滿，他反而還很高興，這是他身為宗室的責任，看著大昭的江山日漸沒落，祖父心中也是憂憤。如今大局已定，祖父心中的事情徹底放下來，日日在家中閒來種花逗魚，日子過得舒心又快活，人都活泛了許多，如今可真稱得上一聲『老小孩』。」

袁琤咂咂嘴。「難怪我回到家中，祖父同我說晟王爺看著氣色十分的好，言談之中不無羨慕。」

趙泓眼神溫和起來，方才的愧疚也慢慢散去，他細細琢磨了趙澹的話，重重點點頭。「你說得對，我去同父皇好好談一談。」

父子二人把自己關在大殿中談了一夜，連飯食都沒叫，第二日清晨趙泓紅著眼睛出了殿門，回到東宮把自己關在屋內閉門不出。

所有人都關注著這對天家父子，聯繫到太子冊封大典上昭英帝只露了一面的事情，眾臣心中都打起鼓來，難道剛剛安穩的朝堂又要震動起來了？心思活泛些的，不管有門路沒門路的都試探著到處打聽消息，卻什麼都打探不出來。

本以為這種惶惶不安的擔憂要持續好幾日，誰料臨近宮門要關的時候，傳出消息——

陛下要退位，傳位給太子！

群臣這兩日過得可說是坐臥不安，那日早晨陛下親自教導大的晟王世孫求娶了袁家小姐，錯失了良婿，群臣正懊惱呢，太子就同陛下來了個關門密談，提心吊膽了一整晚，終於盼到太子出了大殿，接著又焦慮不安的等了一整日，沒想到竟然傳出了這種消息！

這一夜整個京城燈火通明，能睡得著的怕是沒有幾家，轉過天來上朝，所有人都頂著一雙兔子眼，心照不宣的互相看了看，等著昭英帝出現。

昭英帝今日倒是沒抱病，到了時辰就被小太監扶著出來了，看到昭英帝消瘦的身影，群臣也說不出是什麼滋味，想起昨夜的那個傳言，不知該不該盼它是真的。

昭英帝坐在龍椅上先咳嗽起來，劇烈的咳嗽聲迴盪在大殿中，聽得所有人心裡都忐忑起來。

終於他慢慢止住了咳，清了清嗓子，沙啞的直接開了口。「朕……咳、朕打算挑個最近的吉日，傳位於太子。」

終於來了！這一整夜惦記的事情終於成了現實。

禮部尚書先邁出來，雙手執笏彎腰。「陛下三思啊！」

昭英帝看著他嘆了口氣。「朕如今的身子骨，愛卿們也看得清楚，若再這麼拖下去，怕是，咳咳……怕是……」

這話還沒說完，昭英帝又咳了起來，身邊的小太監眼疾手快的掏出一塊帕子遞給他，他捂住了嘴，許久才停下來，有那膽大眼尖的悄悄抬起眼來，一眼看到帕子上的一抹紅，心裡「撲通撲通」飛快的跳個不停，越發地懊惱自己下手慢，晟王府竟然同袁家結了親，不提趙澹，那袁二小姐可是袁琤唯一的妹妹！

不管心中有什麼心思，所有人都跪了下來，齊聲道：「陛下保重龍體，陛下三思啊。」

昭英帝揮揮手。「朕就是三思過後才決定的，愛卿們不必多言，泓兒這幾個月……你們也看在眼裡，朕相信他，愛卿們也要相信他。」

這句話堵住了一些心思活絡的人想要勸導的話，這天下早晚是太子的，如今拚命的阻攔，就是不相信太子，難不成太子日後上位了還能記他們的好不成？

偶有幾個真正為了大昭著想的人，倒是認真思考起來這段時間趙泓的表現，的確頗有些帝王之風，若是真由他做了皇帝，這內裡已經惡疾纏身好幾年的大昭朝，應當……能安穩許多吧。

昭英帝見沒有人再反對，扯出一抹諷刺的笑，看著跪在地上各懷鬼胎的眾人，心裡有幾分悲涼，他不能護著趙泓一生，只望趙泓能把這群人精當作日後成為明君的第一道考驗吧。

他緩緩站起身。「朕會擇日親下聖旨，禮部尚書早早的準備起來吧。」語畢，扶著小太監，在群臣如雷鳴般的恭送聲中隱入簾子後面，懶得再聽他們虛偽的表忠心之言。

果然沒幾日，昭英帝就下了聖旨，選了最近的一個吉日。

昭英帝的登基大典不過才過去幾個月，許多東西都是嶄新的，可以直接套過來用，雖說日子有些急，但卻不見慌亂，一切按部就班的準備好了，靜靜的迎來了昭英帝讓位趙泓的那日。

人間天子連番動盪，連天帝也好奇的問了一句，閻王翻著生死簿滿頭大汗對天帝道：「這昭和帝死得還算是時候，可這昭英帝的帝路倒不應該這麼短。按生死簿上說閩地水患應當也沒這麼快解決，趙泓也沒那麼快收服閩地百官，還有，還有這袁瑾，這是癱瘓在床的命啊，如今怎麼還在前線呢？哎哎哎，這出了什麼事這是！」

天帝眉頭皺了起來，難道凡間發生了什麼他不知曉的事情？看著焦慮的翻著生死簿的閻王，淡淡的問了一句。「不知上次查看生死簿是何時？」

閻王「啪」的一聲合上手中的生死簿。「不過三日之前，這等與凡間帝王家相關的生死簿次次都會重新驗一回，上次查驗的時候一切都尚好。」

「三日。」天帝沈吟起來。「凡間的三年，這三年間發生了什麼。」

閻王看著天帝抿抿唇，突然想起了什麼，愣了一下，張了張嘴卻沒有說出什麼來，只是把生死簿塞進懷裡。「這事就交給我吧。」

天帝突然笑了起來。「看來閻王是知道怎麼回事了？」

閻王肅了肅神色。「如今酆都大帝在三界神遊，不知行蹤，地府中的諸事卻依然按照大帝出行前的流程，每五日查看一次生死簿，若真是地府的問題，我自當待大帝回來之後如實上稟。」這話裡話外的意思就是，您就別管地府的事了。

天帝失笑。「我不過是好奇問一句罷了，事關地府我自然不會插手。」

雖說聽得出他還有剩下的半句沒說完，閻王卻也沒心思再同他繞圈子了，堆起笑來對著他拱拱手。「天帝見諒，如今出了這等事，我得趕緊回去查清楚。」

天帝笑著點點頭。「那是自然，雖說大帝臨出門之前託我照看下地府，但地府畢竟還有十菩薩，我不過就是多問一句罷了。」

閻王額頭還沒消的汗又冒了出來，心裡暗暗咒罵：天帝這老賊！面上也不敢多強硬，揣著生死簿趕回了地府。進了地府他水都沒喝一口，忙招呼迎上來的牛頭道：「快去，給……罷了，待會我親自去尋他！」

說完重重嘆口氣，一跺腳又出了地府，晃得牛頭馬面和一群小鬼一臉茫然。

白帝龍王也在龍宮裡扳著手指頭算小女兒回來的日子，敖摩「嘖」了一聲。「父王怎麼就答應元兒兩、三個月呢？早早讓她那肉身夭折了現在不就回來了。」

「你都埋怨老子多少天了？」白帝龍王吹鬍子瞪眼的看著不省心的長子。歷劫的事能說得準嗎？能和你這毛頭小子說嗎？你懂個屁！

敖摩掀起唇角「嗤」了一聲，也懶得搭理拽著鬍子發愁的白帝龍王，父子之間陷入了沈默。

閻王匆匆趕來，正巧看到這一幕，卻也顧不上好奇，三兩步上前拉著白帝龍王的袖子道：「你這老兒，害苦了我！」

白帝龍王被他一扯，順手扯下來一根鬚子，他疼得直咧嘴。「這可是龍鬚，幾百年長成一根，扯斷了你賠嗎你賠嗎？」

閻王看他那混不吝的樣子，恨不能跳起來給他的大腦袋上拍幾下，挺起胸脯往前一步。「我賠？我呸！你知道你給我捅出什麼樓子了？你那在凡間的小女兒是不是改了人的命了？」

白帝龍王聽他這句話，心裡大驚，敖摩也皺著眉湊上來，兩張碩大的臉盯著閻王，閻王那正常大小的腦袋被襯托得越發的沒有氣勢，只能嘆了口氣，頹然的坐下。「人間的帝王不到半日就換了三個，天帝一時好奇喚我過去看看到底出了什麼事，結果發現……那袁瑾、趙泓、趙澹的命運都與之前生死簿上記載的有所不同，我才突然想起依稀聽你說過，你的小女兒肉身就是姓袁，便應付他幾句趕緊過來了，到底出了什麼事了？」

別人不清楚，自家寶貝女兒是怎麼降雨救同谷，玳瑁是怎麼救趙澹進而趙泓受到惠澤的，白帝龍王可是一清二楚，他突然想起一件事。「你這剛從天帝那兒回來就跑我這兒來了，這不明擺著告訴他是我龍宮之事嗎？」

閻王翻了個白眼。「你當我和你一樣傻？我散了十個分身出去拜訪各路神仙，誰知道我真身在哪兒。」

白帝龍王被損了一句也沒反駁，咂咂嘴。「你怎麼就直接說了呢？瞞個兩個月不就瞞天過海了。」

閻王白眼都懶得翻了。「你！你找我說的時候帶了那麼多酒，把我灌得今夕不知何年的，竟然還怪我記性差，我能想起來就已經了不得了！」

見他真怒了，白帝龍王忙諂媚的笑道：「好好好，都是我的錯，都怪我，那如今咱們怎麼辦？」

閻王不敢置信的看著他，簡直想伸手扯扯他的臉皮。「你要不要臉了老白，你想把事推在我身上？」

白帝龍王上手給他捶肩。「沒有沒有，老閻你想到哪裡去了？咱們這不是一起犯了錯，一起承擔嗎？你放心，我絕對不會拋下你不管的！」

這信誓旦旦的樣子說得閻王都快感動哭了，他抬起手來抹了抹眼淚，看著白帝龍王凸起的真誠大眼睛。「老白，我以前怎麼沒發現，你這麼不要臉呢！」

此時再追究是誰的錯已經來不及了，得趕緊應付過天帝才成，閻王推了白帝龍王的大頭一把。「為今之計，只能先找個靠得住的人去凡間，把趙泓從帝位上弄下來，讓昭英帝復位，再把趙澹的命運恢復原狀，按理說他在閩地身受重傷，撿回來一條命，現在還躺在床上休養呢，還有那袁瑾，趕緊弄殘了，讓他癱個一輩子，也算是能有個交代。」

白帝龍王聽得頭都大了，別的不說，若是他去把袁瑾弄殘了，估計女兒能跳得老高跟他翻臉！

他糾結地皺著眉。「這凡人也不是傻子，如今距離趙泓登基也過去三個時辰了，也就是凡間的三個月，待咱們再去，那怎麼也得小半年了，再換回來？這不成不成，定會天下大亂的，到那時就不是這幾個人的事情了。」

閻王轉念一想，也是這麼個道理，攤在那兒連說話的力氣都沒了，白帝龍王看了他一眼，小心開口。「若是實在不成，咱們就找個揹黑鍋的怎麼樣？」

閻王詫異的看著他。「揹黑鍋？」

白帝龍王「嘿嘿」一笑。「這不就是改了命的事嗎？這種事以前也不是沒發生過，凡間的能人異士也不少，到時候尋個差不多的全推到他身上，只要瞞過這段時候不就沒事了嗎？」

閻王低下頭思索片刻。「你說的也有理，但是這人可不好找……」

白帝龍王「嘖」了一聲。「你怎麼這麼死腦筋呢？沒有合適的咱們就去找個合適的，你派個靠得住的人下凡，我準備親自走一趟，你覺得如何？」

敖摩大吃一驚。「父王?!」

白帝龍王擺擺手。「我準備去一趟，那昭英帝不知為何如今還留著昭和帝身邊道士的性命，連趙泓都不知曉，若是能說服他……我就附身到那道士身上。」

這也是個法子，閻王咬咬牙。「你去吧，我明日再去尋天帝，你尚且有一年的時辰，莫要耽擱了。」

白帝龍王點點頭，也不多廢話，只囑咐了一句「父王不在的這幾日，敖摩你要瞞好。」就消失得無影蹤，撇下大頭敖摩和虛脫的閻王兩人面面相覷。

袁岏睡得正香，突然感覺臉上有爪子在拍她的臉，如今天色已暖，玳瑁也不總瞌睡了，這可把袁岏氣得夠嗆，嘴裡嘟囔著。「玳瑁別鬧！」

卻聽到白帝龍王溫柔的聲音。「元兒，父王好不容易來看妳，妳竟然不理父王。」

袁岏一個激靈醒過來，看到玳瑁趴在白帝龍王手上，前爪放在她的臉上，她小小的驚呼一聲，掀開被子一把抱住白帝龍王的腦袋。「父王，你怎麼來了？我好想你。」

白帝龍王早就從玳瑁口中知道了這些年發生的一切，想到自己嬌軟的女兒也要嫁人了，要嫁的還是那個趙澹，心裡酸酸澀澀的噘起嘴來。「咱們的事穿幫了，如今父王要來打圓場了。」

袁岏鬆開白帝龍王的大腦袋。「父王說什麼？穿幫了？」

第五十七章

白帝龍王點點頭，把閻王說的話重複了一遍。「父王這次就是要去附那個李必安的身，只要讓天帝相信這一切都是李必安做的，那……就還有迴旋的餘地。」

說完不捨地摸了摸她的頭。「父王這就要去尋那個太上皇了，妳莫要操心，幾日工夫就能解決的了。」

袁妧又怎麼能不操心？她擔憂的看著白帝龍王。「父王，不要以身涉險了，我隨你回去受罰吧。」

白帝龍王欣慰的看著女兒，輕輕拍了拍她的臉。「沒事的，父王若是能在凡間待一年，妳也及笄了，運氣好些還能看到妳嫁人，也算是父王的福氣了。」

袁妧眼淚溢了上來，使勁憋著不落下來。「父王……都是我的錯才……」

白帝龍王做出責怪她的樣子。「妳這孩子怎麼心思如此重？要說錯，源頭就是父王的錯，隨隨便便就把妳踢下凡間，如今這一切都是因果，好了，妳怎麼像個普通女兒家一般這麼磨磨唧唧的？」

袁妧破涕為笑。「父王說的哪裡話？我本來就是普普通通的女兒家！」

白帝龍王憑空出現在曾經的昭英帝、如今的太上皇面前的時候，他竟然絲毫不覺得害怕，只是略微有些驚訝，這倒是讓白帝龍王刮目相看。「你竟然不怕我？」

昭英帝站起身來認真的對他行禮。「不知是哪路神仙下凡？」

白帝龍王端好的架勢差點沒崩了，這皇帝也太不按常理說話了，他摸了摸鼻子輕咳一聲，又做出嚴肅的樣子。「咳，本王乃是天界一小仙，只因你擅自退位，引起天帝的注意，特派本王下凡來……」

話還沒說完就被昭英帝「撲通」的下跪聲打斷，白帝龍王目瞪口呆的看著他眼淚如同開了閘的水一般「嘩」的流下來，一時有些不知所措，這皇帝……怎麼和想像的不一樣？

昭英帝也不懼怕白帝龍王可怖的長相，伸手拉著他的大掌。「還請仙人救我大昭！」

白帝龍王愣愣的看了他一會兒，突然露出獠牙「嘿嘿」一笑。「這位太上皇，何必同老……本王裝模樣。」

昭英帝聞言頓了一下，鬆開手緩緩站起來，擦乾臉上的淚痕，瞬間就恢復了高貴自矜的模樣，看得白帝龍王嘆為觀止。他冷靜的看著白帝龍王，臉上竟然還泛起了一絲笑。

「仙人此次前來，怕也不是這麼簡單吧？」說完昭英帝自己笑了起來。「仙人是否是來找我合作……要一起瞞下一些事？」

白帝龍王眯起眼睛，重新上下打量著他，而他臉上的笑容越發大。「仙人既然知曉得這麼清楚，應當也是知道李必安沒死吧，他……是真的有本事的，我又怎麼捨得讓他這麼輕易的死去呢？可他活著就是泓兒心中的一根刺，他又必須要死！」
白帝龍王看著臉色越發猙獰的昭英帝，心道這人間可真不是他們這些神仙待的地方，這人心可怕起來比什麼天雷都恐怖，想到這兒，他越發心疼獨自在人間生活了十幾年的女兒，也沒了耐性，對昭英帝喝斥道：「想發瘋自己瘋！帶我去見他！」
這輩子這麼對他說過話的人大概不超過三個，昭英帝臉上猙獰的笑僵住，看著已經要發怒的白帝龍王，半晌才呼出這口氣，點頭道：「仙人隨我來。」接著親自帶著他進了內殿。
進了內殿的昭英帝沒有停留，直接上了龍床，白帝龍王看著他在床頭東摸西碰的，突然牆上就緩緩打開了一扇暗門。
昭英帝一馬當先，鑽進小門中，白帝龍王回頭看了看昏倒遍地的太監宮女，算了算短時間內他們不會醒來，也跟著進了暗門。
這地道極為狹窄，白帝龍王這大腦袋簡直是走哪兒卡哪兒，走得他一肚子火氣，不知過了多久，眼前豁然開朗，一間小小的密室出現在眼前，一個小太監看到昭英帝，連忙笑著迎上來。「陛下！」
話音剛落，白帝龍王的大腦袋冒出來，把他嚇了一跳，尖叫都未出聲就昏了過去。
白帝龍王嫌棄的看了那小太監一眼，移開眼神，看著盤腿坐在玉石床上、仙風道骨的男人。他閉眼靜坐，對來人恍若一無所知，白帝龍王慢慢踱到他眼前來回轉了幾圈，心裡對這個肉身的模樣還算滿意的。

許是他的目光太灼人了，李必安睜開眼睛，如同古井般平淡無波，他對著白帝龍王微微一點頭。「白帝龍王真乃人間稀客。」

他竟然知道自己是誰？白帝龍王心裡一驚，目光不由犀利起來。

李必安看到他的眼神，彎起唇角。「龍王不必擔憂，貧道的本事也只能窺探出這凡間有龍王的至親，至於是誰……貧道尚未參透。」

尚未參透？白帝龍王的眼睛射出噬人的目光。「你竟然敢去想？」

李必安神情流露出幾分無奈，昭英帝陰惻惻的聲音在背後響起。「是朕要李天師查的，若是龍王的至親能得大昭所用，我的泓兒，定能成為一世明君流芳千古！」

白帝龍王憐憫的看著他，嗤笑一聲。「一世明君？呵，不過是隻螻蟻罷了，若是此時我碾碎了他，也不過是歷個百道雷劫，幾百年眨眼之間又能做回龍王。」

這話讓昭英帝罕見的慌亂起來，他深刻的認識到凡人的力量在天神面前簡直不值一提，飛快的看了一眼李必安。

李必安嘆了口氣，開口道：「龍王無須動怒，以貧道的修為是尋不到令親的，這個天下，也沒有人能尋到令親。不過龍王今日前來之事貧道已有幾分察覺，貧道就捨了這肉身助龍王一臂之力。」

白帝龍王不屑的看著眼前的兩個人。「區區凡人，有什麼資格同本王討價還價。」

李必安苦笑不已，他早就告訴昭英帝定是如此結果，誰料隱忍一輩子的昭英帝為了趙泓，竟然也失了理智。他站起身來走到白帝龍王面前，行了個禮。「還請龍王見諒，貧道絕不後悔。」

白帝龍王輕哼一聲，看著滿頭大汗的昭英帝。「我知道你活不了多久了，所以才發瘋一樣想為你兒子攬下我的家人。同為父親，這次就算了，若是下次膽敢算計本王，你就同你那寶貝兒子地府相見吧！」

說完一招手，一道瑩白的光從李必安頭頂飛出，幻化成一顆珠子落入白帝龍王的掌心。

昭英帝看到這一幕，瞳孔微縮，看著癱軟在地的李必安，額頭的汗更是如雨一般流下。

白帝龍王見他知道怕了，重重的「哼」了一聲，一閃身入了李必安的身，睜開眼睛看著有些驚慌的昭英帝，捏著嗓子喊了句。「陛下。」

昭英帝一哆嗦，看見「李必安」已經站了起來，撩著衣袖看著自己的新肉身，對他一笑。「咱們何時出宮？」

昭英帝張張嘴，見眼前的「李必安」已經恢復了仙風道骨的模樣，澀澀開口。「仲春亥日馬上要到了，自泓兒登基之後京城附近略有些春旱，我同……李道長本打算尋到龍王之親，只盼著能降下些許的雨來……若是尋不到，李道長也只能盡力一試求雨了。」

求雨？白帝龍王挑挑眉，為了這兒子昭英帝可真是費盡了心思，打瞌睡正巧遇枕頭，他微微一笑，又晃了晃手中的珠子。「求雨不過雕蟲小技，只是陛下可要記住，這件事從頭到尾都是李必安做的，我可從未來過，你可同意？」

那珠子像是有感應一般在他掌心跳了幾下，昭英帝也忙點頭應下，白帝龍王一揮手。

「如此你回去吧，只待那日過來接我。」回到方才李必安坐的床上打起坐來。

昭英帝深深的看了他兩眼，想問卻又不敢問，只能悻悻的自己出了地道，躺在龍床上輾轉反側的睡不著。

仲春亥日，趙泓帶著文武百官到先農壇行祭農耕耤之禮，對著自己的一畝三分地嘆口氣，這地自然是早早就被下面的人澆透的，濕黑的土地透著勃勃生機，可是最近百官進諫的消息，京城外已經初現春旱了。

他嘆了口氣，在具服殿更換親耕禮服，隨後到親耕田舉起鋤頭，耕了九個來回，他身上已經微微有了些汗意，被風一吹分外涼爽。

趙泓站在觀耕臺上，帶著百官虔誠的祈雨。「……伏惟祈上蒼察鑒，速降甘霖，潤澤萬物，滌蕩污垢，洗淨塵寰。」

言畢深深的磕了個頭，百官也跟著他一磕到底，足足一炷香的工夫，風中乾澀的氣息依舊瀰漫。

趙泓閉緊雙眼，左手握拳，輕輕捶了一下地，正要站起來讓王公大臣們下去耕田耕作，突如其來的一陣風掀起了陣陣塵土，霎時間撲向人群，再淡定的官員也忍不住小小驚呼一聲。

那風卻越來越大，夾雜著濃厚的水氣，趙泓已經激動的站了起來，伸出雙手感受這風。他禮服的寬袖在風中獵獵作響，王公大臣們看著他的眼神都已經略略有些異樣，難不成新帝真的是天選之子?!

風越來越大，水氣已經漲滿，每一粒沙土都像是雨滴冰雹一般的冰涼，讓人忍不住產生已經有水滴下來的錯覺。

趙泓挺直脊梁，站在最前面，看著眼前不知從哪兒颳來的漫天黃土和已經開始慢慢凝結在一起的雲，心怦怦跳得飛快，那種睥睨天下的感覺快要衝破他的頭腦，他只想放聲大喊，但是理智制止了他。

趙泓雙手握拳掐進自己的掌心，臉上泛起淡淡的紅暈。趙澹在他身後半步，擔心的看著他。

終於！豆大的雨點「噼哩啪啦」砸下來，砸在人身上竟然感覺生疼，趙泓感受著臉上的濕意，忍不住放聲大笑。

在他的笑聲中，雨越來越大、越來越急，方才半空中散漫的土霾也被雨滴打落在地，所有人都被淋成了落湯雞，但是心中說不出的喜悅和惶恐卻讓他們都無暇他顧。

在隱蔽角落的昭英帝和白帝龍王一起死死的盯著臺上，昭英帝看著自己的兒子一步一步感受著權力的慾望，越發的像一個帝王。

而白帝龍王，卻瞪著趙泓身邊一身戎裝的趙澹。就是這個臭小子?!

皇上春耕祭這日普降甘霖，整個京城都陷入狂喜之中，在趙泓一行回來的路上，百姓自發跪在路的兩邊，虔敬的高喊：「吾皇萬歲！」

趙泓臉上緋色早已褪去，只有掌心斑駁的傷口還在訴說著他的激動，坐在馬車中透過薄紗看著外面跪了一地的百姓，面上笑容一直未斷過。

白帝龍王隨著昭英帝回了密室，離了李必安的肉身，看著臉上泛著不自然紅暈的昭英帝。「記住你的話。」

昭英帝輕咳兩聲，還沒有從方才的震撼中回過神來，愣愣的看著他，白帝龍王顛了顛手中李必安的魂魄。「他我就帶走了，屍體你自己處理吧。」

說完也懶得再搭理他，閃身去看了一眼袁妧就回了龍宮。

閻王還在龍宮裡等著呢，喝了整整一壺茶，敖摩在地上轉來轉去，時不時往外看看。

白帝龍王閃現在閻王面前，也不客氣，拿起他面前的茶壺就往嘴裡倒，結果丁點兒水沒有，他嫌棄的看了一眼還愣著的閻王。「你們地府是沒茶水怎麼的？喝得這麼乾淨。」

閻王回過神來，跳了起來。「老白你回來了！解決了嗎？」

白帝龍王從懷中摸了個球扔給閻王。「那個李必安的魂魄在這兒，明兒你去給天帝交差吧。」

閻王眉頭皺了起來。「他不會在天帝面前亂說吧？」

一邊說一邊把李必安放了出來，臉色蒼白的李必安只覺得自己耳中的鳴叫已經要炸裂開了，虛弱的癱在地上，閻王看了他一眼感嘆道：「竟然是真有幾分本事的。」

白帝龍王洋洋得意。「找揹黑鍋的自然得找有本事的，你就放心吧。」

李必安癱軟在地上的身影開始漸漸模糊起來，閻王「嘖」了一聲。「能堅持這麼久，看來見天帝也成，行了老白，我走了，回見。」

白帝龍王擦了把額頭的虛汗。「你趕緊回去吧，明兒等你消息，等你解決完了我還得再去凡間一趟呢，一早你就去尋天帝去。」

閻王好奇的看著他。「這事都了了，你去凡間做什麼？」

白帝龍王大臉上泛起了一絲溫柔的笑。「臨回來之前我答應元兒要親眼看著她成親，那傻姑娘心眼實，怕是等不到我就不成親。你是不知道，我家元兒這肉身同我長得可像了，我們倆站在一起一看就是親父女，我這當爹的怎麼也得送她出嫁。」

這可把千年老光棍閻王肉麻得雞皮疙瘩都起來了，一閃身避開聽見白帝龍王的話衝過來的敖摩，撇撇嘴。「你們父子倆說話吧，我先回去了。」

又嫌棄的看了一眼兩顆湊在一起的醜大頭，喃喃自語。「老白的閨女……要是下凡的肉身隨了老白，這得長成什麼樣喲。」一想到一個凸眼睛、翻鼻子、血盆大口的姑娘，自己都打了個冷顫，還是別想了，趕緊回地府得了。

第二日一大早，閻王提著生死簿和李必安就去尋天帝，如此這般細細道來。

天帝看著跪在地上的李必安，掀了掀唇角。「就是他逆天改命？」

閻王鏗鏘有力的回道：「沒錯！這廝昨日還逆天在凡間的京城下了場雨，一下子就暴露出來，我帶著人連夜抓捕，才把他拘了來。天帝請看，他乃是純陽真人弟子，修出一定的修為，做些細枝末節的改動如同那蝴蝶搧動翅膀一般，引出這些事來。」

天帝臉上笑容未變。「如此，閻王看著怎麼懲罰他是好？」

閻王愣了一下，沒想到天帝竟然這麼說，悄悄抬眼瞄了他一眼。「就……罰他歷經十八層阿鼻地獄磨難？」

天帝撫掌。「好啊，如此你便帶他回去吧。」

閻王心裡直打鼓，這天帝是怎麼了……這麼好說話？卻也沒有理由賴下來，灰溜溜的帶著李必安回了地府。

那斟酒仙女窺著天帝臉上的笑容，小心翼翼的探問。「您怎麼如此輕拿輕放？」

天帝輕哼一聲。「這群老兒，真當我什麼都不知道了，只不過看他們沒捅出什麼太大的樓子來，給各方一點臉面罷了。」

看著恍然大悟的斟酒仙女，天帝自己心裡也腹誹起來，若不是即將趕上三千年一次的天道巡察，他定也饒不了他們，可如今……他自己還得給他們擦屁股，真是想想就要流眼淚了。

而閻王提心吊膽的回到地府，看著已經變得透明的李必安，揮揮手對馬面道：「帶他下油鍋去吧。」

然後自己坐在那兒沈思許久，乾脆一咬牙。「罷了！車到山前必有路！」一閃身又去了龍宮。

第五十八章

白帝龍王一大家子都聽到了袁妧要成親的消息，各個急得滿地轉圈，終於看到了閻王的身影，所有人都停住，死死盯著他。

閻王被一群大頭盯得渾身不得勁，抖了下身子對著白帝龍王諱莫如深的點點頭。

這下子所有龍都鬆了一口氣，白帝龍王臉色喜孜孜的。「我這用沙漏算著時辰呢，如今這會兒元兒還有幾個月才出嫁，我得趕緊走了！」

龍母攔住他。「就你自己去？」

敖摩、敖昂和敖心看著自己不可靠的父王，異口同聲道：「咱們一起去！」

白帝龍王臉色一變，嘖嘖道：「這若是被天帝發現了……」

龍母強硬的站在兒女面前。「你先去，咱們幾個在家中等到差不多了再去尋你，凡間三日不過是天界一瞬，無事的。」

白帝龍王抿抿嘴，看著妻子、兒女堅定的樣子，只能敗下陣來。「成成成，那我這就去了，你們在這兒坐會兒，到時我給你們送信。」

看了一眼沙漏，也著實耽擱不起了，其他的話也無法多說，趕緊去了袁妧那兒。

十六歲的袁妧已經褪去了小少女的青澀，及笄之後已經幾乎完全接掌了袁國公府的中饋，從一開始忙碌的不適應到得心應手，如今京城上下再也無人敢看輕了她，誰人不知袁國公府二小姐當得起袁國公的家。

雖說趙澹早就放出風聲說此生絕不納妾，但是那些原本心心念念惦記著趙澹的人，仍是一門心思等著送自家的女兒去做妾，畢竟如此炙手可熱的未來權臣可不是輕易能攀得上的，但凡有點機會，誰不想試試？男人嘛……哪有不偷腥的。

白帝龍王興沖沖的出現在袁妧面前，看著出落得越發水靈的女兒，雙眼含淚。「元兒，妳真的長大了。」

袁妧早就撲在他懷中撒嬌。「父王，我都等了你一年，你怎麼才來？」

白帝龍王抱著嬌嬌軟軟的女兒，心都化了，見她的淚珠恍若不要錢般啪嗒啪嗒落下來，連忙解釋。「爹剛把那事抹平，馬上就回來了，幸好還趕得上咱們元兒出嫁。」

袁妧心中異常滿足，這一年來夜深人靜的時候，她一直在等著白帝龍王的出現，一次次的失望，如今可算是等到了。她貪戀白帝龍王的體溫，抱著他不鬆手。

白帝龍王嘿嘿笑道：「元兒不想妳娘和兄姊嗎？」

看到父王的袁妧特別脆弱，嗚咽道：「當然想，可是他們也不能過來，只能等兩個月後……再同娘和兄姊相見。」

白帝龍王抹掉她的淚，神秘一笑。「如今父皇告訴妳，再過幾日妳成親的時候，妳娘同兄姊就會一起過來看著妳出嫁！但是如今，妳得先給父皇找個身分，還要能每天看見妳的。」

袁妧愣了一下，狂喜。「娘和兄姊真的會來?!我……又想哭了……」

白帝龍王手忙腳亂的給她擦眼淚。「莫哭莫哭，這可是喜事呢。快快快，快幫父王想個身分，難不成讓咱們一大家子在門口擠在人堆裡？」

袁妧被他哀怨的樣子逗得破涕為笑，低下頭琢磨起來，突然靈機一動。「父王，不如你化身個廚子，明日我找個機會出門把你帶進府裡來，待成親前幾日讓娘同兄姊一起過來，就說來投奔你如何？」

白帝龍王為難的搓搓手。「廚子啊……可、可父王不會做飯啊。」

玳瑁在旁邊探出頭插話。「這還不簡單，咱們深海中的海鮮們最是鮮美，隨便蒸蒸就是一道美味。」

白帝龍王怒目而視。「你把本王當成什麼人了！那些都是本王的子民！」

玳瑁撇撇嘴。「龍王爺您可別……這些都是咱們的食物呀！咱們整個龍宮上下也就公主不吃罷了。」

被戳穿的白帝龍王臉上一點也不尷尬，窺著袁妧的臉色，見她沒反駁，鬆了口氣，討好的問道：「好女兒，妳說這樣成不？」

袁妧嘆了口氣，看了看諂媚的龍王和傲嬌的玳瑁。「行吧行吧，我自己不吃但是我也不會限制你們吃，家中爹娘哥哥們因著我不吃海鮮，也只能偶爾嚐個鮮，如今可算是補償他們了。」

白帝龍王嫉妒的聽袁妧提起袁府眾人，重重的「哼」了一聲，看著茫然的女兒和玳瑁，心裡憋屈得很，又覺得自己怎麼這麼小家子氣，懊惱道：「那咱們明日再見吧！」

說完就想走，但是回頭看了眼懵懂的女兒，又捨不得，只能噘著嘴委委屈屈再答應一次。「成吧。」

第二日袁妧果然尋了個理由帶著玳瑁出了府，看著眼前的趙澹，她的眉角跳了跳。「世孫哥哥……你怎麼在這兒？」

趙澹貪婪的看著已經小一月未見的袁妧，聽到她宛如夜鶯般的聲音，笑了起來。「這不……快成親了，我出來買些東西。」

這話說得身邊的凌一都忍不住捂眼睛，堂堂晟王府的世孫，竟然還要親自出來置辦成親的物件？

袁妧「噗哧」一聲笑出來。「那世孫哥哥就去忙吧，我今日要去一家店裡嚐嚐新出的東西呢。」

「我同妳一起去！」趙澹急忙出聲阻攔，看到凌一快要忍不住的白眼，他摸了摸鼻子。「正巧我也忙完了，我送妳過去吧。」

袁妧憋住笑點點頭。「那就麻煩世孫哥哥了。」

趙澹輕咳一聲，面上恢復了清冷的樣子，眼神卻愈加溫柔。「無事。」

即將成親的小倆口可是京中紅人，趙澹自己出來已經夠扎眼了，卻沒想到如今卻策馬跟在一輛馬車旁邊，一貫清冷的臉上掛著幾分笑，引得眾人議論紛紛，討論馬車中到底是誰。

終於到了白帝龍王傳來消息的酒樓，袁妧在馬車中抿抿嘴，輕輕伸出手去想掀開簾子，卻正巧同趙澹伸過來的手碰觸到，她被趙澹手中散發的溫度灼了一下，飛快的縮了回去。

趙澹愣了一瞬，臉上一直掛著的那抹淡笑深了許多，掀開馬車的簾子看著她輕聲道：「妧兒，到了。」

袁妧戴著帷帽下了馬車，悄悄追了一路的百姓們才面面相覷，這看身段就如同天仙一般的姑娘是誰？

直到那眼尖的看了一眼袁妧手中的玳瑁。「哎那烏龜，這就是那袁國公府的二姑娘！」

「嘩」的一聲，人群中如同滾燙的熱油鍋中澆了涼水一般沸騰起來，看著二人相伴進了酒樓，感慨道：「不愧是能讓晟王世孫放出話來終生不納妾的人……」

白帝龍王早就等了許久了，這劉胖子本應昨日夜裡猝死，他強拘了他的魂魄附身上來，嫌棄的看著自己這一身肥肉，坐在後廚一動不動。

幸而現在還早，沒什麼客人，其他人也能應付，掌櫃的勸了他七、八回了都不為所動，看著他皺起眉來，若不是看中他的一身廚藝，早就把他趕出去要飯了，還能容他在這兒耍賴？

趙澹和袁妧進了酒樓，這種小酒樓竟然迎來了如此貴客，掌櫃的也顧不上後頭的劉胖子，堆起笑來湊上來討好的問道：「世孫同……姑娘想吃點什麼呢？」

趙澹沒有說話，只是用眼神示意袁妧，袁妧沈吟了一下。「聽聞您家劉廚子做菜做得不錯，讓他隨便做幾道拿手菜吧。」

掌櫃的驚住了，這劉胖子今天正鬧著呢，面上卻不敢反駁，低頭應下小聲出了包廂，臉色青綠的直奔後廚。

白帝龍王看到掌櫃一進來就死盯著他，心裡一喜，看來元兒是來了，他緩緩站起身來撲了撲身上沾著的麵粉，掌櫃的一路狂奔過來。「劉大廚，劉師傅！這回來的可是貴客，專點了您的菜，莫要給我這小酒樓下了面子！」

本以為劉胖子還要拿翹，誰料他一挑眉站起來，一句「成」，倒是把憋了一肚子話的掌櫃的堵在原地，臉色青白交加，恨不能跳起來咬這死胖子兩口。

白帝龍王哪裡會做飯？幸而幫廚都給他配好了菜，只要炒炒就行了，他沈了一口氣站在灶前，做了一道香筍銀鍋雞，那筍都燒得焦糊，雞肉裹在粉團中隱隱發白，不知道到底熟透了沒有，什麼豆豉豆瓣的全都沒用，只加了一些醬油調味。

一直盯著的掌櫃的看得是目瞪口呆，不敢置信的指了指鍋中那一團不知名物體，失聲尖叫。「你做的這是什麼？你知道今日來的是什麼人嗎?!」

白帝龍王不屑的「嘖」了一聲。「你只管遞上去，保證他們吃了說好，不好我用命來賠！」反正這命也不是他的。

掌櫃的看著已經裝了盤的糊鍋菜，眼淚都快出來了，一後廚的人都陷入了詭異的安靜之中，白帝龍王等不及了，親自端著那盤菜出了後廚，趁眾人還沒反應過來，回頭嫌棄的說了一句。「哪有點做買賣的樣子？」

掌櫃的阻攔不及，眼睜睜看著他出了後廚，哀嚎一聲。「不！」

白帝龍王才不搭理他，哼著小曲問了小二，親自端著菜進了包廂。

包廂中趙澹炙熱的眼神看著袁妧，袁妧抿嘴淺笑，露出羞澀同隱約的愛慕，這一幕正巧被白帝龍王看個正著，他的臉一下耷拉了下來。

袁妧被突然打開的門嚇了一跳，抬起頭同白帝龍王一對視，就知道這便是自己父王，眼中迸出驚喜，差點叫出口，還是玳瑁蹦躂了一下才攔住她。

她忍下到嘴邊的話，看著白帝龍王道：「您就是劉大廚嗎？」

趙澹疑惑的看了一眼袁妧，不知道她怎麼會如此尊重一個名不見經傳的廚子，站了起來對著白帝龍王點點頭，從他手中接過菜，輕輕放到袁妧面前。

白帝龍王看見他這樣，心裡舒服了許多，還算是個有眼力見的人，矜持的站在原地，袁妧見狀有些想笑，對著他笑道：「劉大廚也坐下吧。」

趙澹有些摸不準袁妧心裡的想法，卻還是站起來拿了一把椅子遞給白帝龍王，白帝龍王接過來，也沒道謝就直接坐下。

袁阮看著趙澹因著白帝龍王的動作而困惑微皺的眉頭，心裡笑翻了天，好容易才忍下去，轉頭看向桌上的菜。「早就聽聞劉大廚廚藝上佳，今日我……」

唇角的笑凝結在嘴邊，這一盤子什麼東西？這是……筍？這麼黑的筍她從出生就沒見過啊……

袁阮也顧不得什麼教養了，用筷子翻了兩下盤中的菜，猶豫片刻緩緩放下筷子，捏著玳瑁的爪子閉上眼睛深吸一口氣，開始接著說瞎話。「今日我一見果然名不虛傳，小女一向熱衷美食，從民間搜羅了不少大廚，不知劉大廚可想同我回府？」

這下趙澹一向面無表情的臉也罕見的露出驚訝的神情，他的眼神在袁阮、桌上的菜，和傲嬌的白帝龍王之間來回巡視。

白帝龍王被他看得渾身不自在，輕哼一聲。「元……袁小姐，我自然願意同妳回府，只是我的家人如今在進京的路上，過幾日就要到京城了……」

袁阮飛快的打斷他。「沒問題，只要您同我回府，您的家人到了京城自然就是袁府中人。」

趙澹瞇起眼睛審視的看著白帝龍王，看來最近是他忙疏忽了，這個廚子可得好好查一查了。

不提趙澹是什麼心思，那邊二人是一拍即合，袁阮讓人去尋了掌櫃的來，花了一百兩銀子拿到了劉胖子的賣身契，撇下傻愣愣的掌櫃出了酒樓。

那掌櫃覺得自己在作夢，伸手捏了桌上的一塊雞肉塞進嘴裡，滑膩的粉團、血腥的雞肉，還有鹹死人的醬油，他「呸呸呸」吐了出來，心裡覺得袁妧一定是瘋了！

路上趙澹在窗外隔著薄紗，看著袁妧臉上歡喜的笑容，越來越疑惑，凌一悄悄湊上前對他道：「世孫，這廚子沒有任何異樣，從二十年前十五歲出了師就在這酒樓裡，祖宗八輩都門兒清，也的確有家人在家鄉。」

趙澹沈思片刻低聲對他道：「既然查不出什麼就算了，就算妧兒有什麼事瞞著我……」又看了一眼傻笑的袁妧。「一旦出了事，我也能保她平安！」

凌一被肉麻得一哆嗦，也順著趙澹的目光看向薄紗，趙澹敏銳的發現，回頭瞪了他一眼，把凌一嚇得趕緊低下頭，拉著馬去了馬車後面。

袁妧往家裡帶廚子已經是常事了，袁家人都沒有在意這個新來的廚子，直到袁妧直接把他安排在自己的小廚房中，前兩日才從同谷趕回來的袁瑜好奇的問道：「這還是頭一回呢，妧兒，這廚子拿手菜是什麼？」

拿手菜？袁妧想起那盤不知道是什麼東西的菜，顫了顫唇角，輕咳一聲。「是海鮮呢。」

海鮮？所有人都看過來，許老夫人率先開口問道：「妧兒不是不吃海鮮嗎？」

袁妧咧咧嘴。「這廚子我想帶到晟王府去。」

眾人恍然大悟，袁國公酸溜溜道：「哼，白疼這孫女兒了。」

袁妧看著家人哀怨的眼神解釋道：「當然還是先咱們自家人吃，今晚咱們就來一頓海鮮大宴！這麼多年，為了遷就妧兒，祖父母、爹娘、哥哥們一直也沒有放開大吃一頓，妧兒心中的內疚……」

江氏哪裡能見到袁妧這樣子，上前攬住她。「傻妧兒，難不成咱們家還缺這一口吃的不成？哪裡就能讓妳這樣了。」

雖說是為了瞞過去白帝龍王的身分，但袁妧的內疚也是發自內心的，當晚袁家人其樂融融的聚在一起，享用了一頓深海大餐，小臂粗的海參，兩個男人手掌大的鮑魚，還有十五、六斤重叫不出名字的螃蟹，以及直接撬開殼就端上來的生蠔等等，擺了滿滿一大桌子。

這一道道肥嫩鮮美的海鮮震得見多識廣的袁國公都驚了，京中竟然有像剛從水裡撈出來一般的海鮮，怕是進貢的都沒有這麼又大又新鮮的……

後廚中，李廚子看著白帝龍王的眼神也發生了變化，雖說他被抓過來幫他做菜，但是能隨隨便便拿出這等食材的廚子可不是平常人。

袁瑜看著海鮮大餐歡喜地嚎了一聲，連袁國公也忍不住笑了起來。「咱們別辜負了妧兒的心意，快些吃吧。」

第五十九章

白帝龍王就這麼過上了每天混吃等死、往外拿食材的日子，袁妧的婚期也越來越近，在袁家人期盼又糾結的情緒中，還是到了正日子。

一大清早江氏就眼淚汪汪的跟著袁妧，自家女兒那雙會說話的大眼睛看得她心中泛酸，她拿起帕子點點眼角的淚。「昨夜囑咐妳的可都記得了？」

袁妧的臉「蹭」的一下紅起來，羞澀的點點頭。江氏心中的不捨越發濃郁，生怕自己在大喜的日子落下淚來，趕忙隨便扯些家長裡短的事情轉移話題。「對了，妳之前帶回來的那個廚子家裡人都到了，天矇矇亮就找上門，如今應是將將安頓下來了。」

正在絞臉的袁妧猛地抬起頭來，驚得特地找來的全福人慌忙鬆了手，幸好那線沒掉到地上，江氏被她嚇得心都差點停了，伸手點點她的頭。「都要出嫁了還如同小孩子一般！」

袁妧此時哪顧得上絞臉，死死拽住江氏的手。「娘，我想見見劉大廚的家人們。我……有些事要囑咐他們。」

「這日子……」江氏皺起眉來，可看著女兒溢出眼中哀求的目光，終是嘆了口氣。「等都好了就尋他們進來一見吧。」

袁妧咬著唇強忍下快要蹦出嗓門的心跳，點了點頭，越發的配合。

幸而袁妧天生麗質，喜娘看著她如剝殼雞蛋般的臉頰，只輕輕上了一層粉，淡掃了一下眉，化了個簡簡單單的妝，對江氏道：「小姐若是上了濃妝就泯然眾人了，如今可真真稱得上清麗脫俗。」

江氏本也不喜歡那些厚重的妝容，笑著點點頭，憐惜的看著女兒。「娘要去前頭看看客人了，妳把劉大廚一家子喚來吧，可別耽擱了時辰。」

袁妧激動的點點頭，對她來說已經十幾年未見娘親和兄姊，她根本顧不上掩飾什麼，看到他們四人的身影，她的眼淚就「唰」的一下流了下來。

待盈月帶著人出去之後，敖心忍不住上前緊緊抱住她。「小妹！」

袁妧有一瞬間的晃神，回過神來也緊緊抱住敖心。「姊姊……」

敖摩和敖昂也湊上來，四人如同小時候一般抱成一團，原本也沈浸在相逢喜悅中的龍母被四個孩子逗得笑了出來。「好了，你們小妹今日出嫁呢。」

敖摩到底是大哥，率先鬆開手。「都別哭了，今日是小妹大喜的日子。」

袁妧臉上剛上的妝已經花得不成樣子了，龍母上前輕輕撫摸著她的臉。「元兒，娘來親自給妳上妝出嫁。」

袁妧乖巧的點點頭，自己淨了面坐在妝檯前，龍母從懷中拿出一盒珍珠粉來，輕輕的掃在她臉上……

重新上完妝之後的袁妧，肌膚瑩潤得像是深海中最閃亮的珍珠，整個人散發著柔和的光芒，龍母滿意的點點頭，拉著她的手道：「元兒，我同妳兄姊只能出來一息，換成人間時辰就只有今日罷了，本來還想等妳回門，如今妳成了親我們怕是就要走了。」

袁妧忍著淚點點頭。「娘先回龍宮，再過兩月我就回去了，到時候我再也不離開爹娘和兄姊了。」

龍母被她逗笑了。「現在說這些都為時尚早呢，難不成妳幾百幾千年不嫁人？」

想到這個，正巧戳到了袁妧心中一片痛，她垂下眼眸。「若是……若世間再無世孫哥哥，那我嫁不嫁人又有什麼關係呢？」說完怕龍母擔憂，抬起頭揚著笑臉看她。「爹娘和兄姊還能趕走我不成？」

龍母疼惜的看著她。「家裡人巴不得妳一輩子做龍宮的小公主呢，說什麼傻話……」

正要再安慰她，卻聽到江氏的聲音在門外響起。「妧兒，快些，吉時到了。」這就要推門進來。

袁妧心裡一驚，忙三兩步竄到床邊坐好，龍族四人也站在地上低著頭，江氏進來看到這一幕，覺得氣氛怪怪的，卻也沒有細想，催促道：「快些吧，澹兒已經在門口了，他來得倒是夠早。」

又回頭對四人道：「小姐都叮囑好了吧？你們快些下去吧。」

龍母帶著兒女們點頭應下，深深的看了一眼袁妧，扭身去了後廚。

袁妧來不及說什麼就被江氏一把按住，梁嬤嬤、盈月等人都圍上來，套霞帔的套霞帔，戴鳳冠的戴鳳冠，最後由江氏親手給她蓋上蓋頭，並伸手摟了摟她，在她耳邊小聲道：「妧兒，若過得不好……便回家。」

這句話在這個時候可是大逆不道了，可卻將袁妧感動得不行，剛止住的眼淚又要落下來。江氏早就猜到了，連忙從蓋頭下面遞了條帕子進去。「莫哭，過了今日妳就是大人了。」

屋外傳來嘈雜的聲響，趙澹帶著迎親使已經到了院門口，已經嫁到袁家的黃蘊如和袁婉帶著一群姊妹攔在院口，趙澹今日臉上一直掛著和煦的笑，親自遞過去幾個紅包。

眾人拿到紅包感覺輕飄飄的，心裡疑惑，有那年紀小的當場拆開，發現裡面竟然是二百兩的銀票！一群女人驚訝地互相看了看，這開院門的紅包一向只是一、二十兩，趙澹可真夠大方的！

袁婉笑嘻嘻的看著趙澹。「既然妹夫如此有誠意，那姊妹們也不攔著你了，日後可要對我家妧兒好些！」

趙澹肅了肅神色，對著袁婉點點頭。「這是自然。」

如今如日中天的趙澹如此給面子，袁婉也見好就收，今日她來雖說主要是為了妹妹送嫁，但婆家也託付了她重要的任務，就是和趙澹搞好關係，她可不敢過分阻攔。

連袁婉都如此，餘下的人更是紛紛退開，趙澹到了門前，看著陽光透過窗欞照進屋內，想像著屋中袁妧的樣子，彎起唇角喚了一聲。「妧兒，我來接妳回家了。」

這短短一句話中的情深，讓一院子的女人都聽怔了神，看著趙澹的目光也變得迷茫起來，這……還是那個殺名在外、冷漠無情的趙澹嗎？

趙澹喚了三聲，屋門才緩緩的從裡打開，方才趁人多進了屋的袁琤站得筆直，同趙澹對視，二人無聲的對視片刻，都看到了對方眼中的堅定。

「出去等著吧。」袁琤笑了笑，扭身回了屋裡，看著袁妧許久，揹起她來輕輕嘆口氣。「妧兒，若是在晟王府過得不開心，就回來，哥哥護得住妳。」

袁妧把頭埋在袁琤的肩膀，眼淚滲進他的衣服裡，哽咽地「嗯」了一聲。

袁琤揹著袁妧出了房門，趙澹已經退到院子門口了，袁琤剛一出來，他就被他背上的那抹紅吸引住了目光，今日，他終於要娶回他的妧兒了。

袁國公和許老夫人早就站在院中了，袁妧跪拜了長輩就被揹進了花轎，隨著鞭炮響起，花轎晃晃悠悠的被抬了起來，趙澹騎著高頭大馬在前面，眼睛微微瞇起，任誰都看得出他心中的歡喜。

一抬一抬的嫁妝隨著花轎出了門，圍觀的百姓看得嘆為觀止，袁家這到底是給了多少陪嫁？十里紅妝都不足以形容這場面了。

直到最後一抬嫁妝出了門，袁正儒端著一盆水出來，看著遠去的隊伍猶豫再猶豫，手中的水死活潑不出去。眼見往來的賓客們都看著他，袁正儒閉上眼睛一咬牙，正要把水潑出去，袁國公卻提前一步搶過盆子，轉身潑到院門裡。

這……這一幕真真是亙古未見，不管是王公大臣還是平頭百姓，都被袁國公驚呆了。

袁國公看了一眼依然能看到尾巴的送嫁隊伍，朗聲道：「我袁家的女兒從來都不是潑出去的水！」

這霸氣的一幕震住了眾人，一些大臣們互相咧咧嘴，若是晟王府對袁家小姐不好，怕是袁國公真的能打上門去。

袁國公府發生的一幕被人快馬加鞭的傳到趙澹和晟王爺耳中，晟王爺冷哼一聲，這死老頭，非得在今日給他個下馬威，卻也對袁妧更添了一層重視。

宮中的趙泓也聽到消息，笑得腰都彎了，對著心腹太監道：「我看日後啊，袁國公非得為了妧兒跟叔祖父吵起來。」

什麼都不知道的袁妧下了花轎，稀裡糊塗的拜了堂，只記得趙澹那雙緊緊攥住她的大手燙得嚇人，直到趙澹揭開她的蓋頭才緩過神來。

趙澹的眼睛恍若天上的星辰，眼中的濃情像是能把她淹沒，袁妧一眼就望了進去，沈溺其中。

喜娘看著一對新人對視許久，輕咳一聲打斷他們。「世孫，世孫妃，咱們該喝交杯酒了。」

趙涵笑咪咪的看著弟弟和弟妹，如今她的日子過得舒心，性子也早就褪去了年少時的膽怯陰鬱，變得柔和起來，看到弟弟終於娶到了心儀的女子，她是發自內心的替他高興。

趙澹的眼神一瞬也不離開袁妧，兩個人心中的喜悅同羞澀都要溢出來了，恍然間如同木偶一般被擺弄得喝了交杯酒，吃了生餃子，繫了髮，直到新房內的眾人出去，才像是重新活過來。

趙澹小心翼翼的撫摸著袁妧的髮。「妧兒……」

袁妧嬌嗔著看了他一眼。「世孫哥哥還不出去陪酒？」

趙澹猛的湊近她，身上清冽的氣息將她包圍，袁妧心裡一跳，下意識的往後一仰躺在鋪著龍鳳被的大床上。

趙澹低聲輕笑，順勢半趴在她身上，雙手撐起上半身，鼻尖貼近她挺翹的小鼻子，兩個人的呼吸深深淺淺的糾纏在一起，袁妧的臉登時脹得通紅，忍不住伸手推了推他的胸口。

趙澹笑得越發開懷。「我只不過……想幫妳拿下鳳冠罷了，萬沒想到我的小妧兒如此的急切。」

袁妧感覺自己整個人都要熟了，她手上又使了幾分力道，趙澹卻紋絲不動，只能哼哼唧唧弱弱的開口。「你快出去，我還要沐浴呢……」

趙澹覺得自己瞬間變成了岳父話本子裡寫的那等壞人，如此嬌軟可人的小妻子就在他身下，他的呼吸都急促了幾分。他眼神變幻莫測的看著身下羞得滿臉通紅的袁妧，突然薄唇輕啟，湊到袁妧唇邊，只用兩個人聽得到的聲音。「陛下口諭我無須陪酒，今夜我就只在這裡陪著妧兒可好？」

袁妧早就分辨不出他在說什麼了，只覺得隨著他一個字一個字吐出來，他的唇也一下一下的碰觸到她的唇，她下意識的偏過頭。

「想躲？」趙澹輕笑一聲，卻也沒有追逐著她的唇，而是伸手把她頭上的鳳冠小心翼翼的拆下來，然後直起身子站了起來。

袁妧察覺到他的離開，長舒一口氣，下一刻卻被他攔腰抱在胸前，只覺得天旋地轉，她不禁下意識伸手緊緊攬住趙澹的脖子。

趙澹在她唇上輕啄一下。「娘子，為夫伺候妳沐浴吧。」

袁妧的長髮散開，幾乎要垂到地上，羞得撩起髮絲遮住臉，從趙澹摟住她的力氣上也知道自己反抗不了，索性隨他去了。

一夜風花雪月，第二日袁妧睜開眼睛，覺得自己像是被巨石碾壓過，她悄悄伸了伸胳膊，腰間的痠痛讓她差點呼出聲，一雙溫熱而骨節分明的手卻伸了過來，輕輕替她揉了起來。

袁妧舒服的「哼哼」兩聲才清醒過來，「嗖」的一下睜開眼睛，看到趙澹含笑的眼睛。

趙澹看著她還沒回過神的可愛模樣，忍不住把她如同稀世珍寶一般輕輕的摟在懷中，感受著她溫軟的小身子，心中異常的滿足，輕嘆一聲。「妧兒，我終於娶到妳了。」

袁妧不似過往般口不對心，乖巧的窩在他懷中，聞言眯起眼睛，像一隻饜足的小貓一般蹭了蹭他的脖頸。「世孫哥哥，咱們以後一輩子就這麼在一起，好嗎？」

趙澹輕輕點頭，把她摟得更緊。「一輩子，就這麼在一起。」

——全書完

袁妧淚眼婆娑的看著床上頭髮花白的趙澹嚥下了最後一口氣，回身看著跪在地上哭得不能自已的兒女，一頓手中的枴杖。「你們都出去。」

兒女子孫們茫然的抬頭看著她。「娘？」

袁妧強撐著搖搖欲墜的身子，眼中渾濁的淚終於落下。「去吧，我同你們爹……單獨相處一會兒。」

整個京中上下誰人不知晟王府的王爺同王妃一輩子相濡以沫的深情？兒女們含淚點點頭，很快屋中只剩下袁妧一個人。

她緩緩坐在床邊，看著閉著眼睛如同熟睡的趙澹，輕撫著他的臉。他也老了，眼角深刻的皺紋訴說著幾十年的風風雨雨。袁妧看著他嘆了口氣，如同小時候那樣喚了一句。「世孫哥哥，莫要睡了，起來吧。」

床上的趙澹絲毫沒有反應，袁妧笑了笑，躺在他的身邊，側過頭看了他一眼，伸出手拉著他已經開始僵硬的手，慢慢閉上眼睛……

黑白無常探頭探腦的進來，看著床上並排躺著的二人，一時有些猶豫，還是白無常輕輕咳了咳。「元公主？」

一道清麗的身影從袁妧老邁的身軀上緩緩坐起來，她看了看自己嬌嫩的手，忙扭頭看著依然躺著的趙澮，皺著眉問白無常。「他呢？」

白無常伸出三寸長的手指，對著床上的趙澮一點，嘴裡喝了一聲。「起！」

只見一個恍恍惚惚的影子浮在半空中，彷彿不適應突如其來的失重感，他睜開眼睛一愣神，下意識的側過頭，正對上袁妧那雙如水的眸子。

趙澮覺得自己像是在作夢，他不是死了嗎？怎麼又看到了十幾歲的袁妧呢？他顧不得自己尚浮在半空中，沙啞的出聲喊了一句。「妧兒？」

袁妧眼中迸出驚喜，伸手扶住他，一點點的坐在床邊，趙澮一眼看到床上並排躺著的兩人，一股濕意湧上眼角。「妧兒?!妳……妳怎麼這麼傻……」

袁妧笑著看著他。「咱們夫妻生則同衾，死則同穴，不是早就說好的嗎？」

趙澮虎目含淚，緊緊摟住她說不出別的話來，只一直唸叨著。「真傻，真傻！」

要不要打斷床邊這對有情人呢？

黑白無常面面相覷，玳瑁卻看不下去了。「公主，快些，再耽擱我怕龍王爺要親自來捉人了。」

趙澮一愣，公主？袁妧看著他詫異的眼神笑了出來，拉著他站起來。「我乃是白帝龍王的幼女，西龍宮的元公主，如今這一世陽壽已盡，澮哥哥，我陪你走這最後一路吧。」

這麼多年的相處，袁妧身上有些神奇之處趙澮又怎麼會不知道呢？只是沒想到她竟然是仙家公主，他拉緊袁妧的手，癡癡地望著她。「妧兒……我還能再見到妳嗎？」

袁妧臉上的笑凝住，身形不自覺的晃了晃，含著淚低下了頭，屋中所有人都停了下來。

黑無常甚至捂住了嘴，白無常嫌棄的瞥了他一眼，自己有沒有呼吸還不知道嗎？

許久袁妧才抬起頭來，堅定的看著趙澹。「會的，你去哪裡我就去哪裡，哪怕捨了仙途，世世遁入輪迴之苦，我也定會與你相見。」

玳瑁忍不住驚呼出聲。「公主！」

白無常嘆口氣，看著被趙澹重新擁入懷中的袁妧，勸道：「元公主，咱們的時辰可真的不多了。」

袁妧點點頭，對玳瑁道：「還待在那兒做什麼？快些出來。」

玳瑁有些依依不捨的離了這幾十年的肉身，閃身出來化成一個巴掌大的小烏龜落入袁妧手中，回頭看了一眼已經氣絕的肉身，搖了搖頭，閉上眼睛隨著趙澹、袁妧升了空。

一路上兩人一直緊握著手，黑白無常跟在後面也不敢壓制趙澹，一行人很快到了地府。

說來也怪，剛剛落地，趙澹衰老的容顏就開始慢慢回春，頭髮甚至隱隱由白轉灰。

袁妧吃驚的看了他一眼，趙澹卻絲毫沒有察覺自己身上的變化，湊到她面前悄悄道：「妧兒，能同妳走這一路我已心滿意足，回去吧，去龍宮吧，日後……莫要忘了我。」

說完這句椎心之語，他抑制不住自己內心的愛意，緊緊抱住她。「去吧，我這一生殺戮了不少人，不知還能不能轉世投胎，若是有幸為人，妳……記得悄悄去看看我。」

袁妧心都被他說碎了，她做了幾十年的心理準備，可是真當這一刻來臨的時候，她才發現自己根本就受不了這種永不相見的離別之痛，她搖搖頭。「不，你去哪裡我就去哪裡，哪怕……哪怕你要在這地府中待上許久，我也會陪在你身邊。」

這話被趕來的閻王和白帝龍王聽個正著，兩個老頭子對視一眼，都從對方眼中看出了吃驚，這情劫難不成……尚未歷完？

白帝龍王上前一把拉住女兒。「元兒，妳娘和兄姊都在家等妳，心心念念兩個月，跟父王回家！」

趙澮還是第一次見到白帝龍王，被他的大腦袋晃了一下，瞇起眼睛，下一瞬卻看向袁妧被拉住的手，只見她手腕有些微紅，他眉頭皺了起來，伸手輕輕扯開白帝龍王的手道：「這位是……岳父大人？」

白帝龍王竟然被區區一介凡人把手扯開，心裡大驚，這才仔細打量了一下如今的趙澮，只見他頭髮灰白，眼神灼灼，看著明明像個四、五十歲的壯年人，哪裡像已經八十三高齡？

閻王也察覺到這裡面有些不對，懷疑的看了袁妧一眼，心道定是她偷偷給趙澮吃了些延年益壽的藥丸吧。

袁妧被趙澮握著手，反手緊緊攥住他，對眼前的白帝龍王深深一鞠躬。「父王，你就讓我陪澮哥哥進了地府吧。」

閻王輕咳一聲出來打圓場。「老白，我緊點兒手，也就一個時辰的事，到時候再讓元兒跟你回去，你看看後頭，都堵了一大群了。」

白帝龍王神情莫測的看著趙澹，總覺得哪裡有些不對，卻也得給閻王這個面子，輕輕點了點頭站在袁妧身邊，表明了自己要跟著一起進去的意思。

閻王挑了挑眉，看了看眼前的小倆口，小聲催促道：「快些吧，妳爹可不是個有耐性的。」

趙澹對他點點頭，牽著袁妧一同走入地府。

一步一步，所有人都察覺到了趙澹身上的異樣，他的頭髮褪去灰白，漸漸變得烏黑，臉上的皺紋像是被一雙神奇的手撫平，身姿也不再佝僂，越來越挺拔。待走到閻王殿時，他儼然已經恢復成十七、八歲的樣子，同袁妧站在一起，任誰看到都要讚一句——好一對璧人！

白帝龍王的眼神越來越深，上下打量著趙澹，閻王也被這一幕驚住了，看了看判官。

「把趙澹的生死簿找出來。」

目瞪口呆的判官慌忙翻到趙澹那一頁正要遞上去，卻驚呼一聲。「怎麼可能?!」

趙澹絲毫不知道自己外形的變化，聽到判官的呼聲，心裡不知為何突然鬆了一口氣，他抬起手來撫住自己胸口，疑惑的側著頭看著袁妧。

袁妧也被他的面貌驚住了，顫抖的舉起兩人交握的手。「澹哥哥……」

趙澹隨著她的目光也向自己的手看去，那手骨節分明、手指纖長，隱約的青筋隱藏在如玉的肌膚下透著生機勃勃，這不是一個老人的手！

「妧兒，這是？」趙澹清了清嗓子，卻發現自己的聲音竟然也不是陪伴了他二十年的低沈，恢復了少年的明亮。

白帝龍王顧不得女兒了，三兩步上前奪過判官手中的生死簿，只見那生死簿上的字越來越淡，恍惚間竟然已經看不見了，幾息工夫就變成了一張白紙。

白帝龍王飛快的往後翻了一頁，趙棕，趙澹之長子……沒錯！他又翻回去，趙澹那一頁依然是空白！

這是什麼情況？閻王湊過來，看著眼前這一幕瞪大眼睛，慌亂中扭頭對身邊的牛頭道：「快！去請天帝！」

天帝來得很快，看著袁妧頭上的小犄角就心知她乃龍族，又看了看白帝龍王，心裡輕哼一聲，之前果然是這老匹夫搞的鬼。

閻王已經捧著生死簿送上來。「您看！這趙澹……」

天帝順著他的手看了一眼，同樣大驚，如刀的目光射向趙澹，趙澹身邊的黑白無常霎時間滿頭大汗，抵抗不住天帝的壓力癱在地上。

趙澹卻絲毫未察覺，只是貪婪的看著袁妧，今日一別，二人怕是真的永不相見了，不管什麼都打斷不了他。

天帝卓詭變幻的看著面上含笑的趙澹，試探的喚了一聲。「慶甲？」

慶甲。這兩個字如同巨石一般猛的砸進趙澹心裡，他面容扭曲，一手緊緊攥住袁妧，一手捂緊胸口，額頭的汗如同豆大的雨滴滴落。

袁妧嚇了一跳，尖叫一聲。「澹哥哥！」

看到他這反應，天帝倒是放下了心，環視了一下瞠目結舌的閻王等人，用上神力提高聲音又喚了一句。「慶甲！」

趙澹站也站不穩，只覺得自己的頭像是被無數的和尚道士圍著唸咒，拚命的搖頭卻也甩不掉。他口中「噗」的噴出鮮血，瞬間染紅了袁妧的衣衫，袁妧反手摟住他，撐起他的身體，不讓他倒下去。

天帝臉上倒是浮出一絲笑，如同誘拐孩子一般對趙澹柔聲道：「慶甲別玩了，回來吧。」

趙澹又是一口鮮血，連袁妧都支撐不住他，隨著他一起倒下去。

白帝龍王見狀，忙上前抱起袁妧，攔著她不讓她撲倒在趙澹身上。

半跪在地上的趙澹長髮遮住了臉頰，讓人看不清他的神態，整個地府一片安靜，只聽到袁妧掙扎的哭喊聲。「澹哥哥！放開我，父王放開我！」

不知過了多久，趙澹緩緩動了動身子，慢慢抬起頭來，袁妧有一瞬間的恍惚，這張臉，熟悉又陌生……像趙澹卻又不像他。

天帝走到他面前，蹲下與他對視。「慶甲，這次你可去了許久。」

趙澮彎起唇角，眼神越發的幽暗深邃，一抹殷紅的血跡染紅了他的唇，襯托著肌膚越發瑩白，豔麗無雙。

袁妧愣愣的放棄了掙扎，看著趙澮輕啟薄唇，先冷笑了一聲，隨後低啞魅惑的聲音響起。「帝俊。」

天帝聞言，露出小孩子一般純真的笑容。「你回來了。」

趙澮彎彎唇角，卻沒有回答他，徐徐站起，抬眼望著白帝龍王懷中的袁妧，一揮手輕飄飄甩開了白帝龍王，小心翼翼的把她攬在懷中，陰冷的眼神早已褪去，只剩下繾綣萬千的柔情。

白帝龍王被他一隻袖子甩得退後兩步，尚未回過神來，看著女兒又被他摟在懷中，正要上前，卻被閻王一把拉住。

「別！那是……」閻王說著，吞了口口水，卻不敢當面提他的名諱。

袁妧被他攬在懷中，一臉茫然，抬頭看著趙澮稜角分明而冷峻的臉。「你是……澮哥哥？」

趙澮被她傻乎乎的樣子逗得笑了出來，俯下身把唇湊到她的耳邊低聲道：「我是妳的澮哥哥，卻……也是這冥界之主。妧兒，妳可願嫁我為妻，同我共掌這冥界，日後，我們千年萬年，永不分開。」

「千年萬年，永不分開……」袁妧被迷惑得重複著這句話，眼眶泛紅，緊緊抱住他。

「千年萬年，永不分開！」

——全篇完

為生活加分：我「寵」愛的家人

【284期：虎太】 苗栗／Stella（代筆）

兩年多前，有八隻貓輾轉到我家中途，而虎太是唯一對來訪的認養人都哈氣、炸毛、躲起來的貓；而我也是唯一知道，牠其實比任何一隻貓都黏人。因此，牠最後被留下來，跟奶奶商量後，讓牠回鄉陪老人家，而我也暫時跟著回去，當他們的溝通橋樑。

奶奶沒有養過貓，一開始她都會說「『妳的貓』抓到好多田鼠」、「『妳的貓』昨天趕跑一條蛇」、「『妳的貓』好愛撒嬌」之類，一直都還是「我的貓」。

直到有天，虎太突然生病，奶奶心急到把虎太從深山老家帶到市區看醫生，獸醫為感謝她願意給貓看病，所以只收醫療費，但最令我感到神奇的是，奶奶居然在去的途中撿到一千元！（我也好想撿啊～）此後，虎太正式成了奶奶口中的「我的貓」，還時常跟人談牠的豐功偉業。

奶奶從最初連虎太的名字都記不起來的陌生人，變成現在虎太跟前跟後的家人；而虎太也從原本習慣性咬尾巴，導致尖端永遠沒有毛，變成有條美麗尾巴的貓，真的讓人非常欣慰，同時也驗證了——只要你願意，動物永遠都會是最棒的生活夥伴！

【291期：踏雪】 橙橙 新北市／君君

第一次見到橙橙是在中途的貓居，當時就覺得跟牠最有緣分，之後把牠帶回家，牠也很快就適應環境，吃飯、睡覺、剪指甲等都行，連躺在地板也能對著空氣踏踏。雖然我將牠改名為「橙橙」，但牠只在我叫牠「寶貝」才會回應（溝通師說牠喜歡被叫「寶貝」）。

橙橙是隻不太敢出門的貓，目前最遠只敢去到鄰居的陽台探險。她的個性很可親，不太怕生，也願意被我朋友摸摸（但抱抱還是我本人專屬，哈哈）。

平常下班回家，橙橙一聽到我的腳步聲，在門外就能聽見牠在熱情地喵喵叫；進門後，仍會一直瘋狂碎念，似是在抱怨我怎麼白天都不在？而當我去洗澡或到陽台曬衣服時，橙橙也會催我動作快點，等我一出來，牠就立刻假摔倒地，露出肚子要我摸摸，若不照做，牠還會趁我從牠身上跨過去時偷咬我的腳，所以服侍主子得要懂得服從XD

去年我出國，在check in前就開始想念牠了。本以為是主子黏奴才，但其實是奴才離不開主子。獨自在外生活的日子，我真的很開心有橙橙的陪伴，未來也請妳多多指教囉❤

選我！選我！選我！

我能當好麻吉，一直陪著你／妳～

第281期：巧虎

巧虎是隻乖巧、愛撒嬌，又喜歡討摸摸和抱抱的貓，洗澡、刷牙、剪指甲等基本照料都沒問題，很適合新手、單貓家庭或家中已有愛滋貓的認養人。牠還在等屬於自己的小幸運喔！（聯絡人：林小姐→dogpig1010@hotmail.com）

第288期：小金桔

小金桔的個性「慢熟」，但非常聰明，也很喜歡人的陪伴，偶爾也會調皮淘氣，甚至有古靈精怪的模樣。歡迎有耐心慢慢跟牠混熟、帶牠回家的拔拔或麻麻唷～（聯絡人：陳小姐→yinchen2007@gmail.com）

第283期：蛋黃

蛋黃很外向、陽光，相當熱情，富有好奇心，而且也很健康。牠一直有個心願——很想要有個溫暖的家！您願意幫蛋黃實現心願嗎？快點來信吧！

第285期：胖卡

真心誠徵專屬貓奴～胖卡的樣子十分可愛討喜，是一隻美麗、壯碩的橘貓，喜歡繞在人的腳邊撒嬌，希望有人能給牠滿滿的關心及寵愛。對胖卡動心了嗎？趕快來應徵囉～

第286期：漂漂虎

就像許多小女孩一樣，漂漂虎在個性上有些靦腆、害羞，但是十分溫柔，對於新事物都感到很新鮮，雙眼總是散發出好奇的光芒，很難不教人喜歡牠。希望有人來呵護這靦腆又溫文的孩子喔！

第287期：Q霸

曾經擁有專屬於自己的疼愛，可終究還是失去了……Q霸很親人，是個活潑又機靈的毛孩子，若您願意讓Q霸永遠有家，再次擁有曾感受過的美好，請來信找牠，讓Q霸能夠一直一直的幸福下去。

第289期：Butter

Butter屬於乖巧文靜型，且相當懂事，是個不可多得的乖寶寶。Butter在拍照時很懂得看鏡頭，每次一眨眼、一笑開嘴，就好像看到一隻有企圖當小網帥的狗兒。也想進軍當網紅嗎？不如考慮帶著Butter一起吧！

第292期：JOJO

雖然JOJO在中途的狗園裡，將自己的小日子過得有滋有味，但是卻少了能全心全意愛牠的家人。其實JOJO心裡也希望有人能夠陪牠、和牠玩耍的。請趕快來信將獨立的女孩接回家吧～

（以上六期聯絡人：陳小姐→leader1998@gmail.com／Line：leader1998）

2019年1月出版

妙廚小芝女

文創風 705～707

就算是吃貨，也能擔起發家致富的重責大任！
沒錯，她是胸無大志、熱愛美食的普通女孩，
不過看到一家人深受貧窮所苦，她決心挺身而出，扭轉乾坤……

風趣詼諧小說高手／風白秋

出門買宵夜送掉性命，這對陳玉芝來說簡直是場悲劇，
然而當她得知自己附身的對象竟是為了區區一碗蒸蛋升天後，
還是忍不住為那個小姑娘掬一把同情之淚。
也罷，既然回不了原來的時空，她就好好待在這裡生活，
設法改善這戶人家的經濟狀況吧！
憑著她腦袋裡的各種食譜與創意，加上方便取得的食材，
陳家逐步累積財富，終於在餐飲界占有一席之地。
正當一切再順利不過時，一位謎樣美少年出現在陳玉芝面前，
用他那悲傷的身世與懇切的目光收服了她的心，
等到她回過神來，才發現自己惹上了一個「大麻煩」……

模仿謎蹤

Portrain In Death

作者◎J.D.Robb J.D.羅勃（Nora Roberts 娜拉．羅勃特）
譯者◎康學慧

他不需要提醒就知道要溫柔，
不需要她的低聲長嘆就知道，
此刻最能滋養她的就是愛。

凶案現場血腥得宛如開膛手傑克再現，還留下一紙指名送給依芙的高雅短箋，凶手耀武揚威，笑看警方探尋無果。隨著下一起命案發生，依芙發現這名罪犯並非任意行凶，手法皆是在模仿歷史上惡名昭彰的連環殺手，他期待自己登上新聞頭條。

依芙追查的嫌犯個個有錢有勢，規章教條讓她綁手綁腳，可靠的助手又忙著準備警探考試。這一次依芙必須照規矩來，追查人心之間建構起的聯繫與結合——就像她與若奇彼此不言而喻的愛意，以及與畢博迪亦師亦友的交情。

凶手的最終目標肯定是她，但在那之前，依芙誓言要阻止下一個受害者出現……

果樹出版社　台北市104龍江路71巷15號　郵撥帳號：19341370
2019年2月出版　電話：(02)2776-5889　傳真：(02)2771-2568　網址：love.doghouse.com.tw

文創風 722

烏龍小龍女 下

國家圖書館出版品預行編目資料

烏龍小龍女 /風白秋著. --
初版. -- 臺北市 : 狗屋, 2019.02
冊 ; 公分. --（文創風）
ISBN 978-986-328-967-8（下冊：平裝）. --

857.7　　107022446

著作者　風白秋
編輯　林俐君
校對　黃亭蓁　周貝桂
發行所　狗屋出版社有限公司
地址　台北市104中山區龍江路71巷15號1樓
電話　02-2776-5889～0
發行字號　局版台業字845號
法律顧問　蕭雄淋律師
總經銷　知遠文化事業有限公司
電話　02-2664-8800
初版　2019年2月
國際書碼　ISBN-13　978-986-328-967-8

本著作物由北京晉江原創網絡科技有限公司授權出版

定價250元
狗屋劃撥帳號：19001626
網址：love.doghouse.com.tw　E-mail：love@doghouse.com.tw

版權所有．翻印必究　倘有倒裝、缺頁、污損請寄回調換